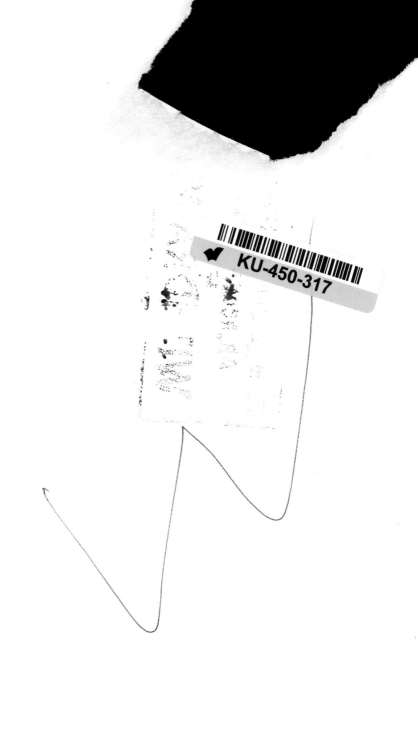

GD
6/94 .

Dyddiadur Mari Gwyn

Rhiannon Davies Jones

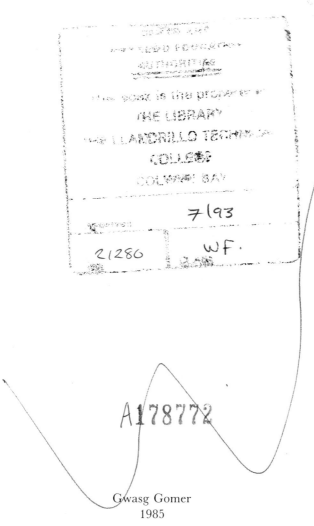
Gwasg Gomer
1985

Argraffiad Cyntaf - Awst 1985

ISBN 0 86383 174 5

Dymuna'r cyhoeddwyr gydnabod cymorth a chyfarwyddyd Adrannau'r Cyngor Llyfrau Cymraeg a noddir gan Gyngor Celfyddydau Cymru.

Argraffwyd gan J. D. Lewis a'i Feibion Cyf.,
Gwasg Gomer, Llandysul, Dyfed

I'm chwaer ac er cof am W.R.
'yr enaid ar wahân'

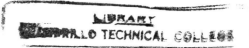
DIOLCHIADAU

Manteisiwyd yn helaeth ar ysgolheictod y gwŷr canlynol yn y maes arbennig hwn – y Dr Geraint Bowen, y Dr Geraint Gruffydd, Mr W. Gerallt Harries B.A. a Mr D. Aneurin Thomas M.A., Ll.B.

Y Dr Harri Pritchard Jones am ffynonellau Catholig.

Mr. Dafydd Orwig B.A. am baratoi'r llinfap.

Miss Gwenda Jones B.Ed. am ei dyfalbarhad gyda'r darluniau.

Mrs Mona Williams B.Ed. am loffa yn hanes Dyffryn Conwy.

Gwasg Gomer am eu diddordeb a glendid eu gwaith dros y blynyddoedd.

RHAGAIR

Tystia ysgolheictod diweddar mai mab Siôn Wyn ap Tomas Gruffudd o Benyberth yn Llŷn oedd Robert Gwyn neu Robert Johns Gwyn, y cenhadwr Catholig o gyfnod Elisabeth I. Addysgwyd ef yn Rhydychen ac yn Douai yng ngwlad Fflandrys. Dywedir iddo genhadu yn Llŷn gyda mawr arddeliad, yn enwedig ymysg y gwragedd, yn 1576. Cysylltir ei enw bellach â sefydlu'r Wasg ddirgel yn Ogof Rhiwledyn ar y Gogarth Bach. Yr oedd ei weithiau llenyddol, meddir, yn niferus. Erys hanes diwedd ei fywyd yn ddirgelwch ond tybir i'w frawd Dafydd farw yn y carchar. Gwyddys i deulu Penyberth barhau i anwesu'r Hen Ffydd ymhell i'r ail ganrif ar bymtheg. Teulu Pabyddol dylanwadol arall oedd teulu Thomas Owen, y Plas Du, Llanarmon.

Dyfynnir yn y gwaith hwn o *Gwssanaeth y Gwŷr Newydd* o waith Robert Gwyn. Ymgais sydd yma i brofi mai'r un yn ei hanfod yw brwydr eneidiol dynion ym mhob oes a bod swyddogaeth arbennig i'w chyflawni o fewn ffiniau penodedig o Amser. Ceisiwyd cadw mor glòs ag y gellid o fewn canllawiau hanesyddol y cyfnod er y tybir mai pur annelwig oedd amgyffrediad pobl o'r gwahaniaethau sylfaenol rhwng gwir Gatholigiaeth a Phrotestaniaeth. Cymeriad dychmygol yw Mari Gwyn.

"Y mae Amser, fel y mae'r Gras, dan glo gyda Duw. Ni cheir dim ohono ond pan fynno Fo."

(Allan o *Gwssanaeth y Gwŷr Newydd* gan Robert Gwyn. gol. y Dr Geraint Bowen)

Y Mastr Wyn, rymuster iaith,
Yw Rhobert ddiarhebiaith.
Drwy ogoniant ar gynnydd,
Dicter i fil, doctor fydd.

Allan o *Marwnad Siôn Wyn ap Tomas Gruffudd o Benyberth, 1576.*

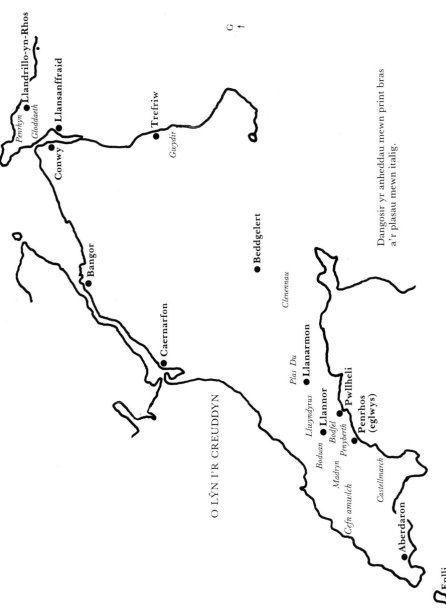

O LŶN I'R CREUDDYN

Llandrillo-yn-Rhos

Penrhyn

Gloddaeth

Llansanffraid

Conwy

Trefriw

Guydir

G

Bangor

Beddgelert

Clenennau

Caernarfon

Plas Du

Llanarmon

Lluyndyrus

Llannor

Boduan

Bodfel

Pwllheli

Madryn

Penyberth

Penrhos
(eglwys)

Cefn amwlch

Castellmarch

Aberdaron

Enlli

Dangosir yr anheddau mewn print bras
a'r plasau mewn italig.

1. Penyberth,
Plwy Penrhos.

Y Mis Bach, 1576.

"Mari Gwyn yw fy enw. 'Rwy'n byw ym Mhenyberth, ger Penrhos, yn Llŷn." Fel yna y dysgodd Robert imi ysgrifennu yn y llofft-garreg pan oeddwn i'n hogan fach cyn iddo fo erioed fynd i Rydychen a thros y môr i Goleg Douai yng ngwlad Fflandrys. Fel y Mastr Wyn y bydd yr hen fardd Wiliam Cynwal yn sôn amdano ond fel Robert Gwyn neu Robert Johns Gwyn y bydd pawb o bobl yr Hen Ffydd yn ei adnabod, am mai ef sydd yn cynnal y 'wirgred' yn erbyn 'ffydd Saeson', y grefydd newydd. Fe ddywedir bod ynddo waed y merthyron ac fe fynn ef nad ei eiddo ef yw amser ond eiddo Duw. Fel hyn yr ysgrifennodd ef yn y memrwn a anfonodd at wŷr y plasau ym Mhen Llŷn –

"Y mae'r Amser, fel y mae'r Gras, dan glo gyda Duw. Ni cheir dim ohono ond pan fynno Fo."

Mi hoffwn innau fynd i Douai ond mae Rhein y gwas bach yn deud na cha' i byth fynd ymhellach na Phen Llŷn am mai hogan ydw i. Digon prin y caiff yntau fynd ymhellach na thre Caernarfon ychwaith. Yma y maged fi am fod fy mam yn perthyn i deulu Penyberth ac fe fu hi farw'n ifanc. Ni wn pwy oedd fy nhad ond mi glywais sibrwd ei fod o'n perthyn i deulu Thomas ap John, Pistyll. Merch Pistyll ydy Modryb Gainor, Bodfel, ac y mae hi bob amser yn garedig wrtha' i.

Plentyn gordderch oeddwn i, a Thaid Penyberth, Siôn Wyn, yr yswain, ddaeth â mi yma gyntaf, yn becyn mewn siôl ar ei farch o Aberdaron. Newydd farw y mae Taid ac y mae Penyberth yn wag hebddo. Mi es i bob cam at ei fedd o ac er imi benlinio yn y fan honno a disgwyl iddo siarad, ddeudodd o yr un gair. Taid a ddysgodd y Credo imi ac fe fyddwn yn ei ddeud ar yr un gwynt, mewn Lladin i ddechrau, ac yna yn Gymraeg fel hyn –

"Credo in Spiritum Sanctum, Sanctam Ecclesiam Catholicam."
"Credaf yn yr Ysbryd Glân, yr Eglwys Lân Gatholig."

Taid Penyberth oedd f'angor. F'ewyrth Gruffudd, mab hynaf Taid ydy'r yswain 'rwan ac y mae o fel Taid yn garedig. Ond fydda' i byth yn cael galw Modryb ar ei wraig o, dim ond Meistres Catrin bob amser. 'Dydy hynny'n rhyfedd yn y byd, meddai'r

1

hen Andreas, am mai Catrin ferch Gruffudd madryn ydy hi. Pobl fawr ydy teulu Madryn sydd wedi hen arfer byw'n fras ar ysbeilio llongau. Ond o ran hynny, dyna fu hanes teuluoedd Carreg, Cefnamwlch a Bodfel a phlasau Pen Llŷn i gyd. Druan o'r tlodion hefyd. Mi glywais i'r tyddynwyr werthu'r anifeiliaid i brynu'r grawn pan ddaeth Thomas Woolfall, y môr-leidr i Enlli efo gwenith a rhyg. Mi fyddai Taid yn sibrwd yn fy nghlust y gallai Haynes, y môr-leidr arall, gerdded fel gŵr bonheddig hyd strydoedd Biwmares am fod ganddo ddigon o farilau o siwgwr i Syr Rhisiart Bwcle wneud ei ffortiwn wrth eu gwerthu yn Llundain. Ydy, mae'r farchnad ddu yn dew hyd y glannau a gwŷr mawr y plasau yn esgus cau llygad. Choelia' i ddim nad oedd gan Taid ryw fys yn y brwes hefyd!

Ie, rhyw arthio arna' i yn barhaus y bydd Meistres Catrin ac mi ddeudodd y fydwraig o Benrhos wrtha' i un diwrnod fel yr oeddwn yn croesi'r lôn,

"Mi roesai Meistres Catrin y byd pe bai ganddi hi ferchaid efo dau lygad yn y pen, fel sy' gen ti, Mari Gwyn!"

Yr eiliad nesaf fe daflodd y fydwraig ddau lygad slei arna' i yn union fel pe bai hithau'n meddwl,

"Dau lygad yn y pen ddeud'is i! Llygad gŵr eglwysig neu ŵr y plas? Wn i ddim."

Pan gythruddid fi felly, fe redwn dros gaeau Penyberth i fyny'r boncen am eglwys Penrhos a geiriau merched y plwy yn atsain yn fy nghlustiau.

"Yr hogan benfelen."
"Mae aur yn felyn."
"Aur y plas."
"Aur lladrad y môr."
"Dau lygad yn y pen."
"Yn loyw fel gwydr."
"Llygaid mwclis."
"Mwclis y Paderau."

Rhuthrwn wedyn drwy glwyd y fynwent at y fan lle bu unwaith ddelw o'r Forwyn Fair nes i wŷr y brenin ddod a'i malu'n deil-chion. Yn y fan honno, cawn benlinio a chrio heb i neb ddod ar y cyfyl. 'Roedd y pridd yn galed am i rywun arall fynnu penlinio yno lle buasai'r ddelw unwaith, a hynny yn groes i ddeddf y brenin. Un tro, wrth ymbalfalu yn y gwellt trwchus, mi gefais ddarn o fys y ddelw a phob tro y bydd fy nghalon ar dorri mi fyddaf yn ei ddal yn fy mynwes.

"Mae Mari Gwyn yn cario bys y Forwyn," gwaeddodd un o blant yr 'Opiniadwyr'. Fel yr 'Opiniadwyr' y bydd Robert yn sôn am y Gwŷr Newydd.

"Hen grair gwirion ydy o." gwaeddodd y plant wedyn, "ac y mae Mari Gwyn o'r un enw â Mari Waedlyd!"

Ta waeth am hynny, mae yna ddarnau eraill o'r ddelw o'r Forwyn yn y gist ym Mhenyberth wedi i wŷr Thomas Cromwel a'r Doctor Coch eu malu nhw.

Weithiau mi fydda' i'n teimlo'n drist ofnadwy ac er fod Taid Penyberth newydd farw, mi 'rydw i'n hapus am fod Robert wedi dychwelyd o Douai yng ngwlad Fflandrys.

Fe ddaeth yn ddirgelaidd ddigon efo Robert Owen, un o feibion y Plas Du, Llanarmon. Thomas Owen, brawd Robert Owen, a drefnodd eu bod nhw'n cyrraedd Pen Llŷn efo'r gwyll ym mis Ionawr pan oedd tref Pwllheli yn cysgu. Ond mae gen i ofn i rywun ddod yma i Benyberth a mynd â Robert i'r ddalfa am ei fod o'n arddel yr Hen Ffydd. Mi wn y byddai o'n barod i farw dros yr Hen Ffydd ac fe roddai Niclas Robinson, Esgob Bangor, a Richard Vaughan, Llwyndyrus, y byd am gael eu dwylo arno fo a meibion y Plas Du. Fe gyhuddir Huw Owen, y Plas Du, o gynllwynio yn erbyn Bess y frenhines ac o anfon llythyrau adref yn enw'r Hen Ffydd, drwy eu cuddio mewn ffyn a sodlau esgidiau. Dyna'r unig ffordd, meddir, y gellir cael y Gwirionedd yn ôl i Ben Llŷn. Ond y mae Huw Owen yn ddigon pell yn rhywle yn Ffrainc. Merch Ffowc Salesbury, Llanrwst, ydy Marged Owen, mam hogiau'r Plas Du, ac maen nhw mor benderfynol o adfer yr Hen Ffydd ag ydy eu hewythr Wiliam Salesbury o hybu gwaith y Gwŷr Newydd. Fe fynn Robert hefyd mai peth da ydy cyfieithu'r Ysgrythurau i'r iaith Gymraeg ond fe ddylen ni, meddai, gynnal yr Offeren gartre', yn hytrach na mynd i'r Llan at yr 'Opiniadwyr' ar y Sul. Wedyn, meddai, fe fyddwn ni'n rhan o baderau a gweddïau ac Offeren yr holl fyd. Wrth fynd i'r Llan yr ydan ni'n gwisgo 'lifrai gelyn Crist'.

Y noson y cyrhaeddodd Robert yn ôl i Benyberth, mi gefais hunlle ofnadwy ac yng nghanol y breuddwyd mi glywais lais yr Uchel Siryf yn cyhoeddi,

"Robert Johns Gwyn, Penyberth, 'rwy'n eich cael yn euog o anwesu Pabyddiaeth ac i William Allen, pennaeth Coleg Douai, eich gyrru chi i genhadu dros yr Hen Ffydd. Yr ydych yn gwadu mai ein Graslon Frenhines Elisabeth ydyw Pen yr Eglwys ac yn

3

cydnabod awdurdod y Pab yn Rhufain. Yr wyf yn eich dedfrydu i garchar ac i'r grocbren.''

Gwelais wŷr Vaughan, Llwyndyrus, yn codi ei gorff wedyn ar gert fregus yng nghanol tref Pwllheli a pheri i farch porthiannus ei dynnu hyd y ffordd dolciog. Trawai ei ben ar gerrig y ffordd nes llifai ei waed. Yr oedd ei freichiau fel ceinciau cnotiog hen goeden.

''Mae o'n rhy dena' i'w dorri,'' llefodd gwŷr y 'Berch yn sbeitlyd.

''Mi dafellith y Doctor Coch o, mi dyffeia' i o!'' meddai Crach Aberdaron yn ei lais cwynfanllyd.

Ond yr oedd trefwyr Pwllheli yn hollol fud.

Deffroais o'r breuddwyd yn chwys oer a thrannoeth yr oedd Meistres Catrin yn dwndran fy mod yn sgrechian y nos ac y dôi hynny â'r beili i Benyberth ac meddai,

'''Rydan ni'n rhy agos i dre Pwllheli o'r hannar i hogan fel ti weiddi dy ben yn y nos. Mi fyddai Bodfel yn ddiogelach lle i ti!''

Ond tra bydd Robert yn mynd a dod i Benyberth, ni chaiff yr un Meistres Catrin fy ngyrru allan o diriogaeth Penrhos. Mi wn fod Meistres Catrin hefyd yn hoff o Robert a fynn hi ddim iddo gael ei erlid. Yn wir, mae sôn bod merched Pen Llŷn i gyd yn hoff ohono. Mae ganddo doreth o wallt du fel y frân, yn cyrlio ar dalcen uchel a deallus, trwyn ychydig yn fwäog, ei ên yn gryf a chadarn a'i gorff yn lluniaidd. Pan oeddwn i'n eneth fach fe fyddai Dafydd, brawd Robert, yn dod heibio i Benyberth weithiau ond fydd o byth yn mentro i Ben Llŷn mwyach. Dyn da ei ddwylo ydy Dafydd, meddan nhw ac mae o'n gweithio i deulu'r Herbertiaid i lawr yn y De ac yn arddel yr Hen Ffydd yn ddirgel. 'Does gen i fawr o gof am Dafydd Llwyd, fel yr arferai Taid ei alw. Mae gan Dafydd drwyn bwäog hefyd ac fe arferai Taid ei herian y gallai weld ei drwyn ymhell cyn i weddill ei gorff ddod heibio i dalcen y sgubor. Fydd Robert byth yn sôn am Dafydd Llwyd ond y mae gen i ryw syniad fod y naill ohonynt yn gwarchod y llall yn rhywle. Weithiau fe fydd rhyw anesmwythyd yn llygaid Robert – y llygaid hynny fydd bob amser yn treiddio i ddyfnderoedd pell na ellir eu plymio.

Drannoeth yr hunlle, fe edrychodd yn ddwys arnaf efo'r ddau lygad rheini.

''Mari Gwyn,'' meddai, ''pam 'roeddet ti'n gweiddi yn dy gwsg?''

Oedais beth cyn ateb.

4

"Gweld Rhein y gwas bach wedi troi'n arth wnes i ac Andreas yn flaidd."

"Celwydd golau," meddai yntau. "Ond tyrd, mi awn ni ar sgawt dros y Rhos!"

"Ond ddylen ni ddim. . .rhag ofn y beili. . .a Meistres Catrin."

"Paid â hidio ym Meistres Catrin. Clochdar y mae hi fel iâr yn gori."

"Ond mi all Vaughan, Llwyndyrus, anfon ei helgwn ar ein holau ni!"

"Gad i gŵn y Fall ddwad ar ein sodlau ni. Laddan nhw mo'n heneidia' ni, Mari Gwyn."

Ar hynny, cipiais fy mantell oddi ar yr hoel a theflais hi dros f'ysgwyddau. I lawr â ni dros gaeau Penyberth i gyfeiriad y môr a Thraeth Crugan. Chwythai'r gwynt yn fy ngwallt. Draw i'r chwith, dan hugan o niwl, yr oedd Ardudwy a'i mynyddoedd wedi'u cuddio rhagom. Yno hefyd, yr oedd gwlad Richard Vaughan, Llwyndyrus, yng Nghorsygedol. Eisoes y mae ef yn estyn ei grafangau i blas Talhenbont yn Llanystumdwy ac i Lwyndyrus. Merch Talhenbont ydy gwraig Richard Vaughan ac un o dylwyth Llwyndyrus oedd ei fam. Mae sôn y gwneir ef yn Uchel Siryf yn y man. Mynn ef fod yn deyrngar i Bess y frenhines ac y mae ei fryd ar ddileu pob arwydd o grefydd yr Hen Ffydd o'r tir. Ie, gelyn mawr ydy Richard Vaughan.

O'n hôl, yr oedd bryniau Eifionydd yn nes ac yn gliriach beth. I ba bynnag ffordd y troem, gwyddem nad oedd y gelyn ymhell. Wrth ein traed torrai'r tonnau yn greision mân yn y cerrig fel pe bai'r môr yn rhyw hanner crio.

"Pam 'roeddet ti'n gweiddi'r nos, Mari Gwyn?" gofynnodd Robert drachefn. Llanwai'r môr fy nghlustiau yn fyddarol erbyn hyn. Yn rhyfedd fe fynn pawb fy ngalw yn Mari Gwyn am fod hen goel yn y wlad na ddaw dim da o alw merch yn Mari. Yn ystod teyrnasiad y frenhines Mari y dechreuodd y goel.

"Breuddwyd oedd o," meddwn yn y man.

"Breuddwyd am be', sgwn i?" gofynnodd.

Chwarddais ar hynny ac meddwn,

"Hen gŵn hela Richard Vaughan, Llwyndyrus, oedd yn cnoi fy nghnawd!"

Gwyddwn ei fod wedi synhwyro natur fy mreuddwyd ac meddai,

5

"'Does dim rhaid i neb ofni pan fydd o'n anwesu'r Gwir, Mari Gwyn."

"Ond. . .ofn dros arall heb fedru gwneud dim oedd gen i."

Taflodd ei fraich gref yn glyd amdanaf ac fel y cerddem hyd y traeth, fe wyddem y dôi'r llanw a golchi ôl ein traed. Plymiodd aderyn ei adenydd mawr llwydion i'r hesg. Plyciodd Robert flaenion fy ngwallt llaes ac meddai, "Mae'r oriau mor brin. Ti a fi biau'r awr yma, Mari Gwyn. Mae dy lygaid di mor las a'th wallt di mor felyn fel y medrwn bechu a syrthio i bechod fy nghnawd drachefn a thrachefn. Mi rois ddiofryd ar fy nghnawd. . .ac eto, mi fedrwn dy gofleidio di fel cynt, fel pe na bai yr un heddiw nac yfory yn bod, dim ond y ddoe hwnnw hyd gaeau Penyberth."

Cofiais fel y byddai hi ers talwm pan ddychwelai ef i Benyberth wedi iddo ffraeo â'i gariadon, ac fe wnâi hynny'n aml. Cipiai fi ar draws y Rhos bryd hynny a dweud,

"Mi awn ni am ras at y traethau, Mari Gwyn, ac anghofio pob copa walltog ohonyn nhw!"

Bellach yr ydw i'n llances. Hogan oeddwn i yr adeg honno.

Ond fel y cerddem hyd y traeth y pnawn hwnnw, fe gododd yr aderyn mawr llwyd eilwaith ei esgyll o'r hesg gan eu hysgwyd uwch ein pennau.

"Aderyn ysglyfaeth," meddai yntau.

"Yr aderyn sy'n lladd y merthyron, yn pigo'u cnawd â'i ylfin ac yn sugno'u gwaed," meddyliais.

"Aderyn Ionawr, heb gâr, heb gymar," meddai yntau'n dristach ac yna fe'm cofleidiodd fel rhyw gragen frau a theimlais ymchwydd y môr yn curo yn f'erbyn ac yna'n torri'n llyfnder llonydd.

Fel y cerddem yn ôl dros y twyni, gwyddwn fod y wefr i fyw eisoes wedi'i blannu yn f'ieuenctid.

Wedi cyrraedd y lôn dringasom y llwybr serth tuag at eglwys Penrhos. O'n hôl, i gyfeiriad Ynysoedd Tudwal, gwelem oleuni gwan y dydd yn disgleirio ar y dŵr fel darn arian. Safodd Robert gan syllu'n hir ar y mymryn goleuni hwnnw ac meddai,

"Hwy a edrychasant arno, a hwy a oleuwyd."

Ni wyddwn, bryd hynny, at beth y cyfeiriai ond daeth goleuni newydd i'w lygaid fel goleuni nefol gŵr yr oedd gwefr eirias yn ei waed. Trodd tuag ataf yn sydyn fel pe bai rhyw her wedi'i feddiannu.

"Mari Gwyn! Mi fedri di sgwennu!"

6

"Medraf," meddwn, "tae gen i ddigon o femrwn a chwilsyn ac inc o bren yr ysgaw."

"Yna, fe'u cei, ar fy llw!"

Synhwyrais drywydd ei feddwl. Trwy gyfrwng fy llawysgrifen medrwn innau gyfranogi o'i wefr eirias yntau a throsglwyddo'i genhadaeth i'w chadw dros byth ym mhlasau Pen Llŷn. Ym mynwent eglwys Penrhos lle buasai unwaith y ddelw o'r Forwyn Fair, cofiais drachefn eiriau'r Ave Maria a sibrydais,

"Sancta Maria, mater Dei, ora pro nobis pecatoribus. . ."
"Sancteiddiol Fair, fam Duw, gweddïa drosom ni, bechaduriaid. . ."

Fel y cerddem yn ôl dros y caeau tua Phenyberth, daeth imi ryw orfoledd tawel. Heb symud cam o'r fan, fe fyddwn innau'n rhan o antur fawr Coleg Douai, yng ngwlad Fflandrys. Cofiais fel y byddai Robert yn gweddïo'n hir yn ei ystafell ymhell i'r nos pan ddeuai adre o'r Coleg yn Rhydychen, yn y dyddiau hynny pan oedd dylanwad Huw Owen a bechgyn eraill y Plas Du yn drwm arno. Bryd hynny, yn y bore bach, fe welodd fflam eirias o dân yn teithio o gyfeiriad y môr ac yna'n sefyll yn oleuni llachar uwchben Penyberth. Yn sgîl tafod aur y fflam, fe glywodd lais fel llais y Forwyn yn cyhoeddi na ddiffoddid byth mo'r fflam. A chyda'r dydd fe wyddai ef fod y fflam yno o hyd, er na welai hi.

Mi deimlais innau'r fflam o'm cylch droeon yn ddiweddar. Weithiau bydd yn gorwedd yn llinell esmwyth o aur uwchben f'amrannau. Dro arall, clywaf hi'n gynnes yn fy mynwes ac eilwaith bydd yn gwau o'm cylch fel edau brodwaith. Mi wn mai'r Ysbryd Glân sydd yn y fflam.

II   Penyberth.

Mis Ebrill, 1576.

Aeth f'ewythr Gruffudd, Meistres Catrin a Rhein y gwas bach yn gynnar efo'r ferlen i ffair Pwllheli. Mae hi'n ddiwrnod braf a'r awyr yn frau fel y medrech ei dal hi ar gledr eich llaw. Wedi cael cefn Meistres Catrin, fe adawodd yr hen Andreas i mi ddringo'r grisiau i'r llofft-garreg sy'n arwain allan o ystlys y stabl. Mae yna garreg fawr yn y mur sy'n arwain i'r llofft-garreg na all neb ond Andreas a Robert a Thomas Owen, y Plas Du, ei symud.

7

Mae Robert ar grwydr ers dyddiau lawer yn Llŷn ac Eifionydd efo Robert Owen, y Plas Du, a Thomas Owen yn eu gwarchod. Unwaith erioed y bûm i yn y Plas Du. Mae o'n gorwedd mewn hafn a choed tewfrig o'i gwmpas. Mi glywais fod twnnel yn arwain o'r Plas i gyfeiriad eglwys Llanarmon yn rhywle ac na fedr Crach Aberdaron a sbïwyr eraill y Doctor Coch o Blas Iolyn ac Esgob Bangor byth ddarganfod ei ben o. Pe bai rhai ohonynt yn beiddio gwneud hynny, fe'u llyncid am byth yng nghrombil daear. Yng ngheg y twnnel, mae yna ystafell fechan lle bydd y cenhadon alltud yn cysgu! Yn y Plas Du y bydd gwŷr yr Hen Ffydd yn cynnal yr Offeren, yn gweddïo dros eneidiau'r saint ac yn cenhadu'n ddirgel. Hwyrach y caf innau fynychu'r Offeren yno rywdro, yn ystafell gudd Thomas Owen, pan fydd y cenhadon drosodd o Douai. Fe fu Robert yno droeon yn adfer y bobl at yr Hen Ffydd. Fe ddywedir bod arwyddion diwygiad yn y tir y dyddiau hyn am fod gwres offeiriaid ifanc Douai yn llais ac ymarweddiad Robert. Aeth eneidiau'n sych, meddai, yn anialdir y Gwŷr Newydd, pan fo'r hen offeiriaid plwy yn cysgu a'r Forwyn dan gysgod. Lle na bo gwlith ni cheir ireidd-der. Cwpan y Crist yw'r enaid, medd ef. Rhaid golchi'r cwpan drwy ddagrau a'i chadw'n lân fel y gallo'r Crist yfed ohoni. Pob dyn a fo'n llenwi'r enaid â gweithredoedd da a rydd fwyd a diod i Grist. Y mae sôn y bydd cwpan yr Hen Ffydd yn llawn i'w hymylon ym Mhen Llŷn cyn y daw'r haf, ac nad gwiw ei llygru â drygsawr y Gwŷr Newydd. Cyn canol haf fe fydd y newyddion da wedi croesi'n ôl i Douai bell, gan y bydd Robert Owen, y Plas Du wedi croesi'r môr â'i wyneb tua Ffrainc erbyn hynny. Prin y bydd bechgyn y Plas Du yn aros yma'n hir am fod helgwn y Llywodraeth ar eu gwarthaf nhw.

Heddiw, yn Ebrill, mae'r ŵyn hyd gaeau Penyberth yn smotiau gwynion rhyngom a llinell y môr. Mae'r briallu yn felyn a'r llwyni eithin yn galed aeddfed i flodeuo. Cyn hir, byddant fel clawdd melyn mawr ar lôn Abersoch a bryd hynny bydd yr adar wedi dychwelyd yn ôl i ganu i Goed Cefn Llanfair.

Yn rhywle yn Llŷn y foment hon mae Robert yn holi paham y mynn y bobl wrando gwasanaeth y Gwŷr Newydd. Mae hyn, meddai, yn beryglus ar les eu heneidiau ac ni allant ond disgwyl trugaredd ar yr awr olaf. Yma, yn llofft-garreg Penyberth, fe fûm innau'n holi droeon,

"Pwy ydw i? Beth ydy fy ngwaith?"

O rywle ar glust fy meddwl, fe dyrr y geiriau,

8

"Gweithio dros Goleg Douai, yng ngwlad Fflandrys yr wyt ti, Mari Gwyn, yma yn Llŷn yn copïo o lawysgrifau'r offeiriad Robert Gwyn fel y gellir dosbarthu memrynau neges y Forwyn i blasau'r gwŷr mawr. Hyn yw dy resymol wasanaeth di.''

Wrth lafurio gyda chwilsyn ac inc, dysgais fod y llythyrau hyn yn llawn o neges yr Hen Ffydd a chan y gwn y bydd yr offeiriaid ifanc, wedi blinder dydd, yn ysgrifennu ymhell i'r nos yng Ngholeg Douai, mi fedra' innau ddioddef y cryd cymalau wrth gopïo drwy'r oriau hir yn llofft-garreg stabl Penyberth. Heddiw bûm yn copïo ar ddarn o femrwn digon melyn a welodd amser gwell ac mae'r cwilsyn a adawyd imi fel yr hen Ddihenydd. Mae'r coesyn yn frau ac mi fynna' i gael cwilsyn newydd o aden yr hwyaden goch. O chwilio, hwyrach y ca' i un go braff yn y caedan-tŷ, o ran hynny.

Heddiw hefyd, mae hi'n dawel o gylch y lle a'r ychen yn y maes. Pan fydd Robert yma, medrwch glywed sŵn pystylad eu traed ar y llawr caled a sŵn tynnu'r aerwy ymhell i'r nos, fel tae nhw yn ei warchod o rhag ei elynion. Rhonwen ydy'r fwyaf swnllyd ohonyn nhw, achos ei bod hi'n fwythus. Mi fydd Robert yn rhwbio'i law hyd ei meingefn ac yn anwesu'i phen ar ei ffordd i'r llofft-garreg. Yno mae o'n cadw cyfrinachau'r Hen Ffydd ac mae'r ychen fel tae nhw'n deall. Peth od ydy anifail. Fe all Rhonwen synhwyro perygl o bell ac mi fydd hi hefyd yn arogli mantell Robert.

Un noson, fe ddaeth rhai o'r milisia efo'u meirch a'u cŵn i'r buarth a Chrach Aberdaron yn eu harwain. Prif sbïwr y Gwŷr Newydd, fel y byddwn ni yn galw'r Protestaniaid, ydy'r Crach. 'Roeddan nhw wedi bod ym Mhennarth a Bodfel a'r Plas Du yn chwilio am Huw, brawd Thomas Owen. Mae pobl gas Llŷn yn mynnu dweud mai sbïwr y Pab ydy Huw Owen y Plas Du a'i fod o wedi cynllwynio i ladd y Frenhines. Ond y noson honno, pan ddaeth y milisia i fuarth Penyberth, 'roedd Huw Owen yn ddigon pell yn Ffrainc, ond yr oedd Robert yn cuddio yn y llofft-garreg yn ystlys y stabl. A phan aeth un o'r milisia i mewn i'r stabl, mi roes Rhonwen fref arswydus a chic sydyn i'r gŵr yn ei ffêr fel na bu llun ar ei gerddediad byth wedyn.

Cyn Gŵyl y Pasg fe fydd Robert a Thomas Owen y Plas Du yn cychwyn am y Creuddyn lle mae'r Puwiaid yn byw a thrwy Ddyffryn Clwyd i gyffiniau Wrecsam. Mae'r bobl yn sychedu am y cenhadon am nad oes neb i'w dysgu nac yn pregethu i gadw eneidiau, onid rhyw Biwritan moel mewn llofft stabl. Mae

9

offeiriaid y plwy yn diota a'r glaw yn pistyllio drwy doeau'r eglwysi ac fe fu rhywrai yn anharddu lluniau'r Groes ar y parwydydd. . .

Mae mantell lwyd Robert yn hongian ar yr hoel ar fur y llofft-garreg. 'Rwyf innau'n oer ac fe daenaf y fantell drosof a'i lapio'n dynn, dynn amdanaf. . . Clywaf sŵn Andreas yn trafferthus groesi'r buarth ac felly rhaid cau ar y mwdwl heddiw. Clywaf sŵn agor drws y stabl a dringo'r grisiau. Yr hen Andreas annwyl! Os nad wyf yn camsynio, yr wyt yn ansicr ar dy draed. Pe baet yn feddw gaib, symudet ti byth mo'r garreg o wal y llofft-garreg yma, ac wedyn byddwn innau'n garcharor nes y dôi Robert adref. . . Ond, diolch, fe glywaf sŵn treiglo'r garreg o'r wal ac fe wthiaf y dyddiadur i fyny llawes fy mantell. Rhoddaf y memrwn o law-ysgrif Robert gyda'r gweddill o ddirgelion yr Hen Ffydd ar silff garreg y llofft. Mor falch y teimlaf, oblegid bellach, mae f'ysgrifen yn dwt. Tybed a allai'r Forwyn ei hun wneud yn amgenach? Prin y byddai hynny'n bosibl yn ôl yr hen Andreas. Ond wedyn, y mae'i olwg o mor niwlog â'i leferydd o, gan amlaf!

III.   Penyberth.

Diwedd Gorffennaf, 1576.

Ni fûm gam o Benyberth gydol misoedd y gwanwyn na dechrau haf, nes bod Modryb Gainor, Bodfel, yn gofyn pam nad af i yno, i wylio'r plant iddi. Oddi yno fe fyddai siawns croesi i Enlli am fod yr hen Siôn Wyn ap Huw, Bodfel, wedi etifeddu llawer o dir yr Abad yno. Fe'i cafodd am frwydro ym myddinoedd yr hen Iarll Warwig.

Bu Meistres Catrin yn dwndran hefyd ogylch y lle amdana' i gan ddweud y byddai'n,

"Rheitiach i'r hogan yma weini cysur i rywun, yn lle pendroni uwchben rhyw femrwn melyn nad ydy o'n da i neb! Gallai hi gael gŵr o blith bechgyn ysweiniaid Llŷn ac Eifionydd, tae hi â'i llygad yn ei phen."

Fe fu hi'n dannod yn ddigon sbeitlyd fy mod yn treulio gormod o amser yng nghwmni Robert pan fydd o gylch y lle, fel pe bawn i'n gariad iddo ac yntau'n ewythr o bell i mi. Ac wedi'r cwbl, onid

10

ydy o yn hŷn na mi ac yn offeiriad? Peth ffôl ydy rhoi serch ar ŵr eglwysig, meddai Meistres Catrin, ac ychwanegodd yn ddigon sarrug,

"Ond efallai fod gwaed gŵr eglwysig yn yr hogan yn barod, o ran hynny!"

Y dyddiau hyn fe â pob beirniadaeth drosof fel dŵr dros bysgodyn. Dau beth sydd yn fy meddwl, sef gallu adfer Ffydd Mair Forwyn yn Llŷn a chopïo'r llawysgrifau a ddaw o Douai o law Robert. A pha'r un bynnag, ef a ddysgodd i mi gerdded ar ei draed dros lawr y gegin rhwng y bwrdd mawr a'r cwpwrdd tridarn. Felly y dysgwyd i bob un o blant Penyberth gerdded, ond Taid, Siôn Wyn, oedd y gorau am hynny am y byddai o'n gwneud ciamocs i dynnu sylw.

"Tyrd, yr un fach," meddai, "mi ddysga' i iti gamu dros glogwyn yr Wyddfa. Gwell iti amcanu'n rhy uchal nag yn rhy isel bob amser."

Pan fydd Robert oddi cartref, 'does yma neb yn rhyw boeni llawer amdana' i 'rwan, wedi i Taid Penyberth a Nain Castellmarch farw. Dyna fel y byddwn i'n galw Nain Penyberth, am mai merch Castellmarch oedd hi. Mi fedra' i glywed llais Taid, Siôn Wyn, yr eiliad yma yn gofyn,

"Mari Gwyn, 'nghariad i, oes gen ti ddigon o fwyd yn dy fola, dwad, a digon o wlanen ar dy frest? 'Rwyt ti fel oen swci, wyt ar fy llw."

Wedyn gadawai Taid imi eistedd ar ei lin a chanai yntau grwndi yn fy nghlust. 'Roedd ganddo wallt llaes claerwyn at ei ysgwyddau a barf fel sidan. Byddai wedyn yn rhwbio bagl ei ffon â'i law ac yn pesychu rhyw beswch cwta mawreddog, a'r un fyddai ei stori yn barhaus.

"Mae yna rywbath rhyngot ti a fi, on'd oes, Mari Gwyn. . . rhywbath cyfrin fel rhwng dyn a'i enaid. 'Roeddat ti'n swp bach gwichlyd yn dy grud pan welais i di gyntaf yn Aberdaron. 'Roedd dy fam di wedi marw ac mae'n debyg y gallwn i fod wedi dy adael di yno yn nhŷ gwraig y clochydd i honno dy fagu di yng nghysgod Crach Aberdaron. 'Roedd dy wynab di'n grebachlyd fel wyneb hen wraig ac mi welais wyrth y creu ynot ti fel bod rhod bywyd yn troi fel olwyn. Ond dy ewinadd bach di wnaeth y tric. 'Roeddan nhw fel hannar lleuad y tylwyth teg."

Rhyw ddwyn amser y bûm innau heddiw yn hel meddyliau a'u cofnodi ar femrwn sbâr. Mae Robert yn grintach iawn o roi memrynau newydd imi ac mae'r cwilsyn yma yn fy llaw fel pe bai o wedi'i ddwyn oddi ar hen iâr.

Bellach mae tymor y gweiriau drosodd. Fe huriodd f'ewythr Gruffudd ddau weithiwr o Abererch i'r cynhaeaf ac yr oedden nhw'n glustiau ac yn llygaid i gyd. 'Does gen i fawr i'w ddweud wrth 'bobl y 'Berch', fel y byddwn ni yn eu galw nhw. Un ohonyn nhw ydy Hywel Roberts a brepiodd wrth Vaughan, Llwyndyrus, iddo weld Huw Owen, y Plas Du, ar ei ffordd i Ffrainc. Mynnai fod arian degwm Aberdaron ym mhoced Huw Owen wedi i Thomas Owen ei frawd eu hanfon nhw iddo. Fe ddywed y Gwŷr Newydd fod Thomas Owen yn cadw'i frodyr yn Ffrainc ar arian degwm eglwys y plwy. Mi gafodd Hywel Roberts gil-dwrn, mi dyffeia' i o, am agor ei geg! Cuddio yn y llofft-garreg efo'r memrynau y bu Robert gydol yr amser yr oedd gwŷr Abererch yma. Mae'n haws iddo ysgrifennu yma nag yn Douai, medda fo, am nad ydy o'n astudio ym Mhenyberth.

Un noson wedi i'r dynion gilio a phan oedd yr haul yn machlud yn goch dros benrhyn Llŷn, fe ddaeth o allan o'r llofft-garreg.

"Tyrd, Mari Gwyn!" meddai, "mi awn ni allan i'r maes."

Codai aroglau'r adlodd yn iraidd i'n ffroenau fel y cerddem yn droednoeth dros borfa felfedaidd Cae Rhos yn union yn ffordd y machlud. 'Roedd yr awyr yn goch ac yn aur ac ysgarlad a chymylau blew geifr yn symud yn wlanog dros yr Eifl. Ymddangosai Robert fel pe bai'n flinedig a daeth sŵn hiraethus i'w lais. Syllodd yn hir yn ffordd y machlud.

"Welsoch chi erioed fachlud fel hwn yn Douai?" gofynnais.

"Mi welais rywbeth tebyg," meddai'n fyfyrgar.

"Yn Fflandrys?"

"Yng ngorllewin Ffrainc, ond yno 'roedd y lliwiau yn gryfach a'r coch yn gochach, ac mi welais gymylau, filoedd ohonynt yn marchogaeth yr awyr, pob un ar siâp wyneb dynol. Yn drwyn ac yn ên ac yn farf, fe ymddangosent fel wynebau meirwon y byd drwy'r oesoedd wedi'u croniclo yn y nefoedd. Welais i ddim byd rhyfeddach yn fy myw, Mari Gwyn, a phan ddiflannodd yr haul, ac fe aeth yn sydyn o'r diwedd, fe ddaeth y nos yn ddisymwth ac yr oeddwn innau yn foddfa o ddagrau."

"Hiraeth oedd hynny?"

"Ie, hwyrach. . .hiraeth am Ben Llŷn ac am fy nghyfneseifiaid a minnau mewn gwlad ddiarth heb 'nabod arferion y bobl."

"A'u hiaith?" gofynnais.

"Yn fregliach yn aml. Dyna pam y mynna' i sgwennu yn Gymraeg, Mari Gwyn, fel y bo'r Cymry yn deall teithi meddwl yr Hen Ffydd ac y medrant glywed y Gwasanaethau yn Gymraeg a'u trosglwyddo i'w plant."

Safodd ar ganol Cae Rhos ac meddai gyda thân angerddol yn ei lais,

"Am hynny gwybyddwch fod Duw yn edrych am gael gennych chi farw a dioddef merthyrdod fil o amserau, pe bai'n bosibl, yn gynt na gwadu eich ffydd."

Cododd ei freichiau tua'r nefoedd fel pe bai yn annerch y cyfanfyd mawr. Gellid clywed ei lais yn glir i bellter eithaf Cae Rhos.

"Yn y llofft-garreg y buoch chi yn sgwennu y geiriau yna," meddwn.

"Nage, yn Fflandrys bell...ond tyrd. Mi gerddwn ni yn llwybr yr haul."

Fel y llithrai'r haul i'w wely yn belen ddisglair gwelem ein cysgod ar y ddaear. Yn yr un modd y gwelais fy llun yn nŵr ffynnon Pwll Mawr pan ddisgleiriai'r goleuni yn llachar yn y nefoedd. Dysgais gydag amser mai cysgod ydw innau o'r Duw tragwyddol a phan fo ymyrraeth y dwyfol drymaf y gwelir y cysgod gliriaf. Ni allaf ddianc rhag fy nghysgod er pan ddechreuais ymdroi yn y llofft-garreg efo'r memrynau. Dyna paham y mynnaf adrodd y Pater Noster, yr Ave Maria a'r Credo yn barhaus.

Yr eiliad nesaf, fel y cerddem hyd y maes, chwarddodd Robert yn uchel mewn rhyw ollyngdod mawr a murmurodd rhyw hen gân yn isel,

" 'Roedd awyr haf yn sidan 'sgarlad,
Pan welais gynta' wên fy nghariad."

"A phwy oedd honno?" gofynnais.

"Ac fe hoffet ti wybod, Mari Gwyn...ond chei di ddim... nid heno o leiaf, os cei di byth."

Ac felly ymlaen yn droednoeth yr aethom hyd y glaswellt melfedaidd. Rhedasom yn llwybr olaf yr haul a thynnodd yntau yn fy ngwallt fel ym mwng merlen mynydd. Ond yr oedd y nos yn dechrau hel o gyrrau Eifionydd ac fel y cerddem yn ôl tua Phenyberth fe godai aroglau diweddar yr adlodd yn fwy treiddgar nag o'r blaen. Mae'n rhyfedd fel y mae'r nos yn dwysáu pob synnwyr. Cododd sŵn adar nos o gyfeiriad Cefn Llanfair.

13

Wedi cyrraedd yn ôl i'r buarth, dychrynwyd ni beth gan ymystwyrian a chyfarth cŵn o du'r stabl. Ond yr hen Andreas oedd yno yn feddw chwil. Peth rhyfedd ydy gweld hen fynach wedi meddwi, ond 'roedd Andreas yn llanc ifanc wedi hen arfer â'r gwin ym Mynachlog Enlli yn nyddiau'r hen Abad, ddeugain mlynedd yn ôl, bellach. Bryd hynny, fe gafodd Andreas loches ym Mhenyberth a fo a ddysgodd Roeg a Lladin i Robert yn y llofft-garreg. Er pan aeth Robert gyntaf i Fflandrys, mae Andreas fel pe bai o wedi colli gafael ac yn dianc i'r seler pan gaiff o gefn f'ewythr Gruffudd. Fe addawodd Robert y ca' i fynd efo fo ac Andreas i Enlli cyn i'r haf ddwad i ben, a phan fydd Niclas Robinson, Esgob Bangor, a'r Doctor Coch yn ddigon pell i ffwrdd.

IV.   Penyberth.

Canol Awst, 1576.

Bu'r hin yn annioddefol o boeth ers dyddiau lawer gyda sŵn gwres a bwhwman y gwenyn yn barhaus. Daw gaeaf caled ar ôl hyn, meddai f'ewythr Gruffudd. Bu farw merch fach o'r frech wen ym mhentre Llannor a chladdwyd hi gefn trymedd nos gan offeiriad o'r Hen Ffydd, ond na wyddai neb pwy ydoedd. Drannoeth y claddu fe aeth Robert yn gynnar tua'r Plas Du am iddo addo mynd gyda Thomas Owen i gyfeiriad y Creuddyn. Yn niwedd mis Gorffennaf fe ddaeth llongau diarth i gyfeiriad Ynysoedd Tudwal ac Enlli efo nwyddau oddi ar longau Sbaen a bu farw dau o'r llongwyr a'u claddu ar y tir mawr. Carient bob hen geriach o fwnciod i hosanau wrstyd ac orennau wedi madru. Fel yna y daw afiechydon i Lŷn, meddai Meistres Catrin. Mi feddyliodd pawb mai llongau Sbaen oeddan nhw wedi dwad i ymosod ar y glannau a ninnau heb neb i'n hamddiffyn. Fe ddylai'r sgweiar, Wiliam Maurice, Clenennau, fod yn codi arian i chwyddo'r milisia ac i godi arfau at atgyfnerthu'r gwylfeydd hyd y glannau.

O'r diwedd gorffennodd Robert ei lawysgrif a bellach caf innau ddianc o'r gwres mawr i'r llofft-garreg i gopïo'r memrynau fel y gellir eu dosbarthu yn y man i Bodwrdda, Bodfel, Madryn a Phennarth a bydd angen copi arbennig i'r Plas Du.

Ymhen deuddydd wedi i Robert ymadael gyda Thomas Owen tua'r Creuddyn, fe ddaeth dau o'r milisia ar eu meirch i fyny'r lôn at giât y buarth. Clywais gyfarthiad milain y cŵn fel y gwyrwn uwchben y memrwn yn y llofft-garreg. Mynnent weld f'ewythr Gruffudd, yr yswain, ond nid oedd f'ewythr gartre'. Fe aethon nhw wedyn, meddai Andreas, i lawr am Benrhos gan droi yn ôl hyd lôn Bodfel a Boduan. Ni wn beth oedd eu neges ond fe ddaethant yn union wedi i'r ferch fach o Lannor gael ei chladdu o'r frech wen. Tybiaf fod rhwyd Esgob Bangor yn dechrau cau amdanom ac fe fyddant ar drywydd Robert bellach yn Llŷn ac Eifionydd. Ond heddiw mae o fel pryfyn wedi medru osgoi'r gwe cop. Hwyrach mai chwilio am Robert Owen, y Plas Du, yr oeddan nhw, o ran hynny, ond fe wn i ei fod o yn ddigon diogel yn Ffrainc. Gwneud stŵr o bell y bydd bechgyn y Plas Du, ar wahân i Thomas eu brawd. Mae Thomas fel y graig, yn gwarchod buddiannau'r Hen Ffydd. Y fo, yswain y Plas Du, fydd yn lletya'r cenhadon alltud bob un yn eu tro ac yn eu hebrwng nhw wedyn ar eu teithiau i'r Creuddyn a phellter y Waun ar ffiniau Sir Amwythig. Clywais sŵn ym mrig y morwydd hefyd, y bydd yn ofynnol i Thomas Owen wylio'i stad oherwydd yr hen, hen gynnen sy'n mynnu codi'i phen rhwng teulu'r Plas Du a Vaughan, Llwyndyrus, ynglŷn â'r tiroedd ym Mhentyrch. Gwrthododd Thomas Owen dalu'r degwm a bygythiodd Vaughan anfon y beili i gymryd ymaith ei ŵyn degwm. Mae Thomas Owen mor aml ymhell o gartre' ar drywydd yr Hen Ffydd. Gwrthododd ef a'i fam a'i ddwy chwaer addoli yn eglwys y plwy ers tair blynedd. Ni fûm innau ychwaith yn eglwys Penrhos ers Suliau lawer ac mae Meistres Catrin yn dwndran yn barhaus wrth f'ewythr Gruffudd ac Andreas a Rhein y gwas bach a minnau, y dylem ni fynd yno rhag llid Esgob Bangor. Hwyrach yr af i yno yn y man rhag dwyn y milisia eto i Benyberth a thrwy hynny lesteirio cenhadaeth newydd yr Hen Ffydd yn Llŷn. Mae f'ewythr Gruffudd yn dweud y medra' i fynychu'r gwasanaeth yn eglwys Penrhos ar y Sul a rhoi fy mysedd yn fy nghlustiau gan hanner cau fy llygaid. Prin y medrwn i oddef gwneud hynny am awr o amser, ond wedyn, mae offeiriad eglwys Penrhos yn hanner meddw fel offeiriad Pwllheli, a phe bawn i'n tynnu fy nhafod allan a gwneud llygad croes arno, fyddai o damed callach. Rhyw lipryn salw o offeiriad ydy o, yn brygowthan drwy'r gwasanaeth yn Saesneg. Ond fe ddywed offeiriaid yr Hen Ffydd na ddylem ni weithredu felly rhag ein bod ni'n ymhel ag 'Opiniadwyr' ysgwydd yn ysgwydd a thrwy hynny fe ddôi i ni ddamnedigaeth enaid.

15

Fe fynn f'ewythr Gruffudd hefyd mai rhyw ddechrau cau amdanom y mae rhwyd Niclas Robinson, Esgob Bangor. Yn wir, mae enw'r Esgob yn fwrn ar fy nghlustiau yn feunyddiol oblegid fe fynn ef erlid pob copa walltog o wŷr yr Hen Ffydd o Ben Llŷn a gwlad Eifionydd. 'Does dim dihangfa rywsut. Beth a dâl sêl yr ychydig yn erbyn nerth y pŵer mawr a difrawder y plwyfolion? Fe fynnai'r Esgob farweiddio tân cenhadaeth Coleg Douai ac erlid y cenhadon o'r glannau. Fe roddai unrhyw beth am gael ei ddwylo ar y Cymry alltud sy'n arddel yr Hen Ffydd yn Ffrainc ac yn yr Eidal ac yn Sbaen. Ond digon simsan yw ei fygythiad, megis twyni tywod yn erbyn y llanw pan fo terfysg yn y môr.

Siarsiwyd yr hen Andreas i gadw rhag y ddiod feddwol tra bo Robert ar drafael ac i gadw gwyliadwriaeth barhaus rhag gwŷr yr Esgob a'r Frenhines. Mynn Robert mai rheidrwydd yw iddo ef weithio o fewn amser Duw. I mi y mae'r amser yn hir pan fydd o' gartre'. Ac eto ni wn pa un sydd orau, ai ei gael ym Mhenyberth a ninnau'n ofni sŵn carlamiad meirch y milisia ar y buarth, ai gwybod ei fod yn ddiogel yn Fflandrys, o gyrraedd ei erlidwyr. Cyn hir fe ddaw'n ôl eto fel golau bach diniwed i oleuo'r cysgodion.

V.   Penyberth.

Diwedd Medi, 1576.

Dydd Mercher ydy hi heddiw. Echdoe efo'r wawr yr aeth Robert oddi yma. Fe aeth cyn i'r wlad godi allan. Hwyrach y bydd o'n ôl cyn G'lan Gaea' ac felly gwell peidio â bod yn rhy drist. Ac eto, mae'r haf wedi mynd a phan ddaw'r gaeaf, bydd y tir yn foel a'r gwyntoedd yn chwythu o'r môr. I'r Plas Du yr aeth o efo pentwr o femrynau o dan ei gesail. Hwn oedd fy llafurwaith i ac fe ddosberthir y memrynau i un neu ddau o'r plasau yn eu tro. Erys gwaith enfawr i'w gyflawni ac y mae'r garddyrnau mor friwiedig! Fe aeth Rhein y gwas bach i ddanfon Robert sbel o'r siwrnai efo'r ferlen, ond cerdded y byddai o wedyn efo'r cloddiau. 'Roedd hynny cyn iddi oleuo a 'does wybod beth fydd gan Thomas Owen ar ei gyfer y tro hwn.

'Rydw i'n eistedd ar y fainc bren yn y llofft-garreg ac yn ysgrifennu ar lechen lefn y bwrdd. Mae hi'n oer yma. Fe aeth f'ewythr

16

Gruffudd, Meistres Catrin a Rhein i ffair Fedi ac unwaith y cefais i eu cefn nhw, bodlonodd Andreas y gwnâi symud y garreg o ystlys y stabl fel y cawn innau ddianc i'r llofft-garreg. Bellach mae'r bore yn llachar olau. O dan y distyn y mae yna glamp o bry' copyn mawr efo canol llonydd du wedi gwneud ei we a byddin o fân bryfed diwedd haf yn ei rwyd. Mi wela' i un yn crafangu am ei fywyd yr eiliad yma a'r hen bry' mawr llonydd yna yn medru'i ddal o heb symud o'r fan. Un fel yna ydy Richard Vaughan, Llwyndyrus, pan fydd o'n erlid y Catholigion. 'Does yna neb yn Llŷn yn hoffi'r pry' mawr hwnnw.

Yma y bydd yn rhaid i mi aros nes y daw Andreas i symud y garreg o'r wal, ond y mae'r rhigol o ffenast uchel sydd yma yn gollwng yr haul i mewn a hwnnw yn peri i'r gwe ddisgleirio fel aur. A thithau'r hen labwst llonydd o bry' cop, 'does gen ti ddim syniad pa mor atgas wyt ti yn yr haul, ac eto mae dy we di mor hardd! Fel yna y mae bywyd a'r du yn llawn o'r gwyn, a phan ddelir y merthyron yng ngwe'r erledigaeth byddant yn wynnach na'r eira.

Ie, dydd Mercher ydy hi heddiw ac y mae tridiau er pan fuom ni yn Enlli – Andreas a Robert a minnau. Cychwyn cyn canol dydd gydag Andreas yn llywio'r cwch heibio i Ynysoedd Tudwal. Fel y cyfeiriem tua'r môr mawr, gwelem fynyddoedd Ardudwy yn y pellter fel cribau gwrachod, yr awyr yn las a'r traethau yn felyn o Forfa Harlech i Draeth Crugan. Fel y nesáem tuag Ynys Enlli, gwelem yr Eifl ac Eryri yn y cefndir a gwawl ysgarlad dechrau hydref dros bopeth. 'Roedd y wlad yn dawel a'r haul yn rhy lachar i ni weld y glannau a'r bobl a allai fod yn cysgodi yno. Cyrraedd y Cafn ar Enlli o'r diwedd a glanio. Daethom â phecyn o fara a chaws i'n canlyn ac yno yn yr hesg bras y buom yn dadluddedu. Er ei bod yn dawel ar y tir mawr, yr oedd y gwynt yn ddigon cyffrous ar yr ynys.

O'r fan honno gwelem y lôn yn ymestyn yn droellog wyn fel neidr tua'r hen Fynachlog y buasai gwynt a heli môr deugain mlynedd yn ei dinistrio. Yr oedd llwch y lôn yn wyn, wedi gwyntoedd a thes yr haf. Pur dawedog oedd y tri ohonom ond gallwn dybio fod cyffro mawr yn enaid Robert y pnawn hwnnw. Meddai yn y man, fel y dilynai ei lygaid drywydd y lôn tua'r Fynachlog, "Ffordd fel yna ydy ffordd y bererindod ysbrydol, ffordd y chwilio a ffordd rhyddid a Phuredigaeth."

O'n cylch ym mhobman, yr oedd sŵn y môr yn torri'n greision ar y creigiau a pharhâi Robert mewn rhyw ddwfn fyfyrdod.

17

"Fel yna y mae bywyd hefyd," meddai. "Carcharwyd yr 'hunan' o fewn ei gragen, a phan dorrir y gragen, fe ddaw dyn i adnabod sŵn llanw'r moroedd tragwyddol."

Codasom o'r diwedd a dilyn y lôn droellog tua'r Fynachlog. Wrth nesáu, clywem ddwndwr lleisiau a dyna lle'r oedd tyrfa wedi ymgasglu o fewn y muriau ac yn sibrwd yr enw 'Robert Gwyn'. Hon oedd y Gymanfa fawr y bu hir ddisgwyl amdani dros y misoedd diwethaf. Dyma ddydd penllanw'r genhadaeth ym Mhen Llŷn. Sylwais ar y gloywder yn llygaid yr addolwyr fel y disgwylient am ddyfodiad y cenhadwr ifanc ac eto yr oedd rhyw wyleidd-dra rhyfedd yn eu gwedd, fel rhai yn aros i'r storm daro arnynt. Pa hyd, tybed, y cedwid y cenhadwr yn eu plith? Dyma'r rhai a fynnodd lynu wrth yr Hen Ffydd yn wyneb erledigaeth. Yr oeddynt fel praidd heb fugail a heb gorlan, yn garpiog, flêr. Gwisgasai un glogyn mwy bregus na'r gweddill ac fe awn ar fy llw mai Thomas Owen, y Plas Du, ydoedd. Sgwn i faint o wŷr plasau Pen Llŷn ac Eifionydd a guddiai o'r tu ôl i'r carpiau? Cerddodd Andreas yn urddasol rhwng yr adfeilion fel pe na buasai i ffwrdd o Enlli namyn ychydig o amser. Gŵr a aned i Urdd Mynaich ydoedd ac nid i fudreddi buarth Penyberth. 'Does ryfedd ei fod mor aml yn feddw gaib!

Pan esgynnodd Robert o'r diwedd i sefyll ar ail ris yr hen bwlpud, fe beidiodd dwndwr y lleisiau ac edrychodd y dyrfa fregus mewn rhyfeddod arno. Hwn a fu'n cynnal eu hofferennau mewn mannau dirgel gydol y gwanwyn a'r haf hwnnw, yn gweddïo dros eneidiau'r saint ac yn rhybuddio nad oedd dim Gras oddi allan i'r Hen Ffydd. Syllai'r gynulleidfa fud ar y ddau lygad dwfn, du, yn ddisglair gan ryw oleuni nefol, yr wyneb yn llwydaidd am fod y môr a dynion wedi'i gurio a'r talcen yn uchel a deallus. Eisoes yr oedd arwydd o grynder yn ei war fel y safai o flaen y dorf ac o gyffro yn ei symudiadau buan, fel y gellid tybio fod rhywun yn ei erlid yn barhaus. Fel y safai ar risiau'r pwlpud, 'sgubodd gwraig oedrannus ei braich ddiffrwyth hyd ymyl ei fantell a sibrwd,

"Domine Jesu Christe."

Yn y munudau dilynol, llefarodd yn bwyllog ac mewn cywair tawel am mai yn y dull hwn y mynnai apelio at y bobl. Soniodd amdano'i hun yn Fflandrys yn ysgrifennu atom mewn mawr flinder a thrafferth hyd oni chlywai gloch hanner nos, am na chawsai ennyd o seibiant y dydd. Lawer tro, yn enwedig ar y

Suliau, rhedai dagrau hyd ei ruddiau ac felly hefyd ar ddyddiau gŵyl pan welai wŷr y wlad bell yn glanhau eu hunain oddi wrth eu pechodau, a ninnau yng Nghymru yn mynnu gwrando ar Wasanaeth gwenwynllyd y Gŵyr Newydd yn ein heglwysi plwy.

Yn araf ond yn sicr, cryfhaodd ei lais ac fe'n rhybuddiodd gyda grym pwerus,

"Am hynny, edrychwch pa un fu orau er eich lles chwi, ai myned i'r Llan bob Sul a syrthio bob tro mewn pechod marwol a bod allan o Eglwys Grist heb ran yn y byd o weddïau yr eglwys, ai trigo gartref bob Sul a cheisio Offeren gartref os gellwch, neu ddwedyd eich paderau, a thrigo yn aelod o Eglwys Grist. Ac yno y byddwch yn siwr o gael rhan o bob pader a gweddi, a pheth sydd fwy, o bob Offeren drwy'r holl fyd, os byddwch yn aelod o'r Eglwys.''

Dychwelodd ar hynny i ryw angerdd tawel ac ni pheidiodd y dorf â glynu wrth ei eiriau fel gwŷr ar foddi yn cydio mewn conyn cawn ar lan afon. Gyda rhyw daerineb nad oedd o'r byd hwn, apeliodd am iddynt iacháu eu buchedd rhag i Fab y Dyn, pan ddelai gyda'i angylion bendigedig, gywilyddio rhagddynt, ac meddai,

"Ef a brynodd yr enaid a'r corff â'i waed bendigedig. . . Fe ymestynnodd ei gorff ar y Groes er dy fwyn di. Fe oddefodd hollti'r galon â'r ffon wayw drosot ti. . . Oni chlywsoch chwi y dylech grynu rhag ofn i'r Arglwydd ddwad a'ch cael chwi yn was diffrwyth?''

Fel y soniai am hollti'r galon, fe ddaeth drosof yr un hunllef ag o'r blaen pan glywais lais yr Uchel Siryf yn cyhoeddi,

"Robert Johns Gwyn, Penyberth, 'rwy'n eich cael yn euog. . .''

Y tro hwn, medrwn weld y grocbren a'r erlidwyr yn torri ei ben â bwyell, yn haneru ac yn chwarteru ei gorff, yn llusgo'i galon hyd y llawr a ninnau'n golchi'n dwylo yn ei waed. Yr eiliad honno gwneuthum ddiofryd y dioddefwn innau pe byddai raid. Ciliodd y breuddwyd erchyll hwn mor ddisymwth ag y daeth ac eilwaith clywn ei lais yn dreiddgar, glir, yn apelio ar i bob dyn gofio'i ddiwedd, gan y byddai raid iddo ymddangos gerbron gorsedd-fainc Crist, i ddatgan ei ffydd a'i weithredoedd. Meddai wrthynt,

"Memorare novissima tua. Omnes nos manifestari oportet ante tribunal Christi.''

Fel y llefarai ef y geiriau Lladin hynny, odid na chyffyrddai â chalonnau ei elynion pennaf, pe digwyddai i rai o ddilynwyr

19

Crach Aberdaron fod yn cuddio yn y gynulleidfa. Yna cyhoeddwyd y Fendith,

"Benedicat vos omnipotens et misericors Dominus, Pater et Filius et Spiritus Sanctus."

Pan ddaeth awr y ffarwelio o'r diwedd, cronnodd y dagrau mewn llawer llygad. O fewn muriau'r Fynachlog, cawsom beth cysgod rhag y gwynt, ond fel y gadawem y Clwysgordy, yr arogldarth a delw'r Forwyn, chwythai'r awel yn gryf a chlywem ymchwydd y môr o'n deutu. Sibrydodd y dorf ei ffarwel ac ar hynny, rhedodd rhywun yn frysiog o ben Cristin, gan gyhoeddi fod coelcerth o dân ar Uwchmynydd, yn union fel y coelcerthi a gynheuai'r môr-ladron yn y nos i hudo'r llongau yn erbyn y creigiau. Gwyddem ninnau bellach fod yr erlidwyr ar ein gwarthaf a phrin y mentrai neb ohonom dros y Swnt i Aberdaron y noson honno. Chwalodd y dyrfa yn ddisymwth a hwylio allan i'r môr mawr, i lanio mewn mannau diarffordd hyd y glannau, o ogledd Penrhyn Llŷn hyd lanfeydd anhygyrch y de. Fel y rhwyfem ni yn ôl tua Phenrhos, heibio i Ynysoedd Tudwal, fe welem gysgodion y nos yn cloi dros Ardudwy a lliwiau tyner fel bwâu rhyw enfys wannaidd, yn ymestyn tuag Iwerddon. Teimlais f'amrannau'n drwm gan flinder y dydd a theimlwn oerfel y môr yn gafael ynof o berfeddion yr eigion. Estynnodd Robert ei fantell drosof. Siglem yn ôl a blaen gyda'r tonnau. Oedd, yr oedd Robert o hyd mewn rhyw fyfyrdod dwys a goleuni'r gororau pell yn ei lygaid. Meddwn wrtho yn y man,

"Mi 'rydw i'n caru'r Forwyn. . .Ydach chi?"

"Ydw. 'Rydw i'n caru'r Forwyn yn fawr iawn."

Am fod angerdd y noson honno yn gyfryw na ddeuai ei debyg drachefn, gofynnais iddo eilwaith,

"A fedrech chi garu unrhyw ferch arall, Robert?"

Myfyriodd yn hir cyn ateb ac meddai o'r diwedd heb dynnu ei lygaid oddi arnaf,

"Mi fedrwn i dy garu di, Mari Gwyn, ac mi fedrwn i dorri dy galon di am hynny, am fod yn rheidrwydd arna' i garu'r Forwyn!"

Yna ychwanegodd gyda rhyw ddwyster angerddol yn ei eiriau,

"Gwae y gŵr annheilwng na chaniateir iddo goron merthyrdod."

Gwyddwn mai dyfynnu yr oedd o'r memrwn y bu'n consurio'i eiriau yn y fath fodd ynddo, fel y deallai dilynwyr yr Hen Ffydd yn Llŷn arwyddion yr amserau. 'Roeddem ar riniog yr erlid mawr

20

pan dywelltid gwaed y merthyron i ireiddio daear gwledydd Cred.
Yno, yng ngrym y tonnau, fe lefais allan y geiriau,
"O! Dduw, na allwn innau ddioddef fel y byddai ei ddioddefaint ef a'i gyd-genhadon beth yn llai.''
Oherwydd grym y tonnau diflannodd fy ngeiriau i'r môr mawr.

Nos Sul oedd hynny a heddiw mae hi'n ddydd Mercher. Dydd Mercher sy'n llawn ofnau, am y gwn i Robert ymadael am y gwyddai fod rhywun yn ei erlid. . .
Bûm innau'n ysgrifennu'n hir ac mae'n oer yn y llofft-garreg a'r haul yn dechrau gwanhau ac mae gen i eisiau bwyd. Wn i ddim faint o'r gloch ydy hi ond mi glywaf sŵn y ferlen yn dwad â f'ewythr a Meistres Catrin yn ôl o ffair Fedi. . .Mi ddylai Andreas fod yma cyn hyn yn symud y garreg o wal y llofft. O ran hynny, efallai ei fod o'n feddw chwil yn y seler, a 'does yna neb arall a ŵyr fy hynt, hyd yn oed Rhein y gwas bach. Ni wyddant hwy ddim am ddirgelion y llofft-garreg.

Andreas!. . .Andreas!. . .

Na. . .feiddia' i ddim galw'i enw, rhag i sbïwyr Vaughan, Llwyndyrus, ddarganfod yr ystafell gudd a dirgelion yr Hen Ffydd. Ond fe ddaw Andreas yn y man. Fethodd o erioed, unwaith y bydd effaith y ddiod yn cilio. . .Mi dynna' i fantell Robert oddi ar yr hoel ac fe'i gwisgaf i fod yn gynnes er ei bod yn llwydaidd a thyllog.

Charwn i ddim gorfod aros yma drwy'r nos hir efo'r hen grombil du yna o bry' copyn. Mae arna' i dy ofn di, yr hen bry' copyn . . . dy ofn di . . . hwyrach na ddaw Robert yn ôl hyd G'lan Gaea', os y daw o o gwbl . . .

VI.   Bodfel.

Dechrau Mawrth, 1577.

Mae haul y gwanwyn cynnar yn gwenu'n wan drwy'r coed ac y mae blagur ar y brigau. Heddiw y cefais i godi gyntaf i'r neuadd ac y mae'r tân coed yma'n goch fflam. Mae'r coed yn clecian a'r gwreichion yn tasgu ac weithiau'n ffrwydro, a'r ffrwydradau aur yn toddi'n ddim ar garreg yr aelwyd. Weithiau fe fydd y gwreichion yn anwesu'r huddygl yn y simnai fawr. Mae'r gwynt wedi lliniaru peth wedi'r cwyno hir yn y coed preiffion, oblegid neithiwr yr oedd hi'n storm fawr ac y mae yna long fechan wedi rhwygo'n ddau ddarn ar greigiau Enlli.

F'ewythr Huw Gwyn Bodfel biau y rhan helaethaf o Enlli am i Iarll Warwig roddi'r tir i'w dad o, yr hen sgweiar, Siôn Wyn ap Huw. Gelwid Siôn Wyn ap Huw yn Emprwr Llŷn gan y beirdd a 'rwan mae yntau'n gorwedd mor llonydd ym mynwent eglwys Llannor fel pe na bai o erioed wedi bod yn brwydro yn Norwits dros yr Iarll. Ond mi fuo fo, yn ddigon siwr. Yno y lladdwyd ei farch o pan oedd o'n cario baner yr Iarll, ac mae'r hen farch hwnnw yn gorwedd yn ddigon pell o Lannor. . .

Ond mae fy meddyliau yn crwydro. Sôn yr oeddwn i am y llong yn torri'n ddwy ar greigiau Enlli a heddiw y mae gwŷr Bodfel i gyd ar yr ynys yn casglu'r ysbail, heb boeni am y cyrff. Fe ddywedir bod Duw a'r Diafol ar yr ynys a bod y Diafol yn trigo yn ogof Twll-tan-y-ddaear lle mae'r môr-ladron yn cuddio'u nwyddau.

Ond yn neuadd Bodfel yr ydw i ac mi glywaf sŵn yr hogiau yn chwarae wrth y llyn lilïau o flaen y tŷ. Mae popeth o'r math gorau ym Modfel 'chadal ym Mhenyberth, ond ym Mhenyberth y tyfais i fyny ac fe wn i am bob erw o'r tir. 'Dydy Robert ddim yno 'rwan, meddan nhw. Mae o'n gwbl ddihangol ar hyn o bryd dros y dŵr yn Ffrainc. Ddaeth o ddim yn ôl G'lan Gaea' wedi'r cwbl oherwydd llid Esgob Bangor. Mae o hefyd yn cael hamdden i ysgrifennu llythyrau ac i ddysgu am y ddyfais newydd o'u hargraffu. . .

Dyna fy meddyliau yn dechrau crwydro eto, er fy ngwaethaf. Oes, mae muriau hardd ym Modfel, yn banelau derw, er bod peth o dapestri Arras yn aros o hyd yn llenni'r waliau. Mae yma gypyrddau o bren masarn a llestri piwtar yn y cwpwrdd deuddarn. Yn y llofft orau mae llenni taffeta wedi'u brodio ag edau aur a chwrlid gwely o sidan. Bydd Meistres Catrin, Penyberth, yn dannod mai arian smyglwyr Enlli a'u prynodd, ond un genfigennus fu hi erioed, yn gweld mwy o rin mewn estron nag mewn câr.

Ond yma, ym Modfel, mae pawb yn garedig, yn enwedig Modryb Gainor. Un o blant y Pistyll ydy hi a 'dydyn nhw ddim yn ffroenuchel fel plant Madryn. Fe addawodd f'ewythr Huw Gwyn Bodfel y ca' i fynd i Enlli i aros yn y Tŷ Mawr efo Siani Cadogan pan ddaw'r hin yn gynhesach. Mi glywais, yn ddistaw bach, mai Siani oedd meistres yr hen ewythr, Siôn Wyn ap Huw, Bodfel, ond nad gwiw sôn am hynny. Fe ddywed yr hen bobl fod awelon Enlli yn gwella'r claf ac yn falm i'r enaid. Ond beth yn union sy'n bod arna' i? Pam y mynna' i fynd i Enlli? Fe fûm i yma drwy fisoedd hir yr hydref a'r gaeaf, byth er y dyddiau hynny pan gaewyd fi i mewn yn y llofft-garreg ym Mhenyberth. Bûm yno ddeuddydd a noson heb neb ar fy nghyfyl a'r eiliad yma medrwn sgrechian dros y tŷ wrth gofio am y pry' copyn anferth hwnnw, y trwmbal llonydd iddo fo, a ddisgynnai'n rhidens o we o ddistyn y llofft-garreg. Bydd wedi ymestyn ac ymestyn erbyn hyn neu wedi corffio yn yr oerni.

Y noson honno yn llofft-garreg Penyberth mi swatiais ym mantell lwydaidd dyllog Robert orau y gallwn gan ddisgwyl y dôi Andreas i symud y garreg o'r mur wedi iddo fwrw ymaith ei feddwdod. Ond er disgwyl a disgwyl, ni ddaeth Andreas. Daeth cysgodion y nos yn gynnar gan ei bod yn ddiwedd Medi ac ni feiddiwn innau godi llef pan oedd memrynau'r Hen Ffydd a chyfrinachau'r Diwygiad newydd ym Mhen Llŷn yn gorwedd yno ar yr astell yn y mur. Gallai hynny ddod â'r milisia yn ôl i Benyberth a chwalu holl obeithion y fenter newydd.

"O! Fair," sibrydais, "paid â gadael i mi drengi!"

Adroddais y Pader, y Credo a'r Ave Maria.

Erbyn hyn yr oeddwn yn crynu gan ofn ac yn wag o eisiau bwyd. Mae'n rhaid fy mod wedi syrthio i gysgu rhywfaint o flinder y noson honno ac erbyn bore'r diwrnod wedyn, fe ddechreuodd·y pry' copyn o'r distyn mawr sibrwd ac meddai,

"Rhoi treial arnat ti mae'r Diafol, Mari Ddu!"

Erbyn y pnawn yr oedd wedi magu llygaid a cheg fawr a siaradai'n ddi-dor, ac meddai,

"Mawr yw perygl dyn bydol."

O hynny ymlaen y dechreuodd ei grechwen laes. Siaradai'n union fel offeiriad.

"Yr ydys yn cyffelybu pechadur i ddyn wedi syrthio mewn pydew dwfn, na bydd yn bosibl iddo ddod allan ohono ond wrth raff; na chyrraedd ysgol yn y byd. Fe ddaw gŵr trugarog heibio ac estyn iddo raff i ddod allan. Yntau a ddywed na ddaw allan y dydd hwnnw. . . Fe ddaw'r gŵr da y dydd nesaf yn yr un modd i gynnig iddo raff. Eto mae'n ateb na ddaw allan y dydd hwn chwaith. Fel hyn y daw'r gŵr da yma i gynnig iddo bob dydd raff dros ugain o flynyddoedd, ac yntau bob dydd yn gwrthod."

Erbyn hyn medrwn weld i bellter safn y pry' copyn fel i ben draw ogof a rhoddais waedd ar hynny. Fel y nesâi'r nos drachefn,

23

cofiais mewn rhyw funud golau mai geiriau memrwn yr Hen Ffydd oeddynt oddi ar yr astell yn y mur ac i minnau eu copïo droeon i wŷr y plasau yn ystod yr wythnosau hynny. O'r diwedd fe ddechreuodd y pry' mawr gerdded tuag ataf a'i goesau bellach fel bachau crochan am iddo besgi ar y mân bryfed o'i gwmpas. Anferth o goesau yn siglo o'r chwith i'r dde ac o'r dde i'r chwith fel pendil cloc wyth niwrnod a'i lais yn gryg fel y bydd cloc yn ymystwyrian i daro.

"Fe ddaw'r Gwŷr Newydd i sychedu am dy waed di, am iti noddi offeiriad yr Hen Ffydd," llefodd, "ac y mae amser i gasglu cerrig ac amser i'w chwalu ac fe fydd Duw yn dy brofi di fel y gwnaed â'r wraig honno yng ngharchar y Marshalsî yn Llundain . . . Fe'th dinoethir ar wahân i'r lliain main dros dy lwynau. Torrir twll i'th ben syrthio iddo ac fe wneir i ti orwedd ar wastad dy gefn a phentyrru cerrig a heyrn nes sigo dy fronnau a'th groth fel na elli ddioddef ychwaneg. A chyhyd ag y byddi byw, fe gei di'r gwaethaf o fwyd a diod yn y carchar. Ac ar y dydd y bwytei, ni chaniateir i ti ddiod, a'r un modd ar y dydd y rhoddir i ti ddiod, ni chaniateir i ti fwyd. Yn y dull hwn y byddi byw nes y daw marwolaeth!"

O'r diwedd, cefais lonyddwch, ac ni chofiaf ddim wedyn nes imi weld y dail yn cwympo o'r coed ym Modfel. A'r pryd hwnnw fe sibrydai Modryb Gainor yn fy nghlust,

"Mi fynnwn ni i ti wella, Mari Gwyn, ac ymlid i ffwrdd y memrynau yna y buost yn eu cadw yn llofft dy ymennydd mor hir."

Ie, y memrynau. A chyda'r sôn amdanynt, fe ddaeth i'm cof y llofft-garreg yn ystlys y stabl ym Mhenyberth. Rhaid bod memrynau'r Hen Ffydd yn gorwedd yno o hyd ar yr astell yn y mur o dan haenen dew o lwch a minnau wedi addo'n deg y copïwn y llawysgrif a baratôdd Robert adeg y gweiriau, a dosbarthu'r neges gydag Andreas a Rhein i John Wyn ap Huw o Fodwrdda, Wynn Pennarth, teulu Madryn a Thomas Owen y Plas Du. 'Roedd angen copïau hefyd i ardaloedd y Creuddyn a Llanelwy. Gwyddwn ei bod yn rheidrwydd i gynnal y cynnud yn Llŷn rhag i'r fflam losgi allan cyn pryd. Efallai ei bod hi eisoes yn rhy hwyr! Ond sut yn y byd y medrwn i ysgrifennu â'm dwylo wedi cyffio yn y llofft-garreg?

Clywais mai Thomas Owen, y Plas Du, a'm tynnodd i allan o'r llofft-garreg wedi i Rhein y gwas bach fynd i'w gyrchu. Dim ond llaw gyfarwydd yn unig a allai symud y garreg o'r mur a buasai

24

Thomas Owen a'i frodyr yno rai dwsinau o weithiau yng nghwmni Robert pan oedd o'n fyfyriwr yn Rhydychen. Mi fûm i'n meddwl llawer beth a ddaethai ohonof oni bai am Thomas Owen.

Y diwrnod hwnnw adeg ffair Fedi pan adawyd fi yn y llofft-garreg, mi glywais fod yr hen Andreas yn hanner meddw yn marchogaeth y gaseg pan ddaeth rhai o'r milisia i fyny'r lôn o gyfeiriad Penrhos. Gollyngwyd bytheiaid Crach Aberdaron yn rhydd i ffroeni'r ddaear wedi i Robert fod yn pregethu i'r bobl ar Enlli. Yn ei ffrwst, gan dybio eu bod yn chwilio am y llofft-garreg fe syrthiodd Andreas oddi ar y gaseg i'r llawr a thorri asgwrn ei glun. Mynn Rhein i un o ddynion y Crach ei chwipio fo yn anymwybodol am na fedrai gael gair o'i ben o. Yn ôl Modryb Gainor ddeudodd yr hen Andreas yr un gair o'i ben byth wedyn ac yno mae o'n gorwedd ar ei wely yn llofft y gweision ym Mhenyberth a Meistres Catrin yn disgwyl iddo farw. Ond mi wranta' na fydd Andreas farw nes y daw rhyw offeiriad i roi iddo'i gymun olaf. Yn y gwanwyn, gyda lwc, fe ddaw rhai o'r cenhadon eto'n ôl o Douai a Louvain neu Rufain i gynnal yr Offeren ac i roi i ni heddwch y Forwyn. Rhyw gyrraedd yn annisgwyl y bydd y cenhadon alltud, gan lanio weithiau mewn lle diarffordd ym Mhen Llŷn a gadael i Thomas Owen eu hebrwng drwy'r twnnel dirgel i ddiogelwch y Plas Du. Dro arall fe ddeuant drwy Loegr a chwrdd â Thomas Owen ar ffiniau Sir Amwythig. Pry' garw ydy Thomas Owen a dinas noddfa i'r cenhadon alltud ydy'r Plas Du. Mi fynn rhai fod yno angel o gylch y lle ar ffurf hogan ifanc efo wyneb tlws ac mai hi fydd yn hebrwng y Catholigion i ddiogelwch yr ystafell ddirgel yn y Plas. Fydd hi byth yn dweud gair ac ni welir ond ei chysgod. Mi dybia' i mai angel gwarcheidiol ydy hi sy'n ein gwarchod rhag y Gwŷr Newydd.

Wedi'r helynt yn y llofft-garreg, fe fynnai Meistres Catrin fy symud o Benyberth rhag imi ddeffro'r milisia efo'm gweiddi ffôl. Felly y bu i f'ewythr Gruffudd ddwad â mi efo'r ferlen a'r cerbyd i Fodfel, meddir. Mae Meistres Catrin hefyd yn dweud na chaiff Robert ddychwelyd i Benyberth pan ddaw o nesaf i wlad Llŷn rhag ennyn llid Esgob Bangor a Vaughan, Llwyndyrus. Yma, yn llofft hir Bodfel, bûm yn pendroni sut y cawn i afael ar y memrynau oddi ar astell y mur yn y llofft-garreg. Ymbiliais ar i'r Forwyn Fair fy helpu ac fe ddechreuodd cil rhyw ddrws agor, yn araf i gychwyn ac yna led y pen.

25

Un bore yn niwedd Ionawr, fe safai Wiliam wrth ddrws fy llofft ym Modfel. Mae Wiliam yn dioddef o'r 'apoplexy' ond wedi i'r afiechyd dreio bydd yn iach am amser hir. Mab gordderch hen ewythr Bodfel ydy Wiliam. Mae digon o ddysg yn ei ben o ac fe gafodd gelc go dda yn ewyllys yr hen ŵr, Siôn Wyn ap Huw, ei dad. Mae Wiliam a minnau yn deall ein gilydd yn burion am mai plant gordderch ydan ni. Y bore hwnnw, fel y safai wrth ddrws fy llofft gostyngodd ei glustiau yn llaes fel clustiau mul ac meddai, "Mari Gwyn! Nid marw'r gog."

Mae tipyn o ffraethineb yr hen feirdd yn perthyn i Wiliam, fel i Wiliam Cynwal a Wiliam Llŷn, ond yn fy myw y medrwn ei ateb yn y gynghanedd. Ond bydd presenoldeb Wiliam bob amser yn rhoi asbri newydd yn fy ngwaed. Meddwn toc,

"Mae'r gog yn dodwy yn nyth aderyn arall, Wiliam!"

"Blysio nyth i blesio'i nwyd," meddai yntau wedyn.

"Fel ambell i gyw diarth yn nyth y sgweiar," meddwn.

Sobrodd hynny Wiliam ac meddai,

"Cywion diarth wyt ti a minnau, Mari Gwyn. . .Adar o'r unlliw."

Ie, adar o'r unlliw oeddem, yn adnabod brigyn briw o bell. Pylodd fy llygaid a llifodd y dagrau ac meddai yntau'r eiliad nesaf,

"Cod dy galon, Mari Gwyn! Fe ddaw'r gog eto ar aden las. Mae ei deunod hi'n dlysach na sŵn yr holl adar eraill ac mi fyddi dithau'n well erbyn hynny. Mae hi'n anelu am Ffrainc, mi gym'ra' fy llw, y funud hon ac mi fydd yng nghoed Bodfel wedi'r Pasg!"

Wrth glywed y sôn am Ffrainc, llifodd y dagrau yn waeth na chynt ac ni allai dim fy nghysuro. Beth pe dychwelai Robert o Douai a chyrraedd heb i mi gopïo'r memrynau iddo? Y memrynau a orweddai yn y llwch gyda'r pry' copyn mawr yn y llofft-garreg? Bu tawelwch ac yn ddiarwybod hollol, fe welais ffordd ymwared.

"Wiliam. . .?"

"Ia, Mari Gwyn!"

"Mi fyddwch yn gwrando'r Offeren. . .yn ystafell gudd Thomas Owen yn y Plas Du?"

Saib arall o dawelwch fel pe bai'n ofni i'r muriau glywed.

"Hwyrach y bydda' i."

"Mi fydd un o'r cenhadon alltud yno. . ."

"Hwyrach y bydd. . ."

"Mi fynna' i i chi fynd â llythyr oddi wrtha' i at Thomas Owen i'r Plas Du. Y fo ydy'r unig un a fedar ddarganfod y memrynau ym Mhenyberth a ffeindio'i ffordd i'r llofft-garreg. Mi fuo fo a'i frodyr yno droeon yn seiadu efo Robert.''

Unig sylw Wiliam oedd,

"Pry' garw ydy Thomas Owen, ond mi fedar y pry' gael ei ddal hefyd. Peth twyllodrus ydy rhwyd yr heliwr.''

Meddyliais am y pry' arall hwnnw, y pry' copyn anferth yn y llofft-garreg. Bellach byddai wedi cyrraedd at yr agen ym mur y stabl a phan symudai Thomas Owen y garreg, fe anesmwythai'r pry'. Gwingai ei goesau gan ymgordeddu yng nghylchoedd llathenni hirion ei we ei hun. Eiliad, ac fe'i crogai ei hun!

Ar hynny, oedodd sŵn traed buan Modryb Gainor ar ben grisiau llydan Bodfel. Llaciwyd ar y tyndra pan laesodd Wiliam ei glustiau drachefn yr un ffunud â chynt. Gwyddwn fod fy ngweflau'n crynu a'm hwyneb fel y galchen. Achubodd Modryb Gainor y blaen arnom.

"Wiliam â'i stranciau mul!'' meddai a'i llygaid yn llawn chwerthin yr eiliad honno. Ymunodd Wiliam yn y sbri gyda rhyw hen rigwm a adroddem yn blant.

"Clustiau mul,
Coesau pren;
Ffau llau,
Yng ngwallt ei ben.''

Trodd Wiliam ar ei sawdl a gwaeddodd o waelod y grisiau,

"Paid ti â phoeni, Mari Gwyn! Mi fydda' i'n sicr o gael gafael ar y pry'.''

Am Thomas Owen, y Plas Du, y meddyliai ef, ond yr oeddwn i o hyd yng ngafaelion y bachau crochan o goesau pry' copyn anferth y llofft-garreg. Nid oedd gwewyr salwch blin y misoedd hirion wedi fy llwyr adael.

Rhoes Modryb Gainor ei braich yn dyner dros fy ngwar.

"Na hidia, Mari Gwyn! Fe gei di fynd i Enlli efo'r hogiau yma ddechrau'r haf ac mi gaiff Wiliam ddwad efo un o'r gweision i'ch danfon chi. Mi fydd Wiliam wrth ei fodd cael mynd i Enlli.''

Tybiais fod rhyw dro chwareus yn ei geiriau, oblegid fe glywais innau mai Siani Cadogan o'r Tŷ Mawr ar Enlli, meistres yr hen sgweiar, Siôn Wyn ap Huw, Bodfel, ydy mam Wiliam. Mae'n rhyfedd fel y mae rhod amser yn troi, weithiau'n llyfn ac weithiau'n arw. Nid adwaen neb ohonom ein gilydd yn llawn ac o

27

guddio, twyll yw'r cwbl. Y bore hwnnw yn llofft Bodfel, fe wyddwn i fod tristwch o'r tu ôl i hanner chwerthin Modryb Gainor. Fe fynn llawer ei bod hi'n ddyddiau o brysur bwyso ar ddilynwyr yr Hen Ffydd yn Llŷn ac Eifionydd, ac y mynn eu gwrthwynebwyr ddwyn oddi arnynt nid yn unig ryddid eneidiau ond hawlfraint eu genedigaeth i dir a daear eu hynafiaid. Cododd helynt Fforest yr Wyddfa ei ben o dan yr hen sgenach o ffefryn y Frenhines Bess, sef Iarll Caerlŷr. Fe fynn f'ewythr Huw Gwyn, Bodfel, ac ambell sgweiar arall yn Llŷn i ddeddf Harri Saith roi iddynt yr hawl i'w ceirw redeg yn rhydd yn y fforestydd. I lawr tua Llanystumdwy y mae'r frwydr ffyrnicaf, lle mae Vaughan yn Nhalhenbont a Maurice Clenennau, yn chwarae i ddwylo Iarll Caerlŷr sy'n mynnu mai'r Frenhiniaeth a biau'r hawl ar Fforestydd yr Wyddfa. Chwarae'r ffon ddwybig y mae dilynwyr y Gwŷr Newydd. Un dan-din a fu Maurice Clenennau erioed meddir, a Maurice Wyn, ei gâr o Wydir, yr un modd, yn llyfu traed yr Iarll yng nghyffiniau Dyffryn Conwy. Ddoe ddiwethaf yn neuadd Bodfel mi glywais sibrwd,

"Mi aiff Huw Gwyn i garchar Llwydlo cyn y plygith o i'r Iarll, mi wranta."

"A Thomas Madryn yr un modd."

"A sgweiar Cefnamwlch a llawer un arall cyn y clywn ni'r gair ola' am helynt Fforest yr Wyddfa."

"Ac yn sgîl yr ergyd honno," meddai rhyw ŵr praffach na'i gilydd, "mi ddaw'r ergyd ola' i'r Hen Ffydd yn Llŷn ac Eifionydd!"

Gwn mai ofn i f'ewythr fynd i garchar dristaodd Modryb Gainor dros y misoedd hyn am iddo herio rhaib Iarll Caerlŷr ond yr ofn o golli'r Hen Ffydd a'm tristaodd i.

Ond nid oes neb a ŵyr beth a ddigwydd ym mhlygion yfory. Un peth a wn, sef bod Gŵyl fawr y Pasg ar y rhiniog. Heddiw mae'r blagur cynnar ar y coed mor wannaidd ac mor unig fel ieuenctid ar ei dyfiant a'r tyfu yn briwio. Ond fe fynn y coed eu ffordd, a ryw ddiwrnod fe fydd y brigau yn bwysi o wyrdd ac mor berffaith eu ffurfiant fel pe na bai'r un briw yn bod. Yn yr un modd y dywed cenhadon yr Hen Ffydd mai rhywbeth dwyfol yw poen ac mai Cyfraith Cariad yw dioddefaint. Nid oes ychwaith yr un ymchwil heb boen a llwybr merthyrdod yw llwybr cariad. Nid oes neb yma yn deall a dim ond rhyw ddechrau deall yr ydw innau. Am hynny, y mae'r presennol yn llawn o'r disgwyl, fel y mae'r nos yn disgwyl am y bore a'r gwlith am yr haul. Wrth iddo annerch y dyrfa honno ar Enlli, fe ddywedodd Robert y bydd y goron ddrain yn blaguro ac yn blodeuo yn y Presenoldeb Tragwyddol, a bod yn rhaid i'r sawl a fynn blymio i ddyfnderoedd y Duwdod adnabod tristwch yn ei ddyfnder eithaf.

Rhyw ddiwrnod pan oeddwn yng ngafael y dwymyn, fe ddaeth hen wraig yma o Lannor a chan weld ôl y cryd cymalau ar fy nwylo, meddai o dan ei hanadl,

"Peth rhyfedd ydy briwio brigyn ifanc. Pan fo'r tyfiant yn gryf, fe all y rhwyg asio'n llyfn, ond o'r ochr arall, gall ailagor ac anos ydy gwella hen ddolur."

Ond heddiw o leiaf, y mae gobaith y gwanwyn yng nghoed Bodfel a chlywaf lais yng nghlust f'ymennydd yn sibrwd yr her,

"Cofia, Mari Gwyn, fod iti neges ac fe fydd i'r hyn a wnei di ganlyniadau, ddydd a ddaw. Rhaid iti ddysgu dioddef ac ail-fyw poen y Groes drachefn a thrachefn yn dy gnawd."

Dyhead fy nghalon ydy cael cyfrannu eto o'r Offeren a chydddioddef â'r holl bobl drwy ddwylo'r offeiriad. Byddwn wedyn yn rhan o un teulu ac yn blentyn y Mabwysiad. Ond, ysywaeth, nid oes yma yr un offeiriad i gynnal yr Offeren, oni bai i un o'r cenhadon ddwad drosodd o Douai ac i Thomas Owen ei dywys i'r Plas Du. Eto, amheuaf a fydd i Dduw a'r Forwyn ein gadael yn amddifad dros yr Ŵyl. Oni bai amdanat ti, fy hen femrwn llesg, fe fyddwn mor unig â hesg y môr heb y llanw. Drwy ryw ryfedd wyrth, yr oedd y memrwn hwn ynghlwm ym mhlygion fy mantell pan ryddhawyd fi o'r llofft-garreg. Pe cawn i afael unwaith yn rhagor ar femrynau'r Hen Ffydd trwy law Thomas Owen, fe gawn ysgrifennu ac ysgrifennu nes bod ffrwyth fy llafur yn ymestyn o Lŷn ac Eifionydd i Arfon a pharthau pellaf Sir Ddinbych. Odid na ellid wedyn droi calonnau'r Gwŷr Newydd yn ôl at yr Hen Ffydd.

Un noswaith, fe gefais i freuddwyd rhyfedd. Yn eglwys Penrhos yr oeddwn i pan ddechreuodd y ddelw o'r Forwyn siarad efo mi. Am ei llaw yr oedd modrwy ac fe estynnodd y fodrwy tuag ataf ac meddai gan edrych i fyw fy llygad,

"Cymer hi, Mari Gwyn! Gwisga hi!"

Meddai drachefn,

"Ddylwn i ddim siarad efo ti. 'Dydw i ddim i fod i siarad efo ti!"

Ar hynny deffroais. Fe glywais droeon am wefusau'r Forwyn yn symud yn yr Eglwys, ond ni chlywais i erioed amdani yn siarad. Rhyw sibrwd yr oedd hi, fel pe bai hi'n ofni i rywun ei

29

chlywed hi. Ymserchais ynddi am nad oedd gen i yr un fam. Buaswn wedi medru dweud fy nghyfrinachau i gyd wrthi, ond fe ddiflannodd mor gyflym ag y daeth. Serch hynny, mae gen i flys parhau i siarad efo hi. Dim ond cau fy llygaid yn dynn, dynn, a'i chyfarch nes imi deimlo ei Phresenoldeb.

'Does yma neb ym Modfel yn barod i wrando arna' i ac am hynny, rhyw ddweud fy nghyfrinachau i gyd wrthyf fy hun y bydda' i a chau fel gwyntyll yn union wedyn. Mae gen i syniad fod y rhod yn dechrau troi ac unwaith y bydda' i yn ffafr y Forwyn Fair fe all hi fy nhywys i feysydd newydd lle rhoddir gwlith i'r enaid.

VII.   Bodfel.

Gŵyl y Pasg, 1577.

O'r diwedd daeth tawelwch y Pasg i lonyddu f'ysbryd. Ddydd Llun y Pasg euthum gyda Wiliam, mab gordderch yr hen sgweiar, ar y ddwy ferlen tua'r Plas Du. Mynd gyda'r cyfnos drwy goed Bodfel i gyfeiriad eglwys Llannor i ddechrau ac yna ar drot tua Llanarmon. Clywsem fod yno Esgob dieithr a myfyriwr ifanc o Gymro na wyddem ei enw yn gweinyddu'r 'Offeren. Daethai'r Esgob bob cam o'r Eidal a glanio yng nghyffiniau Nefyn, yn ôl yr hanes, ac fe'i hebryngwyd gan Thomas Owen i'r Plas Du. Ar adeg y Pasg gallai'r fro fod yn llawn o ysbïwyr yr Esgob Niclas Robinson a'r Doctor Coch ond yr oedd sôn fod Richard Vaughan yn ddiogel ddigon mewn neithior yn stad ei dadau yng Nghorsygedol yn Ardudwy. Pan fyddai'r gath ymhell gwyddem y gallai'r llygod bach chwarae faint a fynnent.

Amdanaf fy hun, er gwaethaf popeth, medrwn bellach ehedeg ar adenydd y gwynt pe dymunwn. Onid oedd y Forwyn Fair wedi fy nghyfarch mewn breuddwyd a'r cryd cymalau wedi pylu peth yn ei erwinder a'r gwanwyn yn dygyfor? Nid gwiw poeni am yfory. Heddiw ydy amser Duw. Teimlais arial yn fy nghalon ac antur yn y gwaed. Hwn oedd yr Esgob o Sais y clywsn fod Iarll Caerlŷr a gwŷr y Frenhines yn ysu am ei fywyd, am iddo haeru nad ydy Bess yn ben yr Eglwys. Rhestrir ef gyda'r bradwyr yn union fel Huw Owen, y Plas Du, ond clywais fod yr Esgob hwn yn aeddfedu mewn sancteiddrwydd ar lwybr ei ferthyrdod. Hyd yma ni ddaeth ei amser i farw. Yn ddiweddar hefyd bu dial y Gwŷr Newydd yn dwysáu ac yn edliw i'r Frenhines Mari godi corff eneiniog ei thad, yr hen Harri Wyth, o'i fedd yn Windsor a'i losgi! Lluchir pob hen lysnafedd atom gan yr 'Opiniadwyr'. Weithiau fe leddfir ein hofnau a'r pryd hwnnw rhaid dal ar y melyster.

Erbyn i Wiliam a minnau gyrraedd Llanarmon y noson honno yr oedd hi'n dywyll. Aethom i'r Tyddyn at Tomos Ifan a gadael y ddwy ferlen yno i'w gwarchod. Mae sôn fod Tomos Ifan yn cadw creiriau'r Forwyn mewn hen gist a bod Crach Aberdaron yn aros ei awr i'w werthu o i Esgob Bangor. Ond meddai Wiliam,

"Pan wnaiff y cnaf hynny, mi fydd gweision Thomas Owen, y Plas Du, yn aros i roi fforch yn ei fogail o, a dyna ddiwedd ar gil-dwrn yr Esgob i'r Crach a'i gymheiriaid."

Dyn bach ydy Tomos Ifan ond yn gydnerth fel ych yn ei ysgwyddau a chanddo lais fel taranfollt. Fel y croesem riniog y Tyddyn, rhoes Wiliam gil-dwrn iddo ac meddai,

"Ydy popeth mewn trefn, Tomos Ifan?"

"Alla' hi ddim bod yn well, fachgen," atebodd Tomos Ifan heb godi'i lygaid ffuret oddi ar lawr pridd y bwthyn, a gwasgu'r cil-dwrn yr un pryd. Meddyliais pe bai'n dwrch, y medrai ef ddygymod â byw yn y pridd, a phe bai'n aderyn disgynnai fel cudyll ar annel i'r ddaear heb golli byth mo'i brae. Benthyciasai Tomos Ifan yn helaeth o gyfrwystra'r pridd ac meddai,

"Mi ddeud'is dipyn o gelwydd yn enw'r Forwyn a lluchio trywydd y Gwŷr Newydd i gyfeiriad Bodwrdda. Mi synnat fel y llyncodd Sionad Ceg Gam y stori pan ddeud'is i mai ym Modwrdda y bydd yr Offeran. Gwelat ti hi yn gwlychu'i thafod i ddeud y newydd wrth gynffonwyr Vaughan, Llwyndyrus!"

Gwenodd Wiliam ac ychwanegodd,

"Os gwn i rywbeth, mi fydd sgweiar Bodwrdda yn camgymryd y milisia am ladron-môr, Tomos Ifan, gan feddwl bod y rheini wedi dwad yn ôl i hawlio'i goffrau aur."

Ond fe allai Tomos Ifan frathu hefyd yn ôl y galw,

"Aur lladron môr, ddeud'ist di! Fe aeth llawar o'r rheini i goffrau'r hen Siôn Wyn ap Huw, Bodfel, yr hen gono iddo fo, os nad ydw i'n camgymryd, ac y mae yna ddegau o gyrff wedi'u golchi hyd y glannau yma am ei fod o, ac amball sgweiar arall, yn adnabod creigiau Llŷn yn well na nhw. . .A 'rwan dyna i ti'r hen Siôn Wyn yn gorwadd mor llonydd ag unrhyw sant wrth eglwys Llannor!"

31

Cas beth gan Wiliam oedd i unrhyw un edliw ei hiliogaeth iddo. Ar hynny, fe roes Tomos Ifan y fath hergwd yn ei ystlys nes peri iddo wegian ac meddai gan grechwen,

"Orweddodd yr hen gono erioed mor llonydd, mi wranta, yng ngwely Siani Cadogan a'i thebyg!"

Cythruddodd hynny Wiliam ac meddai'n flin,

"Mi gawsoch ormod o gwrw, Tomos Ifan! Prin y bydd y ddwy ferlen yn ddiogel yma!"

Sobreiddiodd Tomos Ifan ar y gair, oblegid ni fynnai i neb ei feio.

"Mi synnat ti leiad o gwrw a ges i, y llabwst i ti!"

Fel ceiliog y gwynt, troes y stori, gan siarad yn fwynaidd i'w ryfeddu,

"Adag Gŵyl Ifan, fachgan, mi ddaeth yma genhadwr ifanc ar ei ffordd i'r Plas Du a'i ferlan o, y deneua' a welaist ti erioed, yn union fel merlan offeiriaid yr Hen Ffydd, yr hen dlodan iddi hi. 'Roedd ei hesgyrn hi fel esgeiriau'r Wyddfa yn ei chnawd hi a phrin y gwyddat ti ei bod yn anadlu. Mi wyddwn i o'r gora' fod y milisia ar drywydd y dyn ifanc achos mi 'roedd Sionad Ceg Gam wedi'u gweld nhw yng nghyffinia' Pennarth. Mi rois i ddogn o gwrw i'r hen ferlan efo arian Thomas Owen a'r munud y clywais i sŵn y milisia, mi es i'n syth am y stabal, a dyma bennaeth y giwad yn gweiddi yn ei lais awdurdodol,

'Hei, Tomos Ifan! Mi glywson fod yma ferlen ac nad dy ferlen di ydy hi.'

'Merlan y 'ffeiriad,' meddwn inna' o dan f'anadl.

'Be' wyt ti'n fwmial o dan dy anadl, Tomos Ifan?' gwaeddodd y milisia wedyn yn awdurdodol.

"Ar hynny mi rois i hergwd ysgafn i'r ferlan nes disgynnodd hi'n glatsan ar lawr y stabal a dyma fi'n deud yn fy meddwl, 'Dyna ti'r un fach. Mi gest anaf ysgafn yn dy goes flaen. Griddfanna di faint a fynni di ac mi fendia i'r anaf i'r blewyn i ti gael cludo'r 'ffeiriad ifanc i'r Creuddyn.' Ond diawst y byd, mi gydiodd y milisia yn ffyrnig yn fy ngwar i'r eiliad wedyn.

'Gad i mi weld y ferlen yna,' gorchmynnodd yn awdurdodol.

'Dim ond un mistar sy' gen i,' meddwn inna' wrtho, 'a Thomas Owen, y Plas Du, ydy hwnnw. Phlyga' i ddim i'r un gwas Clenenna' nac i'r un Uchal Siryf o Wydir i Dalhenbont!'

'Mae'r Diafol ynot ti,' meddai'r milisia wedyn.

'Cloban o ferlan dda,' meddwn inna' wrtho gan godi fy llyg'id Diafol i edrach yn ei wynab o.

'Ble cest ti hi?' gofynnodd y llabwst wedyn gan daflu cipolwg brysiog ar y ferlan a honno eisoes yn feddw gaib ac yn griddfan gan yr anaf yn ei choes.

'Ar ffordd Dolbenmaen wedi i ryw leidar pen-ffordd hannar lladd ei mistar hi ac fe'i llusgais hi yma rhag iddi drengi. . .'

'Celwydd gola' eto, yr hen Domos,' meddai rhyw lais yr eiliad nesa', 'yn dannod i mi na chawn i byth faddeuant y Forwyn a finna' wedi hebrwng fy mistar, Thomas Owen, bob tro y bydd o'n ffoi o Eifionydd ac wedi rhoi help llaw i ambell genhadwr fel Rhobat Gwyn!''

Anniddigodd Wiliam a minnau rhag inni golli'r cyfle i gyrraedd y Plas Du erbyn yr Offeren. Ond parhau i gydio yng nghynffon stori'r milisia a merlen yr offeiriad a wnaeth Tomos Ifan. Mynnodd y milisia iddo, meddai, gladdu'r ferlen a chadw'r heddwch o hynny allan. Ond fel y clywai Tomos sŵn carnau meirch y milisia yn diflannu am ben y lôn, gwaeddodd nerth esgyrn ei ben ar eu holau,

"Ffei, y drewgwn! A meindia ditha', y penci ceg fawr, dy fusnas dy hun, o hyn allan, y cythril!''

Bu tawelwch ar hynny a chynhesodd fy nghalon beth at yr hen Domos Ifan am iddo sôn am Robert. Er ei fod yn rhyw hen hewian yn barhaus, fe wyddwn na fradychai o byth mo ddilynwyr yr Hen Ffydd. Parhaodd Tomos Ifan i edrych yn syfrdan ddwys i lygad y tân am rai munudau a'r eiliad wedyn yr oedd ar drywydd rhyw linyn arall o fyfyrdod. Siarad ag ef ei hun yr oedd, mewn gwirionedd.

"Ia. . .Thomas Owen, fy mistar. . .Anamal y bydd o gartra' yn ddiweddar, yn ôl pob sôn. . .Yn amlach yn y 'Mwythig nag yn y Plas Du. Fe'i hebryngais i o rai dwsinau o weithia' i gyffinia'r Berwyn a 'rwan mae Vaughan, Corsygedol, â'i lach arno a chyn wired ag y daw ffair ha' i Bwllheli fe fynn hwnnw gael Thomas Owen o flaen yr Uchal Lys. Hen gna' ydy Vaughan ac mae arian mistar yn prinhau wrth iddo fo gario'i gyfoeth i gadw'i frodyr yn segur yn y Ffrainc bell yna!''

Cymaint oedd ei huodledd fel na châi Wiliam gyfle i ddweud odid air o'i ben. Mentrodd o'r diwedd gan fod yr amser yn cerdded ymhell. Torrodd ar draws Tomos Ifan.

"Arian degwm Aberdaron, yn ôl y Crach, sy'n cadw hogiau'r Plas Du dros y môr!''

"Paid di â gwrando ar glecs pobol fawr Pen Llŷn, Wiliam

Bodfal," oedd yr ateb swta. Gwanhaodd y sŵn herfeiddiol o lais Tomos Ifan a daeth tristwch i gymryd ei le. Meddai'n dawel,

"Na. . .fedar mistar ddim dal i roi a rhoi a gada'l y gweision i redag ei stad pan fydd o'n cuddio rhag gwŷr y Frenhinas. Pan fydd y pry' ymhell, mi fydd Vaughan, Llwyndyrus, yn erlid tua Phentyrch ac yn codi'r ieir i glwcian ynghylch gelyniaeth y tir!"

"Mae rhyw anniddigrwydd mawr yng nghefn eich meddwl chi, yn siwr o fod, Tomos Ifan," ychwanegodd Wiliam.

Oedodd Tomos Ifan cyn ateb.

"Oes, fachgan. . .Mi fydd yn rhaid i mistar ddewis cyn bo hir iawn rhwng ei stad yn y Plas Du a'r Hen Ffydd. Peth anodd ydy gwasanaethu dau arglwydd. Pe collai o ei stad, faddeuai ei fam, Margiad Owen, byth iddo. Rhai felly ydy tylwyth y Salbrïaid. . . Cyn sicrad â dim, fe fydd Thomas Owen yn rhoi i mewn ryw ddiwrnod fel y gwelaist ti warthag yn hel o flaen storm ac wedyn fydd yna neb i gynnal cenhadaeth Rhobat Gwyn yn Llŷn ac Eifionydd!"

Gan y gwirion y ceir y gwir, meddyliais. Fel Rhobat y mynnai gwerin gwlad gyfeirio at gennad yr Hen Ffydd yn eu plith ond fe fynnodd tylwyth Penyberth a gwŷr y plasau ei gyfarch fel Robert Gwyn. Gyda'r sôn am ei enw, rhoddais innau'r fath ochenaid nes peri i Domos Ifan sylwi arnaf am y tro cyntaf y noson honno.

Cuchiodd a phoerodd i lygad y tân gyda dirmyg.

"Hogan, myn brain i! A be' wyt ti'n ei wneud yma? Hel clecs y bydd merchaid fel Sioned Ceg Gam. Ddylat ti ddim bod yma. Mae genod fel ti yn fwy o rwystr nag o gymorth. . .O ble doist ti â hon, Wiliam Bodfal?"

Chwarddodd Wiliam ar y gair.

"Un o dylwyth Penyberth ydy hi."

"O, mi wela' i," meddai Tomos Ifan yn llai ffwdanus na chynt, "a chan dy fod yn perthyn i deulu Penyberth, mi fedri aros, er na dda gen i ferchaid o gylch y lle. Ond mae gen i barch i Rhobat Gwyn a phetae Thomas Owen yn rhoi i fyny'r ymdrech, mi âi â'r gwynt o hwylia' Rhobat Gwyn."

Ar hynny fe lifodd y geiriau a gopïais o'r memrwn yn y llofftgarreg drwy f'ymennydd, a chefais fy hunan yn rhyw isel sisial y neges a roes Robert i wŷr y plasau. Mor fyw oeddynt ac mor friwus.

"Mae'r llong yn yr aber yn barod bob awr yn disgwyl gwynt . . .Felly chwithau am eich siwrnai tua'r nef. . .Ni wyddoch pa awr y try'r gwynt ai'r bore, ai prynhawn, ai hanner dydd, ai hanner nos. Am hynny, da yw bod yn barod. Y gwynt sy'n troi oni ddêl angau.''

Trodd Tomos Ifan tuag ataf yn wyllt, ''Be' sy' haru'r hogan yma? 'Rwyt ti fel Sionad Ceg Gam, ond os rhywbath yn wylltach na honno. . . Ond dowch! Mae'n bryd i ni ei chychwyn hi tua'r Plas Du gan y bydd y lleill yn aros amdanom. A dim gair o benna'r un ohonoch chi! Ydach chi'n dallt?''

Cydiais yn dynn ym mraich Wiliam fel yr arweiniai Tomos Ifan ni allan o'r Tyddyn i'r nos dywyll. Bellach yr oedd fel y fagddu. Cofiais drachefn am y geiriau yn y memrwn, sef bod y llong yn yr harbwr yn disgwyl y gwynt. Gydag awelon Llun y Pasg fe wyddwn y deuai awelon nefol i ymlid ymaith y crasder a deimlais yng nghwmni Tomos Ifan. Byddai'r awelon hynny yn troi fel cylchoedd ac yn dyner fel cyffyrddiad hin haf ar wefusau'r nos.

Yng nghysgod y llwyni, beth ffordd o'r Tyddyn, safai ffurfiau, ffurfiau llonydd y byw. Ond fel y nesaem tuag atynt, symudasant beth, yn union fel symudiad tawel coeden a noethlymunwyd gan y gwynt. Ac eto yr oedd ynddynt arwyddion aflonydd y rhuddin hwnnw na fynnai farw. Ffurfiau gosgeiddig oeddynt, fel ffurfiau gwŷr y plasau ond bod henaint, o bryd i'w gilydd, yn dangos olion breuo a llesgáu. O'r diwedd, fe ddaeth gŵr talach na'r gweddill i'n harwain drwy'r hafn nes cyrraedd o'r diwedd i'r man lle clywem sŵn dŵr wichlyd. Symudasom fesul cam a cham drwy'r hollt. Peth rhyfedd ydy ffurfiau'r byw yn symud heb ddywedyd dim. Clowyd y ddôr o'n hôl a chaeodd y tywyllwch o'n cwmpas nes bod lleithder y ddaear yn cnoi cymalau'r corff. Cyfyng oedd y ffordd. Eiliad arall ac fe luchiodd rhywun glogyn dros fy ngwar. Cydiodd llaw gadarn yn fy llaw nes fy mriwio.

''Plygwch a chydiwch ddwylo neu fraich,'' llefodd llais o'r tywyllwch.

Llais Thomas Owen ydoedd ac yr oedd y bobl fel pe baent yn adnabod y llais cyn ei ddyfod oherwydd y mynych droedio a fu'r ffordd honno. Fel y troediem yn araf, araf, law yn llaw neu ynteu fraich ym mraich teimlem wres y cyrff dynol yn treiddio drwom fel pigiadau tân. Eiliad arall ac fe welem ddwy ganhwyllbren aur yn goleuo'r tywyllwch ym mlaen yr orymdaith fechan. 'Roedd y llaw gadarn o hyd fel cwpan am fy llaw innau. Sibrydodd rhywun yn fy nghlust,

''Dyma gychwyn Ffordd y Groes, Mari Gwyn.''

35

Adnabûm y llais. Llais Robert ydoedd.

"Robert!" meddwn. "Y chi sydd yna?"

"Ie, Mari Gwyn."

"Ond. . .ond. . .wyddwn i ddim eich bod chi yma."

Troes yntau'r stori, ar hynny, ac meddai,

"Na hidia am hynny. . .Ond mi glywais fod y cryd cymalau ar dy ddwylo. Mae lleithder crombil daear fel hyn yn wenwyn i'r cryd yn y cymalau."

Serch hynny, gwasgodd fy llaw nes fy mrifo.

"Mi fûm i'n ysgrifennu ac ysgrifennu," meddwn innau gyda nodyn o falchder yn fy llais.

"A chael dy gaethiwo yn y llofft-garreg. Duw a Mair a faddeuo imi!"

"Ond. . .sut y gwyddech chi?"

"Mae neges cariad yn teithio'n gyflym. . ."

"Nid eich bai chi, Robert."

Yn ddirybudd hollol, yr oedd yr orymdaith fechan wedi aros fel y gwelsoch chi orymdaith mewn angladd yn oedi wrth y glwyd. Parhâi'r canhwyllbrennau aur i oleuo'r tywyllwch. Eiliad arall, fe faglem ein ffordd ymlaen yn y tywyllwch gan ddilyn ein harweinydd. Bellach yr oedd y goleuni o'n hôl.

"Mae hi'n ffordd hir," meddwn.

"Troi mewn cylch yr ydan ni," meddai Robert, "rhag bod sbïwyr o blith yr 'Opiniadwyr' yn yr orymdaith. Pe mentrai un ohonynt i'r twnnel yma ni châi ffordd ymwared byth."

Unwaith eto, yr oeddem yn wynebu'r goleuni ac fe siaradodd Robert yn isel gyda rhyw ddwyster angerddol.

"Ffordd greulon o unig ydy Ffordd y Groes. Fy mai i, Mari Gwyn. . .oedd dy gychwyn di hyd y Ffordd honno."

"Na 'does dim bai," meddwn, ac eto ni feiddiwn gyfaddef fod y cryd eisoes yn anffurfio cymalau fy nwylo wedi oerni a chaethiwed y llofft-garreg ym Mhenyberth. Clywswn am hen wraig yr aethai ei bysedd fel tresi gwymon o dan orthrwm y cryd, ond eto, trech gobaith na thristwch i'r ieuanc. Unwaith eto cododd y gwenwyn o grombil daear i'n llethu ac ni ddywedodd Robert air o'i ben. Dyrchafwyd ein llygaid gan lewyrch tanbaid y canhwyllbrennau aur a gwyddem na ddiffoddid byth mo'n ffydd. Mentrais siarad o'r diwedd.

"Mae golau ym mhen y twnnel," meddwn. "'Does yna ddim byd i ofidio o'i blegid. Fe wnawn i unrhyw beth i chi, Robert!"

Torrodd yntau yn wyllt ar fy nhraws.

36

"Fe fynnodd fy hunanoldeb dy gadw di yn llwyr i mi fy hun, Mari Gwyn. . .rhag codi aelwyd gysurus yn un o blasau Pen Llŷn."

Bu ond y dim i mi ddweud na fynnai neb y dwylo a ystumiwyd gan y cryd ond fe achubodd ef y blaen arnaf.

"O! Fair, cyn ei bod yn ugain oed fe'i hystumiais a hynny yn enw crefydd a hynny am mai offeiriad oeddwn. . ."

Ond yn aml, mewn moment o wendid, fe unionir cam ac meddwn yn eofn, "Galwyd rhai ohonom i ddioddef. 'Rydych chi yn fy mrifo wrth wasgu fy llaw. . .Mae cariad hefyd yn brifo."

Tybiais fod nodyn o anobaith yn ei lais pan lefarodd, "Am fy mod yn offeiriad, mae cyffion yr Eglwys wedi cau amdanaf."

"Mae poen yn puro ac y mae merthyrdod yn glanhau. Dyna a ddywed y saint," meddwn wrtho.

Bu saib wedi hynny, nes iddo ddweud yn dawel, dawel, "Mi wela' nad oes angen i mi boeni amdanat ti, Mari Gwyn. 'Rwyt ti yn rhy bur i offeiriad. Fyddi di byth yn unig. . .ond fe fydda' i."

Cofiais eiriau'r saint, "'Does dim unigrwydd, mewn gwirionedd. Y corff sy'n unig, nid yr enaid!"

Safem yn gylch bach yn sisial ein cyfrinachau, yng nghysgod y ddwy ganhwyllbren aur o flaen y drws a arweiniai i ystafell o furiau calchfaen yn seler y Plas Du.

Yno o flaen y drws caeëdig, clywem sŵn canu tawel y 'Salve Regina'. Am eiliad fer atseiniodd nodau pêr o grombil daear fel cytgan orfoleddus angylion. Ni chlywai un dyn byw y canu o'r lle tanddaearol hwnnw.

"Yr 'Ecclesia Triumphans'. . .yr 'Eglwys Fuddugoliaethus'," sibrydodd Robert ac meddai ymhellach, "Gynnau, os nad wyf yn camgymryd, 'roeddet ti'n siarad iaith y Cyfrinwyr mawr, Mari Gwyn. Ymhle y dysgaist ti ddirgelion Cyfriniaeth?"

"Nid ei ddysgu ond ei deimlo," meddwn.

Ataliwyd ni am hir amser o flaen y drws caeëdig hwnnw a arweiniai i seler y plas am yr ofnid bod sbïwyr y Gwŷr Newydd yn gwylio'r lle. Yno, yr oedd encil bychan yn y mur megis gorsaf gyntaf y Groes. Penliniodd pob un yn ei dro yn y fan honno yng nghysgod y canhwyllbrennau aur am eu bod yn hyddysg yn

37

nefodau a seremonïau yr Hen Ffydd. Oni chynhaliai rhai ohonynt yr Offeren yn ystafelloedd cudd eu plasau ac onid oedd y cenhadwr a fu'n ennyn sêl a brwdfrydedd yn eu mysg yn ystod y gwanwyn a'r haf blaenorol wedi dychwelyd i'w plith? Llenwid eu cof ag awelon Cymanfa'r haf yn Enlli a chlywid sibrydion fod Esgob yn eu plith yr eiliad honno ar gychwyn y ffordd i'w ferthyrdod.

Fel y disgwyliem yn y fangre honno am awr yr Offeren a dirgelion sanctaidd y ddefod, cofiem am y Forwyn a Mari Magdalen a'r Marïau eraill yn myned i Galfaria i weld Crist wedi'i groeshoelio. Clywid murmur tawel yr 'Agnus Dei' yn eu mysg a symudai gwefusau i'r geiriau cyfarwydd,

"Dyro heddwch, O Arglwydd, yn ein dyddiau. . .
O! Oen Duw, yr hwn wyt yn dwyn ymaith bechodau'r byd, trugarha wrthym. . . Adnewydda ein heneidiau ni â'r ymborth nefol hwn. . ."

Gadawodd rhai o'r pererinion frigau mân fel offrwm y Pasg yn yr encil hwnnw ac anesmwythent am gael canu'r 'Gloria Laus' fel y gwnâi gwŷr yr Eglwys wrth nesu tua phyrth Caersalem.

Wedi hir oedi, fe agorwyd y drws i'r seler ac yno yr oedd ystafell fechan gyda dau wely a dwy stôl a bwrdd ynddi. Yno y buasai Robert a'r Esgob yn cysgu dros Ŵyl y Pasg. Mentrais ei holi o'r diwedd.

"Ond o ble daethoch chi? 'Roeddwn i'n meddwl eich bod yn Ffrainc."

"Clywed llef gefn trymedd nos fel llais Brawd yn galw am y memrynau i'w copïo a wnes i."

"A chyrraedd?"

"Cyrraedd Bryste gyda llong farsiandïaeth a'r Capten o deulu o Gatholigion ym Mynwy. Dilyn ffordd y Gororau wedyn a chyfarfod â Thomas Owen yng Nghroesoswallt a chyrraedd y Plas Du wedi i'r nos gerdded ymhell."

"Mae yma Esgob ar ei ffordd i'w ferthyrdod. . .a chithau?"

"Na, nid eto, Mari Gwyn. Mae gen i genhadaeth i'w chyflawni a rhyw ddydd fe fydd yna beiriant argraffu yn gallu gwneud gwaith blinderus y copïwr mewn byr amser."

"Peiriant argraffu. . .fydd dim gwaith ar ôl i mi felly?"

Teimlais fy hun yn un cryndod mawr o dristwch a siomiant. Tynhaodd yntau ei fraich gref amdanaf ac meddai,

"Y mae amser i bopeth dan y nefoedd, Mari Gwyn. Heddiw ydy dy amser di!"

"Ond Robert," meddwn eilwaith, "fe all fod yn rhy hwyr. Mae'r tân yn diffodd ym Mhen Llŷn am nad oes yma neb i arwain y bobl."

Tybiais fod arwydd o siomiant yn ei lais.

"Dyna pam y mynna' i ysgrifennu yn iaith y bobl a phwrcasu argraffwasg fel y gallant ddilyn gwasanaethau'r Hen Ffydd ar fyrder."

"Ond 'does yna yr un offeiriad yma, a fynn y Brawd Andreas ddim marw nes y caiff o ei gymun olaf."

"Mae'r Brawd Andreas wedi marw, Mari Gwyn," meddai yntau'n dawel, "a bron na chredwn mai llais ei enaid anfarwol ef a glywais yn galw arnaf ym mhellafoedd gwlad Normandi i ddychwelyd erbyn yr Ŵyl efo pentwr fy llawysgrifau."

Gloywodd fy llygaid ar hynny.

"Ac fe fynna' innau eu copïo, air am air," meddwn gyda phendantrwydd mawr.

"'Rwyt ti'n ddewr, Mari Gwyn!"

"Ydw, am y gwn i fod poen yn puro!"

Meddwn y rhawg wedyn,

"Pwy a roes ei gymun olaf i'r Brawd Andreas?"

"Y fi, Mari Gwyn. Cyrhaeddais Benyberth mewn pryd ac fe fu ef farw yn orfoleddus gan dybio mai ym Mynachlog Enlli yr oedd."

"Yn Enlli?"

"Ie, ac yno y mae o, bellach. Ei gladdu gefn trymedd nos. . .Y mae bedd newydd ar Enlli. Dyna pam y mae'n rhaid i mi ddiflannu cyn i'r wawr dorri yfory rhag i rywun halogi'r bedd."

Llanwodd dagrau heilltion fy llygaid a thybiais mor fyr yw llawenydd. Dringasom y grisiau o'r ystafell fach o fewn seler y Plas Du i gynhesrwydd y neuadd. Yr oeddem yn fud, fel y dringem y grisiau wrth ymestyn allan o grombil daear, gan ddringo yn ddistaw eilwaith y grisiau cerrig a arweiniai wrth ystlys y neuadd i ystafell ddirgel y cyfarfod. Llewygodd un hen wraig o Lannor wrth iddi grafangu yn y llwyd-dywyll yn nhro'r grisiau ac fel y daeth yr Esgob i gyrchu Robert fe sibrydodd yntau yn fy nghlust,

"Bob nos gyda'r 'Ave' byddaf yn galw d'enw gerbron y Forwyn, Mari Gwyn."

"A finnau, chwithau," meddwn ac ni allwn atal crygni fy nagrau.

Mynnodd fy nghysuro, ac meddai,

39

"Rhyngom, Mari Gwyn, bydd y cwbwl fel gosod cragen wrth y glust i glywed ymchwydd y môr. Fe ddaw'r lleisiau ar donnau'r môr tragwyddol.''

Diflannodd Robert o'n blaenau gyda'r Esgob – y gŵr hwnnw gyda rhychau dyfnion yn ei wyneb a'i lygaid duon aflonydd fel pe baent yn gwylio'r Angau oedd ar ddyfod, heb wybod o ba le na pha bryd y deuai.

Ymgripiodd y gweddill ohonom o'r diwedd i'r ystafell ddirgel fel pererinion yn cyrchu tua'r Groes, lle mynnem wneud iawn am ddioddefaint y Crist. Llefem o eigion ein calonnau mai yn y Groes yr oedd ein hunig obaith,

"Ave crux, spes unica.''

Darn o hen allor mynachlog Enlli oedd yno ac eisoes tynnwyd ymaith y llenni oddi arni wedi cyfnod hir y Grawys. Ar yr allor honno yr oedd delw o'r Crist. Penliniodd pawb ohonom o'i blaen a murmur deirgwaith y geiriau,

"Ave Rex noster, fili David, Redemptor.''

Esgynnodd yr Esgob y gris at yr allor gan ymgrymu a'i chusanu yn ôl defod eglwysig. Fel y myfyriem ninnau ar y Groes yng ngoleuni gwan yr ystafell, taerem i ryw dawch o oleuni disglair na welid ef â llygaid y cnawd, lithro heibio i ben yr offeiriaid. Gwyddwn mai mewn Lladin y llefarai Robert, fel y gwnaethai ein hynafiaid ers cenedlaethau yn Llŷn ac Eifionydd, ac eto bron na thybiwn mai Cymraeg oedd ei iaith. Llefarai mor glir fel pe codai'r geiriau o'r memrwn melyn yn llofft-garreg Penyberth –

"Y neb sydd yn gweddïo yn nheml Dduw, y neb sydd yn gweddïo yn heddwch yr Eglwys yng nghytundeb corff Crist . . .gwrandewir ef.''

Gwyddwn bellach na ddilëid geiriau'r memrynau byth o'm cof. Gwyddwn hefyd mai arwydd oedd y gannwyll ar yr allor o oleuni'r Efengyl i'r byd, a'r un modd yr arogldarth o'r aroglau teg gogoneddus a roes yr Efengyl i ddynolryw. Wedi'r darllen o'r gweddïau a'r llithiau, ymgrymodd yr offeiriaid yn isel yng ngwyddfod y Sagrafen Fendigaid pan newidir y bara a'r gwin yn Gorff a Gwaed y Crist. Arwydd ydoedd o'r Gras anweledig a allai buro a chryfhau'r enaid. Cofiwn nad yw'r afrlladen namyn bara o grasiad ysgafn ond gyda'i dyrchafiad, mae'n wir Gorff ein Harglwydd. A'r nos honno fel hyn y myfyriem—

"Henffych well y Gwir Gorff a aned o'r fendigedig Forwyn Fair wen, a ddioddefodd, ac a offrymwyd ar y Groes dros y genhedlaeth ddynol. . .''

40

A chyda dyrchafiad y caregl, nid oes ynddo ond ychydig win cyn y trosir ef yn waed Crist. A'r nos honno fel hyn y myfyriem— "Henffych well, O! waed gwerthfawr a bendigedig, yn llifo allan o ystlys fy Arglwydd. . .Enaid Crist, sancteiddia fi; Corff Crist, gwared fi; Gwaed Crist, meddwa fi; y Dwfr o ystlys Crist, golcha fi; Dioddefaint Crist, cysura fi. . ." Yn y modd hwn, yn ystafell ddirgel y Plas Du, yr offrymwyd y Crist o newydd dros y byw a'r marw. Yno, yng Nghymdeithas y Dirgelwch ac yng Ngwyddfod y Presenoldeb Dwyfol yn ystafell y cysegr, amgylchynwyd ni â heddwch ac fe'n doluriwyd ni â Chariad Duw.

Y nos honno, lletywyd Wiliam a minnau o dan gronglwyd y Plas Du a thrannoeth, ymhell cyn y wawr, aeth Thomas Owen i hebrwng yr Esgob dieithr a Robert i'w taith.

VIII.   Tŷ Mawr, Enlli.

Mai, 1577.

'Rydw i yma ers wythnos ond na fedrwn i ysgrifennu na chopïo dim ar y cychwyn. Fedrwn i ddim meddwl am gael fy nal ar ynys yn y môr; eisiau dianc oedd arna' i yn ôl i'r tir mawr ac at Modryb Gainor a phlant Bodfel. Fe deimlwn fel pysgodyn yn ei gragen a'r noson gyntaf yr oedd hi'n noson fawr a'r gwynt yn codi fel pe bai'r Fall wedi'i ollwng yn rhydd. Ni chlywswn y fath wynt yn fy mywyd. Cwyno yn y coed y bydd y gwynt ym Modfel ond yma, ar yr ynys, y mae'r gwynt heb le i roi'i droed arno. Mae'r Tŷ Mawr, serch hynny, wedi'i adeiladu'n ddigon solet o garreg, yn llawr dwbwl a'i do yn bargodi'n isel a'r simneiau'n hirion, fel bo'r mwg yn tynnu at i fyny. Mae hi'n ddigon clyd hefyd oddi mewn i'r Tŷ Mawr a Siani Cadogan yn barod ei gwên. Hi sy'n cadw'r Tŷ Mawr i f'ewythr Bodfel a hi, yn ôl pob sôn, oedd meistres Siôn Wyn ap Huw, hen ewythr Bodfel. Mi edrychodd Siani arna' i ar y cynta' o'm pen i'm traed efo dau lygad amheus fel pe bai ganddi flas gofyn,

"Ac i be' 'rwyt ti'n dda yma ar berwyl unig a thitha'n perthyn i bobol y plasau?"

Ond ddywedodd hi ddim byd ac fe fynn fy mharchu i, am fy mod yn perthyn i deulu Bodfel. Dim ond un person arall a welais i

41

o gwmpas y Tŷ Mawr ac yn y seler yr oedd hwnnw yn cwmanu ar y llawr pridd yng nghanol peth wmbreth o hen gasgenni cwrw. Ddeudodd o yr un gair o'i ben wrtha' i, ond mae ganddo ddau ddant llygad fel llafnau cyllyll a dau lygad nodwydd.

Drannoeth y storm fawr, 'roeddwn i'n cerdded dros y bonciau tywod efo'r gwynt yn chwifio drwy fy ngwallt. Ni welais yr un enaid byw ar y traeth ond yng nghyffiniau hen Dŷ'r Abad, fe ddaeth hen wraig o adfail y Fynachlog, gan wneud arwydd y Groes. 'Roedd hi'n fantach a'i phen mewn siôl. O leiaf yr oedd hi'n awyddus i siarad efo mi ac fe gariai ffon bugail yn ei llaw. Sylwais fod ei chroen yn felyn-frown fel tae broc môr wedi curio cnawd ei hynafiaid dros y cenedlaethau.

"Hogan newydd ydach chi? 'Rydach chi wedi dwad yma i aros am sbel?"

"Ydw, at Siani Cadogan."

O glywed yr enw Siani daeth yr un olwg amheus i'w golwg ag a welswn yn llygad Siani ei hun y noswaith cynt. Yna'n sydyn fe newidiodd ei golwg ac fe ddaeth goleuni newydd i lygaid yr hen wraig fel tae ganddi seithfed synnwyr. Cyfarchodd fi'n gynnes fel cyfarch câr.

"'Rwyt ti wedi dwad i Enlli i wella?"

"Sut y gwyddoch chi i mi fod yn sâl?"

"Dim ond gweld rhyw arlliw o dan y croen fel taset ti wedi bod yn gaeth i'th wely."

"Ie."

"Ac. . .mi gefaist fraw?"

"Sut y gwyddoch chi hynny?"

"Gweld yr amrannau'n symud y mymryn lleiaf."

Chwerddais ac meddwn,

"Yr ydach chi'n graff."

"Greddf y cenedlaethau, weldi, wedi hir ymhel â'r môr ac yn adnabod trywydd y gwynt a'r glaw ac ambell dywyniad haul. . . Ac mae gen ti gariad."

"Na, 'does gen i yr un cariad, yr hen wraig," meddwn yn frysiog.

"Ateb byrbwyll, goelia' i," meddai hithau a threiddiodd ei golygon yn ddyfnach i waelodion fy llygaid.

"Fedri di ddim twyllo Magdalen," ychwanegodd, "achos mi fedra' i ei weld o, o dan don y croen yn rhyw frigo'n goch tyner i'r wyneb, ac yn crynhoi'n llyn yn llewych y llygad."

"Mi 'rydach chi'n graff iawn, Magdalen. . .Mi ddwedsoch mai Magdalen ydy'ch enw chi?"

"Ia, Magdalen o Enlli, na fuo hi erioed ar y tir mawr. Bugail oedd fy nhad i wŷr yr Abaty ac yma yng nghysgod Eglwys Fair y maged fi. Ond be' ydy d'enw di?"

"Mari Gwyn."

"A. . .'rydw i'n cofio dy weld di pan oedd Robert Gwyn yn cynnal yr Offeren yma ddiwedd ha'."

Anniddigais beth a synhwyrodd hithau fy mhetruster.

"Peth ffôl ydy rhoi dy serch i wŷr yr Eglwys – ac i Fair o ran hynny," meddai'n dawel, gan ychwanegu. "Peth anodd ydy byw yn sant ar dy ben dy hun allan yn y byd, a chofia di bod y Diafol ei hun ar Enlli!"

"O, 'rydw i wedi gweld y Diafol yn ei gwman yn seler y Tŷ Mawr yng nghanol y casgenni cwrw."

"Ianto'r Mudan welaist ti. Y fo fydd yn darllaw cwrw i'r smyglwyr. Cadwa di dy dafod yn dy ben rhag ofn i titha' ei golli o!"

"Ond pwy sy' wedi colli'i dafod, Magdalen?"

"Ianto'r Mudan. Mi dorrodd rhywun ddarn o'i dafod o efo llafn cyllell."

"Dyna pam y mae o mor dena' felly. Mae o fel sglodyn, ond pwy dorrodd ei dafod o, Magdalen?"

"Un o wŷr y plasa', mi wranta', rhag iddo fo gega eu bod nhw'n byw ar arian smyglwyr, ac os ydy corff y Mudan fel sglodyn mae yna ddigon o gwrw yn ei wythienna' fo. Gwna ditha' arwydd y Groes tra byddi di ar yr ynys yma, Mari Gwyn, rhag ofn i ti weld Diafol Enlli."

Ni fynnwn holi ychwaneg arni gan fy mod yn un cryndod mawr wrth feddwl am y gŵr efo'r hanner tafod yn seler y Tŷ Mawr. A phwy tybed oedd Diafol Enlli?

Trodd Magdalen ar ei sawdl, gan fy ngadael yn hanner syfrdan a'r eiliad nesaf deuthum wyneb yn wyneb â hogan fawr ysgwyddog wrth giât yr Abaty. 'Roedd ganddi wyneb bochgoch, gwallt llaes fel brws a dannedd mawr. Pe bai ei hwyneb yn lân fe allai fod yn dlws, ond yr oedd haenau o faw wedi cordeddu'r croen a'i llygaid fel dwy eirinen ddu yn ei phen. Taflasai hen hugan lwyd dyllog dros ei hysgwyddau a gwisgai fodis llac a phais glytiog. Am ei thraed yr oedd llopanau rhidyllog. Safodd yng nghysgod pentan y giât fel delw ddisymud heb yngan gair. Tybed a oedd rhywun wedi torri tafod hon yn ogystal? Eto, yr oedd ei llygaid fel llygaid anifail aflonydd yn chwilio am gysur dynion heb lwyr adnabod dynion meidrol. Prin oedd y bobl a ymwelai â'r ynys. Sefais innau yr un modd â hithau fel delw nes iddi o'r diwedd fagu digon o blwc i syflyd cam wrth gam tuag ataf. Cyffyrddodd ei bysedd budron ag ymylon fy ngwallt ac yna fe ddechreuodd siarad.

"Gwallt aur. . .Mae gen i isio aur, Mistras! Aur smyglwyr ydy'r gora!"

Cordeddodd flaenion fy ngwallt yn ddigywilydd rhwng ei bysedd chwyslyd.

"Gwallt melyn mawr. . .gwallt yr haul. Mae'r haul hefyd yn felyn."

Mae'n amlwg iddi flino ar fyseddu fy ngwallt a throes ei dau lygad i serennu ym myw fy llygaid innau. Caeais fy llygaid rhagddi rhag ofn crafiad ei hewinedd hir, ond fe wyddai'r ferch hefyd beth oedd ofn.

"Peidiwch ag ofni, Mistras, ond mae gynnoch chi ddau lygad glas. Llygad y môr, achos mae'r môr yn las."

Bellach yr oeddwn yn llwyr ar ei thrugaredd, yn fyw neu yn farw. Mentrodd rwbio cefn ei llaw arw wedyn ar groen fy wyneb.

"Croen gwyn," meddai gyda goslef o ryfeddod yn ei llais, "croen babi. Mae babi yn wyn."

Eiliad arall ac yr oedd yn beichio crio. Agorais fy llygaid a sylwi bod chwydd mawr yn ei chorff. Pwysodd yn ôl ar bentan y giât gan wylo'n hidl ac anwesu'r chwydd ar ei chorff yr un pryd. Pasiodd llanc ifanc heibio i lwybr y fynwent a chyn gynted ag y gwelodd yr eneth o, fe boerodd arno'n chwyrn.

"Cadw dy boer i ti dy hun, y butain ddiawl!" llefodd y llanc.

Tynnodd hithau ei thafod allan gan ddangos rhes o ddannedd mor ddu â'r muchudd. Gwaeddodd y llanc eilwaith,

'Tasat ti'n cadw allan o olwg y smyglars mi gaet arbad edrych fel hwch fagu byth a hefyd!"

Gyda'r un anadl bron cyfarchodd y llanc finnau a gwelais mai un o weision Bodwrdda ydoedd.

"Peidiwch ar boen eich bywyd â rhoi arian iddi i'w roi i'r smyglars. Mae hi'n lladd y plant fel y maen nhw'n cael eu geni ac yn eu lluchio nhw i'r Swnt."

Rhuthrodd y ferch gan daflu'i chorff fel anifail gwyllt yn erbyn y llanc a'i ysgubo oddi ar ei draed yn glatsen ar lawr. Dyrnodd ef yn ddidrugaredd a phan ryddhaodd ef o'r diwedd yr oedd wyneb y llanc yn gripiadau o waed. Rhyw lipryn o lanc ydoedd ar y gorau a phan gododd ar ei draed gwaeddodd yntau arnaf innau, "Gwyliwch hi! Fel yna yn union y bydd hi'n lladd ei hepil!'' Ac meddai'r ferch fel saeth gan droi ei golygon ellyllaidd arno, "Dyna wnâi unrhyw hogan efo epil y Diafol!''

Ciliodd yntau wysg ei gefn a pharhau i weiddi, "Mae isio dy glymu di efo rhaffa' a'th anfon di i ffwrdd efo'r smyglars!''

Poerodd hithau ar ei ôl ond sylwais fod ei llygaid yn llenwi â dagrau o ofn. Ciliodd y ferch yn ôl heibio i gefn yr Abaty gan nadu'n aflafar ac anwesu'r chwydd blêr ar ei chorff yr un pryd, fel pe bai mewn dirfawr boen. Dechreuodd fy nghalon waedu drosti o'r diwedd a phan gyrhaeddais gegin y Tŷ Mawr 'roedd fy nghalon yn curo fel gordd. 'Roedd yno danllwyth o dân braf hyd yn oed ym mis Mai a Siani Cadogan yn rhofio'r coed allan o'r popty mawr. Sylwais ei bod yn foddfa o chwys. Edrychodd hithau arnaf mewn syndod.

"Be' sy' wedi digwydd i ti? 'Rwyt ti'n edrach fel taet ti wedi gweld ysbryd yn yr hen Fynachlog gefn dydd gola'.''

Gollyngais fy hun o flinder ar bwys y setl fach.

"Mi wel'is i hogan fawr flêr wrth giât y Fynachlog.''

"'Does neb yn dwad ar yr ynys yma heb weld Lisa Ddu. Mae hi'n byw efo'r Diafol.''

"Efo'r Diafol?''

"Ydy. . .i lawr yn yr ogo'.''

"Ond ysbryd ydy'r Diafol.''

"Ysbryd mewn cnawd ydy Diafol Enlli.''

"Fuaswn i yn ei 'nabod o taswn i yn ei weld o ar Enlli, Siani?''

"Gobeithio na weli di o. Anaml y bydd o allan yn y dydd. Yn y nos y bydd o yn gwneud ei dricia' ac mae o'n gyfrwys fel sarff. Un llygad sy' ganddo fo. Pe gwelat ti'r llygad arall, fe lewyget yn y fan a'r lle taset ti'n gweld y twll llygad wedi croenio. Ar noson olau leuad mi fydd yn gosod perl yn nhwll y llygad ac yn gadael i'r goleuni ddawnsio arni fel ellyllon y Fall.''

"Welsoch chi'r Diafol erioed, Siani?''

"Do, droeon. . .ac yn ymddwyn yn ddigon bonheddig, achos un o Urdd Eglwys Fair yn Enlli oedd o ers talwm.''

"Ond, Siani, fyddai'r Diafol ddim yn yr Abaty?''

"Fe fyddai'n haws iddo fod yn y fan honno nag yn unman arall. Y nesa' i'r Eglwys, pella' oddi wrth baradwys, meddai'r hen air.''

45

"Ond y mae yna ddynion da yn yr Eglwys, Siani."

"Oes, fel Robert Gwyn," meddai'n gwta ac erbyn hynny yr oedd wedi rhofio'r coed gwynias allan o'r popty gan adael ei waelod yn llyfn a glân. Fe wthiodd y bara haidd iddo ac wedi cau'r ddôr haearn arno, gwasgodd ddarnau o glytiau o'r dŵr a'u gwthio rhwng y ddôr haearn a'r mur i gadw'r cynhesrwydd i mewn. Eisteddodd wedyn ar bwys y setl fawr mewn osgo siarad fel wrth gâr.

"Mi glywais ddweud," meddai, "mai'r Diafol oedd y Brawd mwynaf a fu yn y Fynachlog o fewn cof ac y gwnâi Abad, ryw dro. 'Roedd digon o ddeall yn ei ben o ond mi chwerwodd pan ddaeth dynion y brenin efo'r Doctor Coch i chwalu'r lle. Mi ddihangodd i'r môr efo llanc arall, yn ôl pob sôn."

Erbyn hyn siaradai Siani mewn islais,

"Mae'r Mudan yna yn y selar yn clywad popath ac yn deud dim, cofia di! Mae yntau mor gyfrwys â'r Diafol yn ei ffordd ei hun. Mi werthodd y ddau rai o drysorau'r Fynachlog i longau Sbaen ac mi wnaeth y Diafol ffortiwn fach a dysgu byw efo smyglars. Mae mwy ym mhen Diafol Enlli nag ym mhen y Mudan ond mae melltith ar y ddau am ddwyn trysorau'r Eglwys. Mi gollodd y Diafol ei lygad a phan ddaeth y ddau yn ôl i Enlli ymhen yr hir a'r rhawg, mi gollodd y Mudan ddarn o'i dafod."

"Sut felly, Siani?"

"Fedar dyn efo darn o dafod ddim cega ar neb arall. Hwyrach mai'r Diafol ei hun a'i torrodd o, 'does neb a ŵyr, neu efallai mai un o wŷr y plasa' hyd y glanna'. Mae yna amball i sgweiar sy'n teimlo'n ddiogelach wedi i ddyn golli'i dafod! Fedar dyn efo un llygad ddim mynd ymhell i'r tir mawr ychwaith heb i rywun ei 'nabod o, mwy nag y medar dyn efo hannar tafod hel clecs. Ond gwylia di, mi fedar y ddau synhwyro llonga' Sbaen filltiroedd i ffwrdd ac am hynny mae bron i bob sgweiar ym Mhen Llŷn yn parchu'r ddau. Pan fydd y smyglars o gwmpas mi fydd llygad y Diafol yn serennu dros y Swnt fel tae'r haul yn ei berfadd o. 'Does wybod o ran hynny pa ddyfeisiada' cudd sy'n gorwadd yn ymennydd Diafol Enlli."

"A'r Mudan?"

"Wnaiff hwnna i lawr yn y selar efo hannar tafod fawr o ddrwg i neb, oni bai i rywun ei gythruddo fo. Mae o'n fyr o ddeall y Diafol a rhyw lanhau o gwmpas y Fynachlog y bydda' fo, ers talwm. Serch hynny, mae o'n was y Diafol yn ddigon siwr."

"A be' ydy gwaith y Mudan 'rwan?"

"Diogi, am wn i, a sipian cwrw efo'i dafod bach tra bydd y cwrw yn para. Mi fydd o hefyd yn tendio ar wŷr y plasa' pan fydd yna gelc go dda i'w gael. . .Cofia di, mae o'n medru clywad fel ffurad.''

Cododd Siani ei chlustiau i wrando ac fe glywem sŵn troedio trwm y Mudan yn croesi'r buarth am y seler. Cuchiodd Siani a bu tawelwch nes trowyd y stori at ddigwyddiadau'r diwrnod hwnnw.

"Mi welais Magdalen,'' meddwn.

"A!. . .yr hen Fagdalen,'' meddai Siani gan sirioli drwyddi. "'Does yna neb yn byw ar yr ynys yma ar wahân i ni a hil Magdalen a'r Diafol a Lisa Ddu. Fuo Magdalen erioed ar y tir mawr ac mi fedar ddarllan y llanw a'r lleuad ac mi ŵyr yn well na thi dy hun be' sy' yn dy grombil di. Mi ŵyr hitha' pan fydd y llonga' yn dynesu.''

"Pa longa' ydy'r rheini, Siani?''

Anniddigodd Siani am iddi ddweud cymaint wrth ddieithrwraig,

"'Dydy o ddim o dy fusnas di, mwy nag ydy o'n fusnas i minna' o ran hynny. Yma i wella yr wyt ti ac mi fydd Wiliam yn dwad â phlant Bodfal drosodd cyn i ti gael dy anadl atat.''

Newidiodd cywair ei llais fel y soniai am Wiliam a sylwais fod yr un tro yn ei wefus yntau a'r un haelioni yng nghannwyll y llygad ag yn wyneb Siani ei hun.

Cododd Siani i ymystwyrian o gylch y tŷ ac ymhen y rhawg rhoes imi grystyn o grasiad y dorth efo'r menyn yn drwch arno.

"Dyma i ti gyw o'r dorth,'' oedd ei sylw. Rhyw ddarn o grystyn crimp oedd y 'cyw' a wthiodd ei hun yn grasiad brau o ymyl y dorth a byddai'n crensian rhwng y dannedd ac yn boeth o'r popty.

Neilltuais yn y man i'm hystafell i gopïo o'r memrwn a ddaethai Wiliam, drwy law Thomas Owen, oddi ar silff y llofftgarreg ym Mhenyberth. Oddi allan clywn lepian y llanw a chrawcian gwylanod. Meddyliais tybed ai fel hyn yr oedd hi bob amser ar yr ynys. Gydag awr Gosber tawelodd y gwynt ac edrychai'r môr yn llyfn fel gwydr ac yn las fel awyr haf neu fel bwtsias y gog ar gaeau Penyberth. Teimlais ias o hiraeth am ddiogelwch Penyberth a phlwy Penrhos pan oedd Taid, Siôn Wyn, yr yswain, yn fyw. Adeg awr Gosber canfûm fod rhyw dawelwch llethol yn llanw'r ynys, yn union fel pe bai gweddïau'r saint drwy'r oesoedd yn llethu pob synnwyr ynof.

47

Gydag 'Ave' yr hwyr llithrais yn ôl unwaith eto tuag at adfeilion yr Abaty ac wrth ddilyn y ffordd wledig honno, cofiais am y pnawn Sul hwnnw ym mis Medi, pan euthum gyda Robert a'r Brawd Andreas hyd yr un siwrnai, a phan oedd gweddïau Cred yn cadw'r Fall yn ddistaw. Wrth groesi rhiniog yr Abaty cofiais fel y clywais Robert unwaith yn adrodd geiriau y Doctor Gruffydd Robert. Geiriau tlysion oeddynt yn sôn am wlad yr Eidal ac am y gwinllannoedd rheini a oedd yn llawn o ddail gwyrddleision, yn gysgod rhag y tes. Ni chofiwn ddim ond hynny. Yma, ar yr ynys, nid oes gan amlaf onid gwynt a thywod. O fewn yr Abaty, caeodd tawelwch y muriau o'm cwmpas ac fel y nesawn at yr allor, yr oedd ymdeimlad o gysegredigrwydd yn llenwi'r lle. Bron na chlywn lais yn galw f'enw,

"Mari Gwyn!"

Meddai'r llais wedyn,

"Cerdda'n dawel, yr wyt yn troedio ar dir sanctaidd."

Tybed a oedd rhywun y funud honno yn galw f'enw o dir pell Fflandrys? Teimlais Bresenoldeb fel pe bai rhywun yn cerdded wrth fy neheulaw. 'Roedd o yno ac eto nid oedd yno, ychwaith. Ni pharodd ofn i mi am ei fod yn rhan ohonof ac eto yn ddieithr.

Yn yr union le hwn y cyfarfu'r Gymanfa fawr ddiwedd haf, pan anerchai Robert y dyrfa ddisgwylgar honno o wŷr y plasau yn eu gwisgoedd carpiog ac ambell i werinwr na fynnai ymadael â'r Hen Ffydd. Atseiniai'r geiriau'n glir drachefn yn fy meddwl,

"Ef a brynodd yr enaid a'r corff â'i waed bendigedig. . .Fe ymestynnodd ei gorff ar y Groes er dy fwyn di. . ."

Oherwydd llonyddwch y lle, bron na chlywn sŵn canu mewn rhyw orfoledd nefol. Penliniais yn y fan honno a galw ar Fair am nerth i gadw'r Ffydd ac i atal y gwayw rhag ystumio fy nwylo. Deëllais cyn hyn mai ffordd anodd oedd Ffordd y Groes ac eto yr oedd ynddi ryw wynfyd na theimlaswn ei debyg o'r blaen. Cawswn brofiad cyffelyb wrth wylio'r praidd yn wyn fel y gorweddent mewn osgo ddisgwylgar ar ddechrau blwyddyn ar gaeau Penyberth. Dro arall, fe ddaethai wrth wylio seren yn loyw ar ffurfafen y nos, pan oedd cantel yr awyr yn uchel neu wrth arogli gwyddfid yn y gwrych neu o weld gwylan y môr yn lluchio arian ei hadenydd i ganol y machlud. Pan godais o'r diwedd oddi ar ris yr allor, gwyddwn y deuwn yma drachefn a thrachefn ac na allai ellyllon y Fall na Diafol Enlli fy rhwystro.

Oddi allan i glwyd yr Abaty, safai Magdalen, ei llygaid ynghau yn ffordd y machlud ac yn gweddïo gweddïau Cred gyda'r hwyr.

Agorodd ei dau lygad hen fel y nesawn tuag ati a sylwais yng ngoleuni'r hwyr fod hudden yn tyfu drostynt. Sibrydodd yn fy nghlust.

"Fe welaist y bedd newydd? Bedd y Brawd Andreas."

"Na. . ."

"Draw tua'r gogledd fe weli bridd tywyll a thyweirch yn ei guddio. Fe fu yma ddau offeiriad yn y tywyllnos yn ei gladdu, wedi cyrchu'i gorff dros y môr o Benrhos a gochel y Gwŷr Newydd. Robert Gwyn oedd un ohonyn nhw."

Cerddasom ein dwy ar flaenau ein traed tua man y bedd rhag tarfu ar dawelwch y lle. Mygais fy nagrau. Buasai rhywun yno, mae'n amlwg, yn gwneud arwydd y Groes yn rhigolau dwfn yn y pridd.

"Byddai'n gamp i ti ddyfalu pwy wnaeth arwydd y Groes ar fedd y Brawd Andreas?" meddai Magdalen.

"Diafol Enlli," sibrydodd wedyn, "y fo a wnaeth arwydd y Groes ar y bedd!"

Ni allwn guddio fy syndod ac esboniodd hithau'n dawel fel y gweddai i un a dreuliodd ei hoes o fewn cylch yr Abaty,

"Cyn i ddynion y brenin ddwad i anharddu'r lle yma, 'roedd y Brawd Andreas a'r Diafol yn ddynion ifanc yn yr Abaty ac yn ei ffordd ei hun, fe fynn hyd yn oed Diafol Enlli barchu'r Hen Ffydd. . .Cofia di wneud arwydd y Groes pan weli di o, a chyffyrddith o ddim â phen ei fys ynot ti. Mae Diafol Enlli yn medru bod yn was Duw weithiau, cofia."

Wrth gerdded yn ôl tua'r Tŷ Mawr, sylweddolais mor od oedd bywyd. Gynnau, yr oedd y Brawd Andreas a minnau ym Mhenyberth a bellach yr oeddem ein dau ar Enlli. Na, nid oeddwn mor unig wedi'r cwbl!

Pan gyrhaeddais gegin y Tŷ Mawr, eisteddai Siani Cadogan ar y setl â'i phen yn arffed ei ffedog. Chwarddai fel un allan o'i chof. Cyferchais hi ond parhâi hi i chwerthin yn afreolus. Yr oedd Siani yn feddw gaib.

49

Mae'n rhyfedd fel y mae dyn yn dygymod efo lle dieithr.
Heddiw yn unig sy'n olau, a llwyd-dywyll yw pob doe. Fe
gawsom storm enbyd yma ar y cychwyn ond wedi hynny, bu'r
môr yn las a throchion yr ewyn yn wyn. Bu'r hin yn hynod o braf.
'Rwan pan fydda' i'n edrych drosodd ar y tir mawr, fe fydda' i'n
meddwl beth yn y byd mawr oeddwn i'n ei wneud yno, ddydd ar
ôl dydd. Hyd yma ni welais arlliw o Ddiafol Enlli. Wedi nos y
bydd o allan amlaf, meddai Magdalen, ond mi fydda' i'n ei gweld
hi yn feunyddiol. Bob bore fel y bydd yr haul yn codi, byddaf yn
ymweld â'i chartref lle mae ei thylwyth yn byw. Caf ganddi ddiod
o fetheglyn a theisen gri. Y tro cyntaf yr euthum yno, fe safai
Magdalen ar y boncen yn edrych allan tua'r môr ac yn synfyfyrio.
Cysgodai ei llygaid rhag yr haul â'i dwylo ymhleth.

"Y plisgyn sy'n bargodi dros y llygaid," meddai, "ac mae'r
golwg yn prinhau ond disgwyl ei weld o'n dwad adra yr ydw i."

"Pwy felly, Magdalen?"

"Yr ŵyr, Elgan. Mab Rhisiart ydy o."

Ar bwys y stelin wrth y tŷ, mi welwn ŵr gyda choesau fel
bachau crochan, fel un a fu'n hir ymhel â'r môr.

"Rhisiart ydy hwnna, fy mab i a thad Elgan. Llongwr wrth ei
alwedigaeth, ond chaiff o byth fynd i'r môr eto am fod ei draed o'n
madru. Cig marw. Fe wyddost be' ydy peth felly?"

"'Dydy o ddim yn hen," meddwn.

"Na, 'dydy o ddim. Y fi sy'n hen ond mae rhywbath yn dwad
heibio i bawb ac y mae amsar a ffurf y diwadd yn wahanol i bawb
ohonom. Bydd damwain yn dal rhai. Y peth gwaetha' ynglŷn â
Rhisiart ydy ei fod o'n medru gwylio'i hun yn marw'n araf achos
ei fod o'n gweld fel cath. . . Disgwyl i Elgan ddwad adra y mae o
dros fisoedd yr ha' erbyn y cynhaea' ac wedyn o Ŵyl Fihangel
ymlaen mi fydd Elgan yn ymuno â'r helfa bysgod hyd y glanna' o
Enlli i Benfro. Yn Nyffryn Afon Dyfi y byddan nhw'n cwarfod."

Prysurodd ymlaen i adrodd yr hanes fel yr aeth Elgan i ddilyn ei
dad i'r môr.

"Mynd efo llonga' Biwmares i ddechra' pan oedd llonga'
Ffrainc a Sbaen yn dwad i'r porthladd," meddai, "efo ŷd a
gwlân, halen a haearn. 'Roedd yna ddigonadd o bopath ym
Miwmares, bryd hynny, ac yr oedd sôn am winoedd Ffrainc a

Sbaen. Ond 'dydy petha' ddim fel y buon nhw ym Miwmares am fod y môr yn bwyta i mewn i'r tir. Mynd am Fryste y mae'r llonga' 'rwan ac am lanna' Penfro. Choeliat ti ddim fel y mae'r tywod yn cael ei chwythu i mewn i dre' Biwmares meddai Elgan, ond o ran hynny, mae'r môr yn chwythu petha' gwaeth na hynny i'r tir! Arian smyglars! Mae'r glanna' yma'n drewi o smyglars am fod swyddogion y Frenhinas yn mynnu cau llygad arnyn nhw a cheidwaid y tolla' yn derbyn cil-dwrn am allforio barlys a brag a gwenith i'r gelyn.''

Synnais at ei gwybodaeth. Mor wahanol oedd bywyd yr ynyswyr i drigolion y tir mawr, meddyliais.

''Oes arnoch chi ddim ofn i'r gelyn ddwad i Enlli, Magdalen?''

''Mae ar bawb ofn y Sbaenwyr ac mi allai'r rheini ymosod ar y glanna' pan fydd y milisia a'r gwylwyr i gyd yn cysgu.''

Yng nghwmni Magdalen, deuthum i ddygymod â sŵn plant ei thylwyth yn y Tŷ Pella. Trystan oedd y mwya' trystiog ohonynt yn gwthio'i fys i frwes pawb ac yn adnabod pob cilfach a glan ar yr ynys. Ond o ran hynny, yr oedd ei hil yn byw yn y lle ers cyn cof. Perthynent ymhell yn ôl i Wŷr y Gogledd, meddai Magdalen, ac felly y cafodd yr ŵyr yr enw Elgan. Pan soniai am Elgan, edrychai arnaf gydag osgo o winc yn ei llygaid a'r un oedd ei geiriau bob tro,

''Bachgan glandag ydy Elgan, efo digon o ddeall yn ei ben, ond bod y môr wedi cynhyrfu'i waed o fel gwaed pob gŵr a fu yn y tylwyth erioed.''

Wedi'r sgwrs honno efo Magdalen, ofnwn yn barhaus mai llongau Sbaen a welwn ar y gorwel ac y dôi'r gelyn ar ein gwarthaf. Beth pe deuent a dwyn memrwn yr Hen Ffydd? Am hynny, bûm wrthi'n ddi-baid yn llofft y Tŷ Mawr yn copïo a chopïo o'r memrwn olaf a gawswn. Câi Wiliam Bodfel guddio'r copïau yn ei sanau wrth groesi'n ôl dros y Swnt a'u dosbarthu i sgweiar Madryn, teulu Bodwrdda, a Thomas Owen, y Plas Du. Prin y byddai neb o'r Gwŷr Newydd yn amau Wiliam Bodfel, ond fe fyddai memrynau'r Hen Ffydd yn ddiogelach yn nhraed ei sanau nag yn unman arall! Rhoddai'r fenter beth o antur cenhadon Douai yng ngwlad Fflandrys yn fy ngwaed, ond wedi'r cwbl, sut y gellid cymharu croesi'r Swnt ar berwyl yr Hen Ffydd â glanio mewn llongau marsiandïaeth ym Môr Bryste? Oherwydd bod y gwaith yn araf a llofft y Tŷ Mawr yn oer, fe ailgydiodd y cryd cymalau yn fy nwylo ac o bryd i'w gilydd gwingwn gan boen. Addawodd Magdalen i mi gyffur o lysiau'r maes a fydd yn lleddfu

51

poen y cryd cymalau yn y man. Fe.wyddai mynaich Enlli, meddai, am eli at bob clwyf.

Un bore, tua diwedd mis Mai, deffroais yn sydyn i sŵn crechwen uchel gwylanod a sgrechian cyffrous plant y Tŷ Pella o gyfeiriad y bonciau yn ffordd y môr. Y bore hwnnw, fe droais innau o lwybr y Fynachlog tua'r traethau. 'Roedd hi'n fendigedig o braf, fel y gellid gweld y tir mawr fel cledr llaw. Allan yn y môr gwelwn long o faint cymedrol yn ymddangos yn hollol ddisymud fel pe bai am aros a bwrw angor yng nghysgod yr ynys ac o olwg y tir mawr. Yn y pellter eithaf, gwelwn ŵr yn cerdded yn fân ac yn fuan i gyfeiriad y traeth. Tybed ai hwn oedd Diafol Enlli? Yn ôl cyfarwyddyd Magdalen, gwneuthum arwydd y Groes ar fyrder.

Cododd lleisiau plant y Tŷ Pella i'm cyfarfod a Thrystan oedd yr ucha ei gloch.

"Smyglars! Hwre!"

"Hwyrach mai Woolfall y môr-leidr biau'r llong."

"Mae hwnnw wedi marw'r twpsyn!"

"Pwy sy'n deud hynny? Mae Woolfall wedi bod yma o'r blaen yn tydy?"

"Haynes ydy o."

"Sut y gwyddost ti?"

"Am ei fod o wedi bod ym Miwmares yn gwerthu nwydda' smyglars i Rhisiart Bwcle. Gwerthu siwgwr a phetha' melys."

"Dew! Mi leiciwn inna' gael siwgwr. Tomennydd ohono. Mae siwgwr yn felys."

Llyfodd y plant eu gweflau.

"Mi gei boen bol os bwyti di ormod o siwgwr!"

"Ond mae Haynes yn gwerthu pob math o betha' heblaw siwgwr, yn 'sgidia' a lledar a sidana'."

"Nid Haynes ydy o ac nid Woolfall 'chwaith," gwaeddodd Trystan, "Cole ydy o."

"Pwy ydy hwnnw?"

"Mae Elgan yn gw'bod rhywbath amdano a phob sgweiar ym Mhen Llŷn. Mi dyffeia' i nhw!"

"Mae Elgan yn gw'bod popath, ddyliwn."

"Mae o'n gw'bod pwy ydy pwy a be' ydy be' ymysg y smyglars, mi awn ar fy llw."

"Diawst y byd!" llefodd Trystan eilwaith, "hwyrach mai un o longa' Sbaen ydy hi!"

Gwaeddodd y plant gan ofn a rhedais innau am fy mywyd yn ôl tua'r Tŷ Mawr. Beth pe deuai gwŷr Sbaen a darganfod y

52

memrwn a llosgi un o drysorau'r Hen Ffydd? Rhaid oedd imi ddarganfod cuddfan iddo o afael y gelyn.

Nid oedd arwydd o Ianto'r Mudan o gylch y lle. Deuthum i ddygymod yn rhyfedd ag ef ac yntau â minnau gan imi wneud arwydd y Groes pan welais ef wyneb yn wyneb gyntaf.

Piciais i lawr ar flaenau fy nhraed at ddrws y seler ond nid oedd yr un arwydd o'r Mudan yno ychwaith. Yr anffawd gyda'r Mudan oedd y gallai weld eich cysgod heb glywed eich llais na dweud gair o'i ben.

Rhuthrais wedyn i'r gegin fel rhywbeth o'm cof a dyna lle 'roedd Siani Cadogan yn hongian darn o gig eidion wrth y gigwain uwchben y tân mawr agored.

''Be' sy' wedi dwad dros yr hogan?'' gofynnodd, ''a hithau'n olau dydd gloyw?''

''Mae un o longau Sbaen yng nghysgod yr ynys.''

Chwarddodd Siani yn uchel a gorchmynnodd imi eistedd a chymryd f'anadl.

''''Stedda i lawr ar y setl yma!'' gorchmynnodd, ''a gwrando ar stori Siani.''

Wrth wrando arni ac fel yr oedd y cig yn hisian yn y gwres mawr deuthum i ymgydnabod â rhai o gyfrinachau tywyll yr ynys.

'''Roeddat ti'n meddwl mai ynys y saint oedd Ynys Enlli on'd oeddat ti, Mari Gwyn? Paradwys ffŵl fyddai meddwl peth felly.''

''Ond mae llwybrau'r saint yma o hyd, Siani. . .Mae Magdalen yn gwybod hynny ac mae pobl yr Hen Ffydd yn y tir mawr yn gwybod hynny.''

''Hwyrach bod Magdalen yn gwybod. 'Dydy hi ddim wedi cysgu yng ngwlau dynion er'ill, fel Siani Cadogan. Fuaswn i ddim yn rhoi llawar o hid ar wŷr plasa' Pen Llŷn ychwaith sy'n arddal yr Hen Ffydd. Maen nhw wedi elwa'n helaeth ar longa' smyglwyr.''

''Mi welais y Diafol yn mynd am y traeth,'' meddwn.

''Mae hwnnw wrth ei waith ers nosweithia', mi dyffeia' i o, yn gada'l i'w lygad perl serennu'r glanna' yma. Mi fuo'r Mudan yn ddigon pell yn rhywla hefyd ac yn sugno'r barila' i'w gwaelod am y gwyddai o fod 'chwanag o ddiodydd Sbaen yn cyrchu'r ynys yma!''

Sylweddolais nad oedd Siani Cadogan fawr gwell na'r Mudan, gan imi ei gweld cyn hyn yn feddw gaib ac yn chwerthin o'i hochr hi. Meddyliais wedyn y byddai'n rhaid i ddyn droi'n sant neu'n feddwyn neu efallai'n wallgofddyn i fyw wrtho'i hun ar ynys unig. Dros dro yr oeddwn i yma, a dihangdod oedd hynny.

"Pwy ydy Haynes a Cole?" gofynnais iddi.

"Pwy oedd mor wybodus i sôn am y rheini wrthat ti?"

"Plant y Tŷ Pella oedd yn dadlau a Trystan yn gwybod y cwbl."

"Ac fel arfar, mi 'roedd yr hogyn yn iawn. Smyglars ydy'r dynion yna a phan ddaw'r giwad yma, cadwa ditha' dy dafod yn dy ben a'th lygad dan dy dalcan fel taet ti yn eu hadnabod nhw erioed. Meindiad pawb ei fusnas ei hun. Taw piau hi a thra bydd y Mudan yma'n gwylio, ddaw yr un nam i ti nac i minna'. Mi fedra' hwnnw wthio llafn cyllall i gefn dyn a hynny mor llyfn fel na sylweddolai fod dim wedi digwydd iddo, nes gweld y gwaed yn pistyllio. Choeliat ti ddim mor gyfrwys ydy cynllwynion y Fall. Toriad llyfn bia' hi bob tro. Toriad i'r byw heb adael corneli i beri i'r un sy'n diodda' wingo."

"Ond nid felly y mae hi bob amser, Siani. Gwneud i'r dioddefwyr wingo y bydd erlidwyr yr Hen Ffydd yng ngharchardai Llundain."

"Wn i ddim byd am betha' felly. Iaith gwŷr yr Eglwys fyddai dweud fod y Da yn drech na'r Drwg ond 'does dim pall ar gyfrwystra Diafol Enlli."

Bu tawelwch rhyngom am amser wedi hynny nes i'r cywair newid ac i Siani syllu'n hir arnaf fel pe bai hi'n astudio fy holl gorff.

"Tybad be' anfonodd hogan fel ti i'r ynys yma? Peth braf ydy cael cwmni merch, wedi byw efo dim ond dynion am gyhyd o amsar."

"Ydach chi wedi byw yma erioed, Siani?"

"Dyna ti'n gofyn cwestiwn 'rwan."

Synhwyrais ei phenbleth ac meddwn,

"'Does dim raid i chi ateb, Siani."

"Waeth i ti ga'l gw'bod, ddim. Hogan o'r tir mawr oeddwn i. Mi fûm i'n forwyn fach ym mhlas Bodfal, unwaith, ac fe'm gyrrwyd i o'r golwg i Enlli wedyn. Ystryw gŵr y plas oedd hynny pan gâi o un o'i forynion yn feichiog. 'Roeddat ti ar ei drugaradd o yn fwy fyth wedyn, yn boddio'i chwant o at dy gynhaliaeth. Mi fedrai o wneud a fynnai o efo ti unwaith yr oedd y Swnt rhyngddo a'r tir mawr."

"Oedd gynnoch chi deulu ar y tir mawr, Siani?"

Petrusodd hithau a daeth cryndod i'w llais.

54

"Mi fu gen i dad a mam a brodyr a chwiorydd ond troi cefn arna' i wnaethon nhw. Mi glyw'is y byddai'r sgweiar yn rhoi cildwrn iddyn nhw i gau eu cega' nhw. Mi fuo fo'n driw i'w air ac i'w fab gordderch a fedrai merch ddim disgwyl mwy na hynny. Mi glyw'ist sôn am y Diafol, Mari Gwyn?"

"Do, Siani."

"Cofia di un peth. . .Fuo Siani Cadogan erioed yn forwyn y Diafol. Anffawd bod yn ferch oedd anffawd Siani."

Teimlais drueni drosti a dychwelyd i sôn am long y smyglars er mwyn troi'r stori.

"Pam mae'r smyglars yn mentro i'r ynys ar dywydd mor braf?" gofynnais. "Mi fydd rhywun yn siwr o'u gweld nhw o'r tir mawr."

" 'Does dim perygl i long daro yn erbyn y creigia' ar dywydd fel hyn ac mi wyddan o hir arfar y byddan nhw'n ddiogal ddigon yng nghysgod yr ynys, achos mae Diafol Enlli wedi bod ar waith, yn chwilio pob twll a chornal. Heno, wedi iddi nosi fe fyddan nhw'n glanio, gan fod Crach Aberdaron a'r Uchaf Siryf yn ddigon pell yn Llwydlo ers tridia' a ddôn nhw ddim yn ôl y rhawg. Heno, mi fydd y lle yma'n berwi o weision gwŷr y plasa' ond digon prin y bydd yr un sgweiar yma. O leia', nid yn ei ddillad ei hun."

Yn unol â geiriau Siani, 'roedd cegin y Tŷ Mawr yn orlawn y noson honno. Ni welswn yn fy myw giwed mor afreolus, fileinig eu gwedd ag a welais wedi ymgasglu i'r Tŷ Mawr. Yr oedd criw y *Sabrina*, oblegid dyna oedd enw llong y môr-ladron, o gylch y bwrdd mawr yng nghanol y gegin – rhai yn chwarae disiau a thawlbwrdd ac eraill yn rhy bŵl gan win i ymystwyrian llawer. Sylwais fod eu croen yn felynddu a'u dannedd fel blaidd pan agorent eu cegau y mymryn lleiaf. Llygaid oerion oedd ganddynt a'r golygon yn aflonydd ac anniddig. Hwy oedd gwehilion y môr ac mor barod i wthio cleddyf i gorff â chyllell i gig eidion. Ymhen dim o dro difawyd y cig eidion a fu'n ffrwtian ac yn hisian oddi ar y gigwain yn y Tŷ Mawr a huliwyd y bwrdd â danteithion, yn ffrwythau, orennau a lemonau a resin. Bargeiniwyd am y barilau gwin ac yr oedd y prynu a'r gwerthu drosodd. Ni ddeallwn i fregliach dieithr eu hiaith. Yn y man, tynnwyd cefnau'r meinciau i lawr o'r waliau a sleifiodd gwŷr Pen Llŷn ac Eifionydd yn llech-wraidd i'r seddau. Adnabûm rai ohonynt fel gweision gwŷr y plasau ond yr oedd eraill yno na welswn hwy erioed o'r blaen. Mae'n amlwg i'r sôn am ddyfodiad y *Sabrina* i Enlli, y diwrnod hwnnw, gerdded ymhell a gwyddai pob hen heliwr nwyddau smyglo, cyn nos, ei bod hi yno.

Cerddodd y nos ymhell ac yna'n hollol ddisymwth sylwais ar ŵr bychan tawel yr olwg yn sefyll gerllaw'r drws. Yr oedd yn bur oedrannus ac yn ddistawach na'r gweddill o'r gwŷr. Safai gyda'i ochr dde yn wynebu'r dorf. 'Roedd croen ei wyneb yn rhychiog a melyn. Tybiais mai un o breswylwyr Pen Llŷn oedd. Yna clywais rai o'r Cymry a eisteddai ger y muriau yn siarad ac yr oedd eu tafodau'n llithrig.

"Weli di'r Diafol yng nghysgod y drws? Mae o'n dawal heno."

"Iesu Grist! Mi wnaeth o fargian efo'r garsiwn yma!"

"Fel arfar."

"Fethodd Diafol Enlli erioed."

"Ac eto, mae rhyw olwg anniddig arno heno."

"Cydwybod euog, hwyrach?"

"Choelia' i fawr."

"Ond cofia di, mai dyn meidrol ydy Diafol Enlli...mynach o'r hen Abaty wedi troi'n chwerw. Mi ddysgodd barchu'r Forwyn a hwyrach ei fod o'n ofni marw. Marw fel y Brawd Andreas."

"Mi gladdwyd y Brawd Andreas o Benyberth yma 'does fawr yn ôl, un o'r un genhedlaeth ag yntau."

"Ac mi 'roedd hwnnw yn amlach yn feddw nag yn sobor!"

"'Doedd rhyfedd i Harri Wyth ddinistrio'r Fynachlog."

"A 'doedd hwnnw yn fawr o sant. Amlwreica oedd pechod hwnnw. Diawst i, mi fuo un o wragedd hwnnw yn aros yn y plas acw, yn ôl pob sôn," meddai gwas Boduan.

"Diawst! Mae'r ysweiniaid yma yn gw'bod yn iawn yn lle i daro bargian. Welat ti'r sidana' aeth i Bodwrdda a Bodfal yn nyddia'r hen Siôn Wyn ap Huw!"

"Pan oedd Woolfall o gwmpas y lle, mi glyw'is i fod yr hen Siôn Wyn ap Huw ar gefn ei geffyl ac yn chwarae i ddwylo Iarll Warwig."

"A 'rwan mae'r hen gono yn gorwadd mor swpachlyd ym mynwent Llannor."

"Gorwadd yng ngwely Siani Cadogan y byddai o pan oedd honno yn ei phreim," ychwanegodd rhyw walch o henddyn o Uwchmynydd, "a lluchio llwch i lygad ei wraig efo sidana' smyglars!"

Crechwenodd y criw.

56

Ond eisoes yr oedd y ddiod yn drech na synnwyr y mwyafrif ohonynt.

"Cwrw, hogia! Llond barila' o winoedd i wŷr y plasa' a chwrw brag i'r tlodion!"

"Yfwn, hogia!" llefodd llefnyn didoreth yr olwg arno. "A gwynt teg i smyglars a bonadd ac anga'!"

"Taw â dy fost," meddai'r henddyn hwnnw o Uwchmynydd wedyn, "hawdd y medri di ddilorni angau, a thitha' led cae oddi wrtho. Mae rhai ohonon ni eisoes yng nghysgod y wal ddiadlam."

"Reit dda 'rwan, yr hen gono! Mi dyngwn i dy fod yn siarad iaith yr Eglwys ac mi gei di Burdan ar y cam cynta'. Gadewch i ni feddwi'n chwil ulw, hogia! Mi anghofiodd yr hen gono y medar y Pla ddwyn yr ifanc fel chwipiad rhaff. 'Does dim yn sicrach."

Soniodd rhywun fel y bu i offeiriad Llanbedrog wneud ffortiwn wrth werthu nwyddau smyglars i'r tlodion.

"Os medrodd hwnnw osgoi Purdan, waeth i ninna' wneud tipyn o gelc yn gwerthu barila' cwrw'r Sabrina i grachach Madryn a'r Garreg a Phorth Amwlch. Yfwn, hogia, i Ddiafol Enlli rhag ofn na fydd o ddim byw y flwyddyn nesa! Ia, mwyn dyn i, meddwi pia' hi heno!" gwaeddodd y praffaf ohonynt.

Chwarddodd y garfan honno yn uchel yn eu crechwen meddw drachefn.

Yn ddiarwybod, teimlais oleuni yn cyfeirio tuag ataf o gyfeiriad drws y gegin. Bron na fedrwn deimlo poethder ei wres ar fy moch. Dallwyd fi gan ei serennedd ac yn islais i'r cwbl deuai sŵn y gyfeddach a rhialtwch anghyfrifol y dorf. Sylweddolais yn sydyn bod y llafn o oleuni yn treiddio tuag ataf o'r perl yn llygad Diafol Enlli a phan edrychais, gwelais fod y gŵr bychan hwnnw yn fy wynebu o'r ochr arall i'r ystafell. Gallai hwn estyn ei bŵer dieflig heb i fwyafrif y dorf fawr fod yn ymwybodol ohono, ac ar yr awr honno yr oedd y gyfeddach fileinaf. Amheuaf a fu i unrhyw un arall yng nghegin y Tŷ Mawr deimlo o'i belydr. Teimlais y gwres yn llosgi a phan oedd y perl danbeitiaf, gwaeddais allan yn nyfnder fy enaid,

"O! Dduw, gwared ni! O! Fair, gwared ni!"

Gwneuthum arwydd y Groes, yn ôl cyfarwyddyd Magdalen. Yn raddol, gwanhaodd y goleuni a chlaearodd y gwres. Crebachodd y perl ac yn ddirybudd hollol, troes y Diafol ar ei sawdl allan i'r nos. Gyda'i fyned, daeth rhyw syrthni drosof fel pe bawn wedi ymestyn fy nghorff allan i drigfannau dieithr. Ni allwn amgyffred y pŵer rhyfedd hwn. Yr oedd fy nghalon fel pe bai'n curo yn f'ymennydd yn rhywle, a'm holl aelodau yn ddiffrwyth lesg ac eto nid oedd arnaf ofn. Eisteddais yn ôl ar bwys y mur, yn gwylio'r dyrfa ac eto heb fod yn rhan ohoni.

"Myn cythril!" oedd sylw un o garfan hogiau Pen Llŷn. "Mae Diafol Enlli wedi'i heglu hi fel tae mellten wedi'i daro neu gŵn y Fall wrth ei sodlau!"

"Wedi mynd i droi clos, hwyrach," meddai rhywun.

"Diawch y byd! Dyna syniad, hogia!"

Ar y gair, cododd y garfan fel un gŵr a dilyn y Diafol i'r nos. Aeth y gornel honno o'r gegin yn wag ac yng ngolau gwan y canhwyllau tybiwn weld ffurf yn ymgreinio tuag ataf. A'r foment honno, meddiannwyd fi â braw echrydus. Yn sydyn, teimlais law drom ar f'ysgwyddau a rhoddais floedd. Yn ffodus, yng nghanol y garsiwn ryfedd honno, ni chlywai neb fy llef.

"Mistras! Mistras! Peidiwch â chael braw," meddai'r llais, "Dim ond y fi sy' 'ma ac mae gen i isio siarad efo chi."

Rhoddais ochenaid o ryddhad nad y Diafol oedd wedi dychwelyd i'm herlid. Wrth fy mhen, yn llawnder ei chorff, safai Lisa Ddu.

"Mistras! Mistras!" llefodd wedyn, "mi wn i 'rwan mai chi ydy'r unig un sy'n medru trechu'r Diafol."

"Ond Lisa," meddwn, a theimlwn y llesgedd yn parlysu fy holl gorff, "bod meidrol ydw i. 'Does gen i mo'r nerth i drechu'r Diafol."

"Hwyrach mai cennad y Da ydach chi, Mistras."

"Ond ymhle y clywaist ti eiriau fel 'na, Lisa?"

Meddyliodd yn hir cyn ateb ac meddai o'r diwedd,

"Mistras! 'Dydw i ddim yn cofio fy mam achos mi fuo hi farw pan ges i fy ngeni. Byw efo Nain yr oeddwn i wedyn yn y Tŷ Canol ac mi fyddai hi yn adrodd geiria' gwŷr yr Eglwys. Mae fy mam a fy nain yn cysgu ym mynwant y Fynachlog a phan fydd y Diafol yn bygwth fy lladd i, mi fydda' i yn penlinio wrth eu bedd nhw ac yn gofyn iddyn nhw fy helpu. Pan wel'is i chi y diwrnod hwnnw wrth giât y fynwant mi gredais i bod fy mam wedi dwad yn ôl achos yr oeddach chi'n union fel y deudodd Nain amdani hi. Gwallt melyn fel aur a llygad glas a chroen fel hufan oedd gan Mam, medda' hi."

Wrth wrando arni, sobreiddiwyd fy holl gorff fel na fedrwn yngan gair a gadewais i Lisa barablu.

58

"Gwthio fy ffordd atoch chi drwy'r dorf wnes i achos mi wel'is i chi yn gneud arwydd y Groes ac mae ar y Diafol ofn y Groes."

"Ond gwneud arwydd y Groes i arbed fy hun a wnes i, Lisa."

Fel y pwysai Lisa ymlaen i sibrwd yn fy nghlust, teimlwn aroglau trwm ei hanadl a chwys ei chorff. Meddai wrthyf, "'Roeddach chi hefyd yn fy arbad i, Mistras, rhag y Diafol."

"'Dydw i ddim yn dy ddeall di, Lisa."

"Er pan ddaethoch chi gynta' i'r ynys yma, mae o'n cwyno bod y Da yn trechu'r Drwg."

"Ond nid y fi ydy'r Da, Lisa."

"'Roeddach chi yma yn yr Offeran efo Robert Gwyn a'r Brawd Andreas ac felly mae'n rhaid eich bod chi'n dda. Fedar y Drwg ddim goddaf y Da ac y mae'r Diafol fel tae o wedi crebachu iddo fo'i hun. . . 'roeddwn i'n gwrando yng nghefn y Fynachlog pan oedd Robert Gwyn yn pregethu ac mi soniodd am hollti'r galon â gwayw ac am waed. Mi ges i ofn, achos mi ddeudodd y dôi Duw i daflu pobl fel fi i uffarn."

"Ddeudodd Robert Gwyn ddim y fath beth, Lisa. Apelio at y bobol i fyw'n dda yr oedd o."

"Fedra i ddim byw'n dda, Mistras. Mi ddaeth hogyn ifanc tlws yma unwaith efo'r smyglars. 'Doedd o ddim yr un fath â'r lleill. Mi ddeudodd mai fo oedd fy nghariad i ac mi 'roeddwn i'n lân ac yn dlws yr adag honno. Mi fûm i'n disgwyl am hydoedd iddo fo ddwad yn ôl, Mistras, ond ddaeth o byth. Wedyn mi adewais i i'r Diafol chwarae efo 'nghorff i ond 'does gen i ddim isio babis y Diafol. Dyna pam y bydda' i yn eu lladd nhw ac yn eu taflu i'r Swnt a phan fydda' i'n marw mi fydd Duw yn fy nhaflu inna' i uffarn efo'r Diafol."

Teimlais ias oer ym mherfeddion fy mod ac eto teimlwn i'r ferch hon ddod ataf i chwilio am gysur.

"'Dwyt ti ddim yn ddrwg i gyd, Lisa. Nid dy fai di ydy o. . ."

"Ia, Mistras, achos mae yna ysbryd drwg yn yr hen ynys yn brwydro yn erbyn y da ers canrifoedd lawar, meddai'r hen bobol."

Gwasgodd ei gwefusau ar hynny a'i llygaid yr un modd, nes eu bod yn rhigolau du fel llygaid dewines.

"Fydd y Diafol ddim byw yn hir 'rwan!" murmurodd o dan ei hanadl.

"Taw, Lisa. Taw!"

Yn swp blêr, budr o'm blaen a'i llygaid yn melltennu tân aeth ar ei llw y lladdai hi'r Diafol cyn sicred ag yr oedd murddun y Fynachlog ar Enlli.

"Gewch chi weld y bydda' i'n siwr o'i ladd o. Y diawl budur! Aros ei amsar y mae o!"

Ar hynny, gadawodd Lisa gegin y Tŷ Mawr. Ni fedrwn innau syflyd cam o'r fan. Yn raddol, llaciodd yr awyrgylch pan dynnodd gŵr pitw yr olwg o griw y *Sabrina* sylw pawb ato'i hun. Ffidler ydoedd a phan gododd ar ei draed gellid gweld y rhychau môr yn torri fel afon at ei ên. Ar ei ben yr oedd het fawr werdd gyda phluen arni a gwisgai ddwbled ysgarlad tywyll o ffustian. Yn ei gesail, fe swatiai mwnci, y delaf a welwyd erioed. Dechreuodd y gŵr chwarae'r ffidil ac ar hynny, cipiodd y mwnci'r het fawr werdd oddi ar ei ben a'i gosod yn dwt ar ei ben ei hun. Fel y cryfhâi sŵn y ffidil, crafai'r mwnci ei fol yn wyllt a thynnu'r chwain o'i gôt gan eu lluchio ar lawr y gegin. Fel y disgynnai'r chwain, cymerai'r ffidler arno eu sathru gan beri mawr ryfeddod i'r dorf anwar honno. Ond yr oedd miwsig y ffidler wrth fy modd. Clywswn rai o'r cerddi hyn o'r blaen ym mhlasau Pen Llŷn. Gwyddwn mai cerddi Profens oeddynt, gwlad y gwinllannoedd a'r mwsgadel, lle'r oedd yr awyr fel cantel glas mawr. Cofiais fel y byddai Robert yn sôn am ddinas fawr Paris lle'r oedd y pren helyg yn gwyro uwch y dŵr a'i ganghennau fel sgerti merched ifanc, a lle'r oedd cymylau gwynion yn ymdaith uwchben y Notre Dame yn bwysi trymion o wynebau. Ffurfiau wynebau'r meirwon oeddynt, meddai Robert, yn ymdaith uwchben y byd. Fel y gwrandawn ar y ffidler yn canu daeth drosof hiraeth am y wlad na welswn mohoni erioed, ond mewn breuddwyd. Pan beidiodd bwrlwm y ffidler mewn banllefau o gymeradwyaeth feddw, sylwais fod llanc ifanc, tal, pryd golau yn eistedd yng nghanol gwŷr Eifionydd yn sugno gwelltyn ac yn hymian canu wrtho'i hun.

"Beth am gân, Elgan? Dangos i'r giwad haerllug yma nad anwariaid ydan ni."

Hwn, felly, oedd yr ŵyr a ddisgwyliai Magdalen adre' o'r môr. Llanwyd ei lygaid â goleuni'r breuddwydion pell. Canodd gydag angerdd nes distewi'r dorf feddw honno:

> Ar lan y môr mae rhosys cochion,
> Ar lan y môr mae lilis gwynion;
> Ar lan y môr mae 'nghariad inna'
> Yn cysgu'r nos a chodi'r bora'.

Yna'n ddisymwth, clywyd galwad y corn yn glir dros yr ynys. Hwn oedd yr arwydd i'r criw o'r *Sabrina* gasglu eu taclau ynghyd a throi'n ôl i daith ysgeler y môr. Dyma'r dynion a yfai o waed dynion eraill i foddhau eu gwanc cyntefig. Yn ddiymdroi, gadawyd cegin y Tŷ Mawr yn wag pan chwalodd pob un ar alwad corn Diafol Enlli.

Gerllaw pentan agored y tân mawr agored chwyrnai Siani Cadogan yn uchel, yn drwm o win ac yn llesg o flinder. Ni allwn bellach ei beio. Fe ymneilltuais innau'n drwm i'm hystafell wely ond ni ddôi cwsg. Oddi tanaf, yn y gegin, clywn hyrddiau parhaus y Mudan fel y treiglai'r meinciau yn ôl at y muriau ac fel y rowliai'r casgenni gweigion hyd y llawr cerrig i'w lluchio ar drugaredd y môr mawr drachefn. Ni all y Mudan amgyffred ei sŵn ei hun! Gwyddwn na fyddai drannoeth ond aroglau treiddgar y gyfeddach yn aros yng nghegin y Tŷ Mawr.

Oddi allan, yr oedd y lloer yn olau. Clywn ymchwydd y tonnau o'm cylch ym mhobman a'r ymchwydd yn cryfhau gyda'r nawfed don. Yna sŵn corn lleddf y *Sabrina* yn gadael, gyda'r giwed felltigedig ar ei bwrdd. Tybed beth a ddaethai o weision gwŷr y tir mawr gyda'u nwyddau smyglo? Y foment honno fe swatient, o bosibl, mewn cilfach ddirgel yn rhywle, yn aros am awr ddiogel i groesi'r Swnt cyn i wŷr Crach Aberdaron ddeffro. Gwaith anodd fyddai adnabod cysgodion dynion, ar y gorau.

Ac i ble tybed yr aethai Elgan, y llanc tal gyda'r llais mwynaidd, heintus, a'r ddau lygad glas? Bellach yr oedd ef yn gysurus dan gronglwyd y Tŷ Pella, yn sicr, gyda'i dad, Rhisiart, a Magdalen ei nain. Byddai'r ddau olaf yn llawenhau o'i blegid.

Treiglodd yr oriau o anghysur ymlaen, ond ni ddôi cwsg. Fel yr oedd y wawr yn torri, estynnais y memrwn oddi ar astell uchaf yr ystafell. Mor od, meddyliais, oedd bywyd. Byddai'r garfan o weision y plasau yn ddiogel erbyn hyn yn nodded y llofft-stabl wedi iddynt groesi i fannau anhygyrch y glannau gyda holl gyfrinachau tywyll yr ynys yn ddianaf i'w meistri. Eisoes yr oedd gwŷr y fasnach ddu gyda'u ceffylau a'u cerbydau wedi casglu ynghyd nwyddau lladrad y smyglars. Cofiais eiriau Taid, Siôn Wyn Penyberth, pan ddywedai na ddelid dynion y Diafol gan na gwylwyr y glannau nac Uchel Siryf a hynny am fod bys yr Uchel Siryf yn rhywle yn y potes. Mor wahanol oedd stori cenhadon ifanc yr Hen Ffydd yn cychwyn o fannau fel Douai yng ngwlad Fflandrys a chroesi'r môr mewn rhyw long bysgota fregus yn enw'r Forwyn Fair. Gyda'r blynyddoedd, deuthum i ymgydnabod â helyntion y gwŷr hyn, yn glanio mewn mannau dieithr heb neb yn eu haros. Os delid hwy gan ddynion y Gwŷr Newydd a fyddai'n cysgodi mewn tref a phentref, fe'u llusgid i garcharau enbyd y merthyron, eu rhwymo â gefynnau a'u chwipio, gan ddisgwyl y bradychent eu Ffydd o dan artaith. Gwrthod ildio wrth y stanc a wnâi'r mwyafrif, yn ddewr yn wyneb marwolaeth. Clywais Robert yn adrodd fel y byddai rhai o'r cenhadon yn cysgodi mewn coedwig unig nes i'r wawr dorri ac iddynt ddeall rhywbeth am natur y wlad o'u cwmpas. O dan eu traed byddai lleithder y goedwig a dim ond llwybrau diarffordd y caeau a'r gwrychoedd yn noddfa iddynt nes cyrraedd cronglwyd rhyw un a fyddai'n arddel yr Hen Ffydd. Ni fyddai hynny ond dechrau'r daith.

Y bore rhyfedd hwnnw, yn llofft y Tŷ Mawr, troais am gysur at y memrwn a darllenais ynddo'r geiriau,

"Am hynny, edrychwch arnoch eich hunain; mi a wn yn dda y peryglon. Mi fûm ynddynt cyn belled â chwithau. . . Ac i Dduw ac i Fair yr wyf yn diolch ddwad allan ohono. Pe cawn i holl Gymru, ni ddown mwy i'r fath beryglon. A Duw a ŵyr, oni bai fod y peth yn sefyll ar eich hoedl chwi, yr hoedl a bery byth, ni roeswn i bin ar bapur i ysgrifennu."

Yn sydyn, trawodd ar draws fy meddwl pŵl, beth tybed a brofodd Robert o beryglon y daith rhwng Fflandrys a gwlad Llŷn? Ni soniai byth am hynny ond gwyddem ei fod yn heneiddio cyn pryd.

Ymrois i geisio copïo o'r memrwn a chlywn atsain y geiriau yn fy nghlustiau,

". . . oni bai fod y peth yn sefyll ar eich hoedl chwi . . . ni roeswn i bin ar bapur i ysgrifennu."
Fel y copïwn, fe syrthiais i gysgu o'r diwedd.

X.   Tŷ Mawr, Enlli.

                                 Canol Mehefin, 1577.

Ddeuddydd wedi ymweliad y *Sabrina* fe gyrhaeddodd Wiliam i Enlli, gyda phlant Bodfel, Henry a Robert, canys felly y mynn f'ewythr Bodfel iddynt gael eu galw erbyn yr elont i Ysgol Amwythig. Dysgais er pan ddeuthum i'r ynys fod ffin rhwng gwreng a bonedd.

Cyflwynodd Wiliam i mi femrwn newydd a ddaethai i ddwylo Thomas Owen, y Plas Du. Daethai'r memrwn yn ddiogel o dan fantell offeiriad oddi wrth Robert yn Douai. Trosglwyddais innau iddo yntau y memrynau a gopïais i deuluoedd Pennarth a Bodwrdda a'r mannau dirgel eraill yn Llŷn ac Eifionydd.

Mewn byr o dro yr oedd dau fab Bodfel wrth eu bodd yn chwarae yn y tywod ac yn ymryson ras efo plant y Tŷ Pella! Yn ystod y dyddiau hynny, chwythai'r gwynt yn boeth gan losgi ein gwarrau, a llenwid ein ffroenau gan aroglau gwylanod a gwymon. Nid oedd sawr y môr-ladron ychwaith wedi llwyr adael y traethau. Wedi i'r plant noswylio a phan oedd y dydd yn hir, ymrown i gopïo o'r memrwn newydd nes y dôi cysgod olaf y dydd hwnnw. Meddyliais fel yr oedd dyn wrth drosglwyddo'i feddwl ar bapur yn datgelu yno holl gyfrinach ei natur ei hun. Fe wnâi hynny heb yn wybod iddo. Yn sgîl y meddyliau hynny, 'roeddwn innau'n aeddfedu, nid yn unig mewn dysg, ond yn yr adnabyddiaeth o ddirgelion Ffydd fy nhadau. Merch feidrol, ddi-sôn-amdani oeddwn, ac eto, ar y noson ryfedd honno yng nghegin y Tŷ Mawr pan oedd gwres y Diafol danbeitiaf, fe dreiglodd goleuni drwy fy holl gorff ac oerodd y gwres. Gadawyd fi'n llesg a diymadferth. Ni wyddwn ei darddiad ac am hynny, ni fedrwn ei amgyffred. Daethai fel trawiad sydyn mellten o ryw ororau pell. Nid oeddwn yn sicr ychwaith a fynnwn y profiad hwn drachefn. Deuthum yn raddol, hefyd, i adnabyddiaeth o'r ynys heb weld arlliw o'r Diafol nac o Lisa Ddu, o ran hynny, wedi noson y rhialtwch. Llithrodd y tir mawr megis hudlen o'm golwg ac yr oeddwn innau ar ynys yn y môr. Gallai hwn fod yn fôr dieflig ar brydiau, ac eto, oni bai amdano, ni châi cenhadon Douai noddfa rhag y Frenhines Bess nac ychwaith fentro i groesi'r cefnfor ar neges yr Hen Ffydd. Crwydrodd fy meddwl innau dros y blynyddoedd yn ôl i Benyberth a chofiais fel y byddai'r Brawd Andreas yn adrodd fel y bu i'r Tad Azevedo a'i ddilynwyr gychwyn allan o Ddyffryn y Rhosynnau, tu allan i dref Lisbwn yn nhir Portiwgal, saith mlynedd union i'r mis hwn, gan arfaethu cyrraedd tir pell Brasil. Byrddio'r *Santiago* a chyrraedd o fewn naw milltir i fro'r addewid pan hyrddiwyd hwy i'r môr mawr gan y Gwŷr Newydd o Ffrainc. Dan orchymyn y Calfin brwnt, Jacques Soury, rhwygwyd eu gwisg offeiriadol a gyrrwyd y waywffon i'w hymysgaroedd, cyn eu dymchwel i ruthr y môr. Felly y trengodd y deugain cenhadwr o Gymdeithas yr Iesu.

63

Pan fyfyriwn felly yn llofft y Tŷ Mawr, deuai'r lloer o'r diwedd yn gannaid ddisglair a'i phelydrau fel gwaywffyn hir yn llanw f'ystafell. Un noson fel y treuliai'r oriau, cryfhaodd ymchwydd y tonnau a chofiais rybudd Siani Cadogan, y byddai trwst anarferol yn y môr yn darogan storm. Ychydig a welswn ar Siani wedi ymadawiad y smyglars. Treuliai hi a'r Mudan lawer o'u hamser yn gwagio'r barilau cwrw yn y seler.

Yn yr oriau cynnar, un bore, cefais ymdeimlad o unigrwydd mawr ac yna'r teimlad o Bresenoldeb rhywun yn llofft y Tŷ Mawr. Rhyw gysgod ydoedd, yn prin gyffwrdd. Ar amrantiad, fe ddaeth sŵn crio plentyn o'r llofft arall. Goleuais y gannwyll ac i ffwrdd â mi i ystafell gysgu hogiau Bodfel, Henry a Robert. Ymddangosai Henry fel pe'n cysgu'n drwm wedi helfa faith y dydd ar yr ynys, yn ôl arfer plant. Robert oedd yn crio'n aflonydd yn ei gwsg, gan chwalu cwrlid y gwely. Codais y gannwyll uwch ei ben a thybiais weld pinnau bychain cochion yn clystyru dros ei wyneb. Dodais gefn fy llaw ar ei dalcen a chael ei fod yn foddfa o chwys. Beth a wnawn yn y fangre unig, bellennig hon? Clywswn Siani yn ymlwybro'n feddw i'w hystafell wely wedi i'r nos gerdded ymhell. Ni wyddwn ychwaith ymhle yn y Tŷ Mawr y cadwai hi ei chyffuriau.

Cofiais am Magdalen. Hi oedd meddyg yr ynys. Ymlwybrais i lawr i gegin y Tŷ Mawr a goleuo'r lantern a hongiai ar wal y bwtri. Erbyn hyn yr oedd y lloer o dan gwmwl a gwynt trystfawr yn codi o'r môr. Piciais drachefn i lofft y bechgyn. Gwisgais amdanaf a lluchio fy nghlogyn dros f'ysgwyddau a chychwyn ymlwybro dros wyneb herciog y tir. Nid oeddwn yn sicr o'm trywydd gefn trymedd nos a chlywn ruthr y llanw yn llenwi'r traethau. Torrai'r tonnau yn drochion trymion, llesg nes chwalu'r graean yn filain. Cefais y ffordd drol o'r diwedd a gwyddwn bryd hynny fy mod ar ffordd y Fynachlog. Ceisiais amcanu i gyfeiriad y Tŷ Pella gan ymbalfalu yn fy mhlyg rhag taro fy nhroed ar garreg. Ond nid y fi oedd yr unig un ar ddi-hun ar yr ynys, yn ôl pob golwg. 'Roedd rhywun arall yn dod i'm cyfarfod yn cario lanterni. Temlais f'anadl yn boeth yn fy mrest ac yn gras yn fy ngwddf. Beth pe bai'r Diafol yno? Ond yn wyneb salwch y bachgen yn y Tŷ Mawr, medrwn herio unrhyw beth. Chwilio am ymwared yr oeddwn ac eisoes yr oedd rhywun wedi clywed sŵn fy nhraed.

"A-hoi!" llefodd llais cryf llanc. "Pwy sy' yna?"

Nid oedd gennyf y nerth na'r dewrder i ateb ac ymbalfalais ymlaen nes cyrraedd pen y boncen. Baglais ac yno yn fy nghrwcwd, gwelwn wynebau Magdalen a'r gŵr ifanc yn edrych arnaf yng ngolau'r lanterni. Llaciodd llinynnau fy nhafod o'r diwedd.

"Mari Gwyn sy' yma. Mae hogyn bach Bodfel yn sâl iawn, Magdalen. . .yn sâl iawn."

"Helpa'r hogan ar ei thraed, Elgan!" gorchmynnodd hithau ac yna dechreuodd ddwrdio fel y bydd ambell un yn wyneb newydd drwg.

"Ddylan nhw ddim bod wedi dwad yma, nes bod yr ynys wedi'i phuro ar ôl ymweliad y smyglars felltith yna. Wel'is i mo'u cysgod nhw. Cadw o'u golwg nhw y bydda' i. Fel hyn yn union yr oedd hi o'r blaen pan ddaeth Woolfall a'i griw yma. Mi fu farw tri o blant ar yr ynys yr adag honno a chwanag ar y tir mawr lle'r oedd y rhieni wedi prynu sidana' a phob hen geriach a fo'n cario budreddi!"

Ymlwybrais o'u blaenau gynted ag y gallwn tua'r Tŷ Mawr, oblegid yr oedd camau Magdalen yn fyr gan henaint a rhaid oedd i Elgan ei hŵyr ei chynnal. Methwn â deall, serch hynny, beth a wnaent allan ar yr awr honno o'r nos. O lofft y gegin, dôi sŵn chwyrnu meddw Siani ac fel y dringem y grisiau, clywn Magdalen yn brygowthan dweud y drefn.

"Glywch chi Siani Cadogan yn chwyrnu fel rhuo morlo? Mi fydd diod Satan wedi lladd honna ryw ddiwrnod, ond mae ganddi galon o aur pan fydd hi'n sobor. Mi fydd hi a'r Mudan yna wedi yfad nes bydd y barila' yn weigion ac wedyn mi fyddan nhw mor sobor â saint nes y daw rhyw long druan yn erbyn y creigia' yma i fwrw'r cyrff i'r lan a'r barila' cwrw yn eu sgîl nhw. . . 'Rwan, ymhle mae'r hogyn sâl yna?"

Gynted ag y gwelodd Magdalen ef, meddai,

"Mari Gwyn! Dos i 'nôl dŵr poeth i mi gael golchi 'nwylo, rhag i mi drosglwyddo rhyw glefyd newydd iddo fo. Yr un peth sy' arno fo ag ar y plant acw, mi dyffeia' i o."

A'r foment honno synhwyrais fod rhywbeth mawr ar droed.

"Oes yna glefyd, Magdalen?" gofynnais.

"Oes, ar ei olwg o, ond nad ydy o ddim cyn waethad ar yr hogyn yma ag ar Trystan bach acw."

Mentrais ofyn iddi,

"A ydy'r clefyd yn lladd?"

"Mae o wedi lladd llawar cyn hyn, ond mi all beidio. Mae mwy ym moliau plant Bodfal i ddal y clefyd. Prin o adnodda'r corff i'w adweithio fo ydy hanas plant y Tŷ Pella."

"Ond Magdalen, y fi sy'n gyfrifol am blant Bodfal a tasan nhw'n marw faddeuai f'ewythr Huw Owen, Bodfal, byth i mi!"

Yn llaw Magdalen yr oedd corn yfed bychan, corn ffisig, a gwyrodd at y claf gan wthio'r cyffur rhwng ei wefusau. Clywais hi yn murmur y Paderau yr un pryd. Rhoes y corn yfed ar bwys y gist a gwnaeth arwydd y Groes.

"Mi ddois i â hwn i'm canlyn rhag ofn bod yr haint wedi dechra' gafael yma. Haint felly ydy hi, a chyn gynted ag y gwelodd Elgan yr arwydd lleia' o ola' yma, mi ddaethom yn ddiymdroi. Fedar dynas feddw fel Siani ddim delio â chlefyd nes y bydd hi wedi sobri."

Yna, rhoes Magdalen ei gorchmynion.

"Dos i 'nôl dŵr berwedig i mi yn y gunnog a chadacha', Mari Gwyn, a rhed ditha' adra i'r Tŷ Pella i gadw golwg ar y plant, Elgan!"

Diflannodd Elgan i lawr y grisiau cerrig fel mellten o'm blaen. Ni welswn wedd ei wyneb yn y llwyd-dywyll.

Yn y gegin, 'roedd y tegell yn canu grwndi yng nghysgod yr hen simnai fawr. Adroddais innau'r Pader ac ymbiliais ar Fair,

"O! Fair, na ad i blant Bodfel farw o dan fy llaw!"

Clywn ymystwyrian aflonydd y Mudan o'r seler ac o'r llofft-ben-gegin deuai cytgan ansoniarus Siani fel y chwyrnai'n uchel. Gwyddwn y byddai gofid Siani yn fawr yn y bore, pan ddeffroai i ganfod trafferthion y nos. Tywalltais y dŵr berwedig o'r tegell i'r gunnog ac unwaith y cyrhaeddais ben y grisiau, gwelwn Magdalen yn ymgeleddu'r plentyn gyda dwylo hirion fel dwylo meddyg.

"Ymhle y dysgasoch chi ymgeleddu'r claf, Magdalen?" gofynnais yn dawel.

"Mi ddysgais gan fy nhad ac yntau gan yr hen fynaich ond fe fu fy nheulu am genedlaethau yn trin cleifion."

"Mi all yr hogyn yma dynnu trwodd," meddai wedyn gan ochneidio'n drwm, "ond 'dydw i ddim mor siwr am Trystan ni. . .Mae ganddo frest wan a 'does ganddo mo'r nerth i ymladd. Diwrnod trist fyddai i ni golli Trystan, yr anwyla' o'r plant acw."

Ymhen yr hir a'r rhawg fe ddychwelodd Elgan, ac unwaith yn rhagor oherwydd maint ei phryder, fe ymroes Magdalen i

66

ddwrdio. O ran hynny, dwrdio ei thylwyth y byddai'n barhaus, fel tae hynny'n fodd iddi fyw.

"Dwad efo chwain a llau y bydd y clefyda'. Criw y *Sabrina* a'r hen fwnci bach drewllyd yna ddaeth â fo. . . Mi fuo Trystan yn chwarae efo'r creadur blewog, yn ôl pob sôn. Un fel yna fuo fo erioed, yn mentro lle na fynnai'r plant eraill ymyrryd. Mi fuasai'n rheitiach i Siani Cadogan fod wedi llosgi tân a brwmstan yng nghegin y Tŷ Mawr yma hefyd, wedi i'r criw mileinig yna fod yn chwysu ac yn chwalu budreddi hyd y lle a'r hin mor glòs. 'Does dim byd fel tywydd teg i ddwad ag afiechyd. Piti goblyn na fydda'r smyglars yna wedi rhoi'r clefyd i Ddiafol Enlli ac i Lisa Ddu.''

Wrth wrando ar Magdalen yn brygowthan, daeth i'm meddwl y dylid galw am f'ewyrth Huw Gwyn, Bodfel.

O'r diwedd, mentrais awgrymu hynny.

"Magdalen, mi fydd yn rhaid i ni anfon neges at deulu Bodfel i ddeud am y clefyd.''

Ni ddywedodd hithau air o'i phen.

"Magdalen! Hwyrach y medrwn ni gynnau coelcerth i dynnu sylw pobol y tir mawr.''

Yn y man, edrychodd arnaf o dan ei chuwch.

"'Does gen ti ddim ffydd ym meddyginiaeth Magdalen, felly?''

Brysiais i ddweud,

"Na, nid hynny. Ond beth tae'r plant yn marw a finna'n gyfrifol amdanyn nhw?''

Newidiodd hithau ei gwedd yn sydyn ac meddai,

"Ia. . .mi fydd yr ail hogyn yma yn siwr o'r clefyd, ac erbyn meddwl, tae rhywbath yn digwydd i blant Sgweiar Bodfal, mi fedrai fynd â'r tir oddi arnon ni. Ond waeth heb â chynna' coelcarth i dynnu sylw pobl y tir mawr. Mae yna ormod o niwl a'r storm yn gwaethygu.''

O'r diwedd, fe siaradodd Elgan.

"Gyntad ag y bydd y wawr yn torri, mi a' i drosodd i'r tir mawr i ddeud wrth Sgweiar Bodfal.''

Synfyfyriodd Magdalen yn hir cyn ateb.

"Digon prin y medar neb gyrraedd y tir mawr â'i groen yn ddianaf ar y fath dywydd. Mae'r môr yn crasu'n drybeilig. Dim ond rhyw ddechra' codi y mae'r storm ac mi gymar dridia' i dreio. . .ond os medar rhywun groesi'r Swnt ar dywydd fel hwn, Elgan yn unig fedar 'neud hynny!''

67

Rhoes Elgan ei ddwy law gref ar f'ysgwyddau ond ni ddywedodd air o'i ben. Teimlais innau ryw hyder newydd yn fy ngwaed.

Ymadawodd Magdalen ac yntau ac meddai hi wrthyf wrth groesi rhiniog drws y Tŷ Mawr,

"Gofala di wlychu dŵr o'r bluen ar ei wefusa' fo a chadwa ddigon o ddŵr berw a chadacha' glân at raid. Mi fydda' i yma eto erbyn iddi oleuo."

Ni fedrwn wneud dim ond cyfrif yr oriau a gwrando sŵn y storm yn cynddeiriogi am y gweddill o'r noson honno. Gwesgais y cadachau twym o'r dŵr a sychais dalcen y claf. 'Roedd y gwely yn crynu gan faint y gwres o'i gorff.

Pan dorrodd y wawr o'r diwedd, ni allwn weld y môr gan faint y dymestl. Yn fuan wedyn cyrhaeddodd Magdalen, yn ôl ei haddewid.

"Mi adawodd Elgan y Cafn am y Swnt fel yr oeddwn i'n cyrraedd giât y Fynachlog," meddai.

"Beth tae o'n boddi, Magdalen? Fyddai gynnon ni neb wedyn."

"Diolch i'r Drefn ei fod o yma, ddweda' i. Mi gyrhaeddodd adra mewn pryd. Dyna ffordd y Forwyn o warchod ei deiliaid. Rhag-weld y storm y bydd Hi bob amsar. . .ac os medar rhywun groesi'r Swnt ar y fath dywydd, Elgan ydy hwnnw. Fel ei hynafiaid, mae o'n 'nabod y môr fel cefn ei law."

Rhoes ei llaw wedyn ar dalcen y claf.

"Mae o'n dal ei dir," meddai, "ac mae'r cyffur yn tynnu gwres y clefyd i lawr. Mi agorodd Trystan ni ei lygad y mymryn lleia' efo golau cynta'r wawr, ond mae ei ben bach o fel colsyn."

Sylwais fod Magdalen ar fin torri i lawr yn foddfa o ddagrau ond ymroes i ddwrdio yn lle hynny.

"Mi all y meddyg yna o Aberdaron foddi wrth groesi'r Swnt. Llipryn gwan ydy o."

"Pa feddyg, Magdalen?"

"Doctor Uwchmynydd, mwyn tad! Fedar o fawr o Gymraeg ond hynny ddysgodd o wrth weini ar Sgweiar Cefnamwlch. Dianc o'r llys yn Llunda'n wnaeth o a chael noddad ym Mhen Llŷn. Dyn a ŵyr pa ddrwg a wnaeth o yn y fan honno, ond mi ddeudodd rhywun iddo gynllwynio yn erbyn y Frenhinas Mari."

"Hwyrach ei fod o'n perthyn i'r Gwŷr Newydd," meddwn innau.

"Choelia' i fawr. 'Does dim rhithyn o grefydd yn perthyn i

hwnna. Hwyrach ei fod o wedi trio gwenwyno'r Frenhinas, o ran hynny. Mae o fel neidar yn y gwellt.''

''Ond pam 'roedd Sgweiar Cefnamwlch yn ei noddi o?'' gofynnais.

''Mi wnâi hwnnw unrhyw beth i un fyddai am ymestyn ei fywyd o. . . Mi geith yr hen Fagdalen weini ar y tlodion, ond gwylia di, lle bydd arian yn y bocad, mi weli di hen feddyg Uwchmynydd yn hel ei draed. Prin y medar o hel ei draed dros y Swnt, ond mi ddaw ei hen gorpws o drosodd ar amnaid Sgweiar Bodfal.''

Ymroes Magdalen drachefn i ymgeleddu'r claf cyn ailddechrau ar fwrlwm ei huodledd geiriol yn erbyn Doctor Uwchmynydd.

''Dro'n ôl, mi laniodd rhyw Gaptan yma efo'i gargo ac mi'r oedd o'n sâl fel ci. Mi wyddwn i ar y gora' be' oedd arno fo, ond mi fynnai gael y sbrigyn o Uwchmynydd i'w drin. Gwelat ti hwnnw yn mynd adra dros y Swnt efo llond ei gwch o nwydda' a fu ond y dim iddo fynd i waelod y môr. Yno y basa fo, oni bai i wŷr y glanna' ei weld o. Fedar o ddim nofio mwy nag iâr, ond mi fentrith y Swnt am gelc, dyffeia' i o!''

Treuliodd y dyddiau ac aeth drannoeth yn dradwy gyda Magdalen yn troedio rhwng y Tŷ Pella a'r Tŷ Mawr. Nid oedd argoel bod y storm yn treio. Ni welswn i erioed gyffelyb dymestl ar y tir mawr ac nid oedd ar yr ynys odid goedyn i'r gwynt gydio ynddo. . Hyrddiai hwnnw'n ddi-baid gan droelli yn ei unfan a dychwelyd i fan ei gychwyniad fel olwyn fawr ar echel.

Unwaith y deffrôdd Siani o'i chwsg meddw, ni bu pall ar ei gwyliadwriaeth nes y dechreuodd y clefyd gilio. Erbyn y trydydd diwrnod, dechreuodd yr ail o fechgyn Bodfel glafychu ac meddai Magdalen,

''Mae mwy o ruddin yn hwn! Mi ddaw hwn drosti'n gynt na'i frawd. Fedar neb yrru'r clefyd i gerddad i ffwrdd fel nithio ffa. Mae'n rhaid iddo gael ei amsar, fel popath arall. Pan fydd o'n mynd, mi weli egni bywiol yn cymryd ei le, ond pan fydd o'n gwrthod mynd, mi fydd yn lladd. . . Gwrthod mynd y mae o yn hanes Trystan bach.''

Wylodd wedyn yn ddistaw. Erbyn bore'r pedwerydd dydd, mynnai Magdalen fod y storm o leiaf yn dechrau treio.

''Mae'r gwynt wedi dechra' troi ac mi ddyla' Elgan fod yn ôl efo'r llanw. Gyntad ag y bydd yr hen ddoctor bach yna'n cyrraedd y Cafn, mi fydda' i'n troi fy sodla' am y Tŷ Pella, Mari

Gwyn. Mi gei di a Siani Cadogan ddal pen rheswm efo fo. . .a choelia di fi, mi fydd Siani yn rhodras i gyd efo'r doctor bach ac mi fydd Sgweiar newydd Bodfal yn credu mai hi gadwodd ei ddau fachgan yn fyw. Mi fydd ynta' yn fêl i gyd unwaith y gwêl o'r bechgyn yn dechra' gwella ac yn rhoi celc yn ei llaw hi yn union fel y byddai hen Sgweiar Bodfal, Siôn Wyn ap Huw. Mi roes hwnnw yn ei amsar rywbath mwy na chelc yn ei llaw hi a dyna i ti lancas oedd Siani bryd hynny. 'Doedd hi ddim uwch na phostyn llidiart mewn gwirionadd ond bod y Sgweiar wedi gwirioni'i ben efo hi. Unwaith y câi hi a'r Mudan ei gefn o ac y byddai'i draed o'n ddiogal ar y tir mawr, mi fyddai'r ddau yn feddw chwil yn y selar. Yn fuan wedyn mi fyddai Siani yn cwyno efo poen yn ei chylla' ac yn cuddio o'r golwg yn union fel tae'r pla arni. Unwaith yn unig y llwyddodd hi i gario'r plentyn i'w ddiwadd, a Wiliam Bodfal oedd hwnnw.''

Rhoes Magdalen winc fawr arnaf ac fe leddfodd hynny rywfaint ar bryder yr oriau. O'r diwedd fe gyrhaeddodd Elgan y Cafn gyda f'ewythr Bodfel a Doctor Uwchmynydd i'w ganlyn. Brasgamodd f'ewythr am y Tŷ Mawr gyda'i anadl yn ei ddwrn a'r un modd cyfeiriodd Elgan ei gamau tua'r Tŷ Pella. Yn gam neu'n gymwys, byddai raid i'r olaf gludo'r hen ddoctor yn ôl i'r tir mawr. Gynted ag y rhoes y meddyg ei droed dros riniog y tŷ, fe waeddodd yn uchel,

''Chi clirio'r lle o'r cadache. Nhw'n da i ddim ond i 'nôl mwy o salwch! Gwaith Magdalen Tŷ Pella. Hi gwrach yr ynys!''

Ni allwn ddal fy nhafod yn hwy rhwng straen y dyddiau diwethaf a'r ymlyniad wrth Magdalen.

''Mae Magdalen yn wraig dda,'' meddwn, ''y hi fu'n gwylio dros blant Bodfel ac fe ddysgodd y mynaich i'w theulu hi sut i drin y claf!''

Edrychodd y Doctor o dan ei guwch arnaf. Pesychodd f'ewythr yn isel, cododd Siani Cadogan ei haeliau a chaeais innau fy ngheg yn glep. Er na allwn oddef gwrando ar y meddyg yn dilorni Magdalen, gwyddwn fod rhywbeth llawer mwy yn y fantol. Yr oedd byd meddygaeth yn ddieithr i mi a'r clefyd yn parhau yn ei rym. Chwarddodd y meddyg yn uchel yng nghegin y Tŷ Mawr,

''Nhw yn yr Abaty dysgu sut i yrru pobl i'r nefoedd a Magdalen gwpod dim am ffisig.''

Eilwaith cynddeiriogais yng ngwres y foment.

''Ond. . .fe allai'r plant fod wedi marw. . . Mae hogyn bach Tŷ Pella *yn* marw!''

Llareiddiodd hynny ychydig ar dymer y meddyg ac meddai, "Hi cadw nhw'n fyw a dim arall."

Edrychodd f'ewythr Bodfel yn apelgar arnaf eilwaith ac ymateliais. Gadewais iddo ef a Siani Cadogan arwain y meddyg at y cleifion. Pan ddychwelodd i'r gegin rhoes boteli o gyffur ar y bwrdd mawr a pharatôdd Siani ddiod o fetheglyn cynnes iddo. Erbyn hyn yr oeddwn i'n eistedd yng nghornel y setl fach yng nghysgod y swmer. Nid oedd arnaf chwant siarad â'r meddyg. Troes ei gefn tuag ataf heb edrych unwaith i'm cyfeiriad. Esgynnodd Siani y grisiau eilwaith yn llesg a thrafferthus gan adael y ddau ohonom yn fud. Torrodd y meddyg ar draws y distawrwydd yn y man.

"Honna fel buwch fawr efo gormod o gwrw yn y pen a titha' efo gormod o grefydd yn y pen! Ti codlan gormod efo pobol yr Hen Ffydd!"

Crebachais yn nes i'r tân yng nghornel y setl fach ond ni fynnai Doctor Uwchmynydd fy ngollwng o'i afael ar chwarae bach.

"Tyrd yma, Mari Gwyn!"

Ni wyddwn sut y gwyddai fy enw ac ni allwn ychwaith anufuddhau i'w orchymyn.

Codais yn ddistaw fel llygoden o'r cysgodion a sefais gerllaw'r bwrdd mawr lle'r eisteddai'r meddyg.

"Pam mae dwylo hogan fel ti fel dwylo hen gwraig? Ti efo cryd yn dy cymale."

Cododd ar ei draed a gwasgodd gymalau fy nwylo nes bod y boen yn ddirdynnol. Yn rhyfedd, ni theimlaswn y boen wrth warchod y bechgyn yn llofft y Tŷ Mawr a thybiais bod awgrym o dosturi yn llais yr hen feddyg.

"Ti cadw dwylo'n cynnes a cadw corff yn cynnes."

Ymbalfalodd wedyn yn y cwdyn meddyg a orweddai o dan ei fantell ac estynnodd allan flwch o eli.

"Ti roi hwn ar dwylo nos a bore ac os ti gwaeth, ti dod at Doctor Uwchmynydd. Huw Gwyn, Bodfel, talu. Ti'n rhy tlws i ga'l dwylo hen wraig!"

Estynnais at y blwch eli.

"Diolch," meddwn. Treiddiasai geiriau'r meddyg at graidd fy mod yn rhywle am y gwyddwn ei fod yn dweud y gwir.

Daeth f'ewythr i lawr o'r llofft yn y man gydag arwyddion o ryddhad ar ei wyneb. Gwyddwn mai rhaid oedd i minnau fentro, doed a ddêl. Troais at f'ewythr ac meddwn,

"Fyddech chi'n fodlon talu i'r Doctor am fynd i olwg Trystan, hogyn bach Tŷ Pella?"

Syrthiodd tawelwch llethol ar gegin y Tŷ Mawr a chwarddodd y meddyg mewn annifyrrwch.

"Fi dim isio cripiade Magdalen ar wyneb. Fi isio byw i gwella cleifion Pen Llŷn."

Cleifion plasau Pen Llŷn, meddyliais. Troais drachefn at f'ewythr gan edrych i fyw ei lygaid ac meddwn yn dawel,

"Fe ddaeth Elgan Tŷ Pella dros y Swnt i'ch nôl chi at Robert a Henry. Fo ddaeth â'r Doctor yma ac 'roedd angen gŵr dewr i groesi'r Swnt yn enbydrwydd y storm."

Parhaodd f'ewythr i sefyll yno yn ei unfan.

"Mae Trystan yn marw," meddwn. "Fe allai'r Doctor roi help iddo groesi!"

Cododd f'ewythr ei het oddi ar y gist a rhoes hi ar ei ben.

"Fe dala' i, os daw'r Doctor i'r Tŷ Pella. Fe dala' i hyd yn oed am gripiadau Magdalen!"

Gwisgodd y meddyg hefyd ei het gan ddilyn f'ewythr am y Tŷ Pella a gwyddwn na fynnai Magdalen gripio wyneb Doctor Uwchmynydd yng ngŵydd Sgweiar Bodfel.

Byr fu eu hymweliad â'r Tŷ Pella. Arhosais amdanynt ar ben y llwybr. Ysgydwodd y meddyg ei ben mewn anobaith gan sibrwd rhyngddo ac ef ei hun,

"Fo'n rhy hwyr i'r Doctor! Y tlawd heb fwyd yn eu bolie yn marw bob tro. . . .ond rhaid i'r Doctor hefyd byw ar arian gwŷr y plase'. Fo gwell 'i lle!"

Treiglodd dagrau i lawr wyneb f'ewythr ond o leiaf yr oedd ei ddau fab ef yn troi ar wella. Dilynais y dynion i lawr at y Cafn ac erbyn hyn, dôi awelon balmaidd o gyfeiriad y môr. Deisyfwn innau am dangnefedd corff ac ysbryd. Aethai'r cwbl ar goll yn nhrafferthion y dyddiau diwethaf. Camodd y morwr cryf, tal, a'r Doctor hen a bregus i'r cwch. Trodd f'ewythr ei gamau tua'r Tŷ Mawr a gwyddwn fod pob math o gymylau yn crynhoi uwch ei ben. Ni ddaw hawddfyd i ran y gŵr cyfoethog bob amser, ychwaith. Gallai ef a Thomas Madryn a Sgweiar Cefnamwlch herio Iarll Caerlŷr o bell ynglŷn â helynt Fforestydd yr Wyddfa, ond yr oedd carchar yn Llwydlo yn rhywle ar y Gororau. Ni allai neb rag-weld helynt yfory.

Sefais yn hir ar y twyni tywod yn edrych draw tua'r tir mawr. Yn rhywle tua chanol y Swnt gwelwn y cwch yn ymdroelli. Nid oedd Doctor Uwchmynydd mor anhrugarog ag y mynnai

72

Magdalen ei fod ychwaith. Teimlais drachefn y gwayw fel y gwasgodd ef gymalau fy nwylo. Cyndyn yw dynion i dderbyn y gwir plaen yn ei wyneb. Fel y pellhâi'r cwch oddi wrthyf, fe wyddwn i Ddoctor Uwchmynydd, yn rhannol, o leiaf, selio fy nhynged y pnawn hwnnw. Gyda'r llanw fe ddychwelai Elgan eto i'r ynys.

"Nhw aros ar Enlli nes bydd y clefyd wedi cilio. Ni dim isio clefyd ar y tir mawr," oedd geiriau olaf y Doctor wrth f'ewythr ynglŷn â hogiau Bodfel.

Ymhen deuddydd arall, clywsom fod y clefyd eisoes yn Aberdaron a bod y Doctor bach yn rhegi nwyddau'r smyglars. Arhosodd f'ewythr beth yn ychwaneg nes bod arwyddion y clefyd yn treio, ond gwyddwn yr anesmwythai am ddychwelyd rhag bod yr Uchel Siryf a chynffonwyr Iarll Caerlŷr yn dechrau chwilio'i dŷ.

Prin fu ymweliadau Magdalen â'r Tŷ Mawr yn ystod y dyddiau dilynol. Un bore, yn gynnar, oddeutu pedwar o'r gloch, fel y gwyliai Siani a minnau yn llofft yr hogiau, fe ddirgrynodd yr ynys fel pe bai daeargryn yn ysgwyd y lle. Edrychais mewn ofn ar Siani. Pa bryd, mewn gwirionedd y dôi'r trafferthion i ben? Ni chyffrôdd Siani.

"Y ddaear sy'n crynu," meddai, a pharhaodd i gymhennu'r dillad ogylch y bechgyn.

Gwyddwn fy mod yn wyn fel y galchen ac yn crynu fel deilen. Serch hynny, nid oedd Siani yn cyffroi.

"Fel yna y bydd hi'n digwydd, weithiau. Rhyw symudiad yn y ddaear am fod y byd arall yn crynu."

Ni ddywedais air yn ychwaneg.

Rywdro wedi toriad gwawr, cyrhaeddodd Magdalen a'i hwyneb rhychiog yn foddfa o ddagrau a'i llais yn floesg.

"Mae Trystan wedi marw," meddai'n dawel.

"Fe wyddwn i," oedd unig sylw Siani, ac o fewn tristwch yr eiliad hwnnw 'roedd y ddwy wraig yn gytûn ac yn llyn o hiraeth am y bychan. Siaradent fel y bydd gwragedd, am ryfeddod y byw ar ei brifiant, a hynny mewn islais. Ni welent ef y funud honno yn yr angau a pha un bynnag, nid oeddynt wedi dygymod ag angau'r bachgen hyd yma.

"Y gwallt cyrliog."

"A'r ddau lygad byw."

"Yn ffraeth ei dafod."

"Traed fel milgi bach."

73

"Dal adar."

"Malu'r wyau ac ymyrryd ag angau."

Dychwelodd y sgwrs i diriogaeth angau drachefn.

"Yr angau sy'n lladd."

"Dringo creigiau."

"Dal 'sgadan yn y môr."

"Herio angau a'r amsar mor fyr."

"Yr angau sy'n lladd."

Difrifolodd y ddwy wraig a'r sôn am angau yn cael goruchafiaeth. Meddai Magdalen,

"Fe ddwedai gwŷr yr Eglwys y bydd y Forwyn Fair wrth ei bodd."

"Ond fedar y Forwyn ddim atal yr hiraeth. Mi fydd hwnnw yn aros."

"Dim ond aros i fynd," ychwanegodd Magdalen wedi hir brofiad o fyw, "yn union fel y bydd y llanw yn treulio'r hesg, fe fydd yr hiraeth yn treio. . . .ond cyn y daw hynny, mi fydd yn storm enbyd!"

Bellach yr oedd y storm fawr ym Môr Iwerydd wedi tawelu ac fe ddychwelodd y tywydd braf, nid mor chwilboeth â chynt ond gydag awel o'r môr wrth ei sodlau nes bod y min-nosau yn llawn o aroglau gwymon. Bob nos cyn i'r tywyllwch or-doi'r ynys, anfonai Siani fi i'r traethau.

"Dos di," meddai, "i anadlu gwynt y môr i'r ysgyfaint. Mi fydd hwnnw yn dy arbad di rhag yr haint. Mi fedar yr haint daro rhai hŷn na phlant."

Ni ddaethai hynny i'm meddwl gydol yr amser y bu'r clefyd ar ei waethaf. Ymhen deuddydd wedi marwolaeth Trystan, gwelwn agoriad i fedd newydd ym mynwent y Fynachlog ac ar hwyr y trydydd dydd, pan oedd trymder y nos yn hel dros Enlli, gwelais oleuni canhwyllau yn dynesu o gyfeiriad y Tŷ Pella. Arhosais yn adfeilion y Fynachlog yn gwylio'r osgordd fechan, drist. Ym mlaen yr orymdaith fechan cariai rhywrai gist bren gyda thair cannwyll yn olau arni. Yn arferol, cleddid mewn lliain, ond pan ddeuai haint, gwell oedd y gist bren. Yng nghanol y dorf honno safai offeiriad mewn gwisg wen. 'Roedd hwn yn dalach o gorffolaeth na Robert. Tybed, meddyliais, a ddaethai hwn â rhyw neges o Douai bell? Tybiais mai myfi yn unig oedd yn swatio yno yng nghysgod yr hen bileri ond yn sydyn teimlais anadl yn boeth ar fy ngwar.

"Claddu'r un bach! Piti, yntê?"

Cysgod enfawr Lisa Ddu a welwn. Yna daeth Siani o rywle. "Mae'r plant yn cysgu," meddai, "fedrwn inna' ddim aros yn y tŷ."

Gallwn daeru fod dau ŵr arall ar y cyrion. Osgo'r Mudan a Diafol Enlli a welwn ond nad oedd y perl yn llygad yr olaf y tro hwn. Ymddangosent mor dawel ac mor urddasol ag unrhyw saint. Awn ar fy llw imi eu gweld yn gwyro pen ac yn gwneud arwydd y Groes.

Yn sancteiddrwydd y foment, anghofiais am y byw o'm cwmpas, heb glywed dim ond llafarganu'r offeiriad a sŵn y môr yn cwynfan yn llesg hiraethus ar y glannau. Fel y symudai'r offeiriad rhwng y cerrig nadd medrwn arogli yr un arogldarth ag a fu yn Enlli er cyn cof. Symud wedyn yn osgordd fechan araf tua'r bwlch agored yn y fynwent. Fel y gostyngid y gist fechan i'r pridd, teimlwn fod y marw yn mynnu gwthio peth o orfoledd byd arall i diriogaeth y byw. Am un eiliad fer, meddiannwyd yr ynys ag eneidiau'r saint drwy'r oesoedd gan mor denau oedd y ffin rhwng deufyd. Fel awel ysgafn, fel gwawn ac fel anadl ar y dechrau yn chwarae ogylch yr ymennydd ac yna'n egni bywiol glân a droes yn oleuni llachar. Bron na theimlwn ei bod yn doriad gwawr ac eto, prin yr oedd y nos ar ddechrau. Er mai mewn Lladin y llefarai'r offeiriad gwyddwn mai rhywbeth tebyg i hyn oedd ei eiriau—

"Dyro iddo orffwys tragwyddol, Arglwydd, a llewyrched arno oleuni gwastadol. . . Rhag porth uffern. Gwared ei enaid, Arglwydd."

Gwyddwn hefyd fod yr offeiriad yn ymbil ar i Dduw wrando ar ei eiriau fel y gweddïai,

"Domine exaudi orationem meam. Et clamor meus ad te veniat."

Yn sŵn y geiriau olaf fe chwalodd yr osgordd fechan –
"Dominus vobiscum,
Et cum spiritus tuo."

Diflannodd y Diafol a'r Mudan, Lisa Ddu a Siani i'r cysgodion hyd y llwybrau oedd mor hyddysg iddynt ym mannau diarffordd eu cynefin. Wrth i minnau gyfeirio fy ffordd yn ôl tua'r Tŷ Mawr, fe gawn fod y geiriau a lefarodd yr offeiriad, "Dyro iddo orffwys tragwyddol", yn torri'n annhymig ar fy meddyliau. Hogyn ifanc yn chwilio am antur yn barhaus a'i egni yn ddiflino oedd Trystan. Bron na chlywn ei lais yn codi yn uwch na gweddill y plant o'r traethau y funud honno, ac yn herio pob arwydd o ddinistr. Hwn a fu'n brygowthan am y smyglars Woolfall, Haynes a Cole fel pe

75

bai yn hen gyfarwydd â'r giwed felltith. Ond wedi'r cwbl, hwyrach mai antur oedd marw'n ifanc ac mai gwir yr honiad fod marwolaeth plant yn boddhau'r Forwyn Fair. Pan ddychwelais i'r tŷ o'r diwedd 'roedd Siani yn eistedd yn ei lle arferol ar y setl fawr yng nghornel y simnai.

"Wel, dyna hynna drosodd."

"Ie."

"Peth trist ydy angladd plentyn, bob amsar."

Bu tawelwch llethol yn y gegin y rhawg a meddyliais tybed a fu i Siani golli rhai o'i phlant yn yr un modd. 'Roedd rhywbeth mor sinistr yn nirgelwch yr ynys, o bryd i'w gilydd.

"Nid fel yna, yn ôl pob sôn, y byddan nhw'n claddu yn y tir mawr, bellach," meddai hithau wedyn.

"Na. . .rhag ofn y Gwŷr Newydd."

"Fynn neb sy'n byw ar Enlli gael ei gladdu yn null y Gwŷr Newydd ond 'roedd yn rhaid iddyn nhw aros am y nos ar yr ynys, rhag ofn i rywun o'r tir mawr ddwad i ailgodi corff yr un bach. Ond o ran hynny, feiddian nhw ddim gneud hynny rhag ofn y pla! Dyna i ti un fendith o hwnnw, o leia'."

Buasai cwestiwn ar fy meddwl y mynnwn gael ateb iddo er y nos y bu Trystan farw, ond nid hawdd oedd torri'r garw.

"Siani?"

"Ia?"

"Ydach chi'n cofio'r lle yma'n crynu fel tase yna ddaeargryn?"

"Ydw."

"Fe ddwedsoch chi mai'r byd arall oedd yn crynu. Pam, Siani?"

"Trystan oedd yn marw a phan fydd yr ifanc yn croesi, mi fydd y cyffro o'r byd arall yn fwy cynhyrfus, rywsut."

Teimlais ias oer yn asgwrn fy nghefn.

"Siani?" gofynnais.

"Ia?"

"Pwy oedd yr offeiriad mewn gwisg wen?"

"Wn i ddim mo'i enw. Mi ddaeth drosodd i Nefyn dro'n ôl. Heno mae o'n aros yn y Tŷ Pella. Elgan ddaeth ag o drosodd o'r tir mawr i Enlli. Calla' dawo ydy hi am betha' fel'na."

Yn f'ystafell y noson honno, yng ngolau'r lloer, darganfûm astell uchel na wyddwn ei bod yno o'r blaen. Arni byddai memrwn yr Hen Ffydd yn ddiogelach byth.

Drannoeth, fel y torrai'r wawr, daeth cnocio sydyn ar ddrws y gegin. Elgan oedd yno yn dweud y mynnai'r offeiriad gael gair hefo mi ar frys cyn iddo gychwyn yn ôl am draethau Llŷn. Wrth basio Tŷ'r Abad, gwelwn y gwlith cynnar yn iraidd ar y bedd newydd a'r canhwyllau ynghŷn.

Dringais y boncen tua'r Tŷ Pella a daeth gŵr dieithr i'm cyfarfod mewn gwisg a fuasai unwaith yn wisg uchelwr tiriog. Cyfarchodd y gŵr fi'n serchog wrth f'enw.

"Mari Gwyn!"

"Ie, fi ydy Mari Gwyn."

"O'r un enw â'r Forwyn ei hunan."

Aeth fy nhafod yn fud gyda'r sylw hwnnw.

"Mi fûm yn chwilio amdanoch ym Mhenyberth ond 'doeddech chi ddim wedi bod yno ers misoedd lawer. 'Roedd gen i lythyr i'r teulu oddi wrth Robert Gwyn."

Wrth glywed yr enw rhoes fy nghalon dro o'm mewn. Anaml y byddai neb yn sibrwd ei enw yn y parthau hyn.

"Ydy Robert Gwyn yn iach?" gofynnais o'r diwedd.

"Ydy, mae Robert Gwyn yn iach ac yn anfon ei gyfarchion atoch chi'n bersonol, Mari Gwyn, gyda bendith y Forwyn."

Yna fe dynnodd yr offeiriad dieithr rolyn o femrwn o blygion ei fantell.

"Ychwaneg o waith i chi, mi greda', Mari Gwyn. Onid chwi yw cenhades yr Hen Ffydd yng nghynefin Robert Gwyn?"

Gyda geiriau'r offeiriad teimlais ryw wefr yn treiddio drwof. Yr oeddwn i, Mari Gwyn, felly, o fudd i genhadaeth yr Hen Ffydd. 'Rwy'n sicr i'r offeiriad dieithr sylwi ar y gorfoledd a loywodd fy wyneb y foment honno. Rhoes ei law ar f'ysgwydd a siaradodd gyda rhyw ddwyster mawr.

"Cadwyn fawr yw gweithwyr gwledydd Cred a rhaid cadw pob dolen o'i mewn yn dynn gysylltiol. O! Dduw tragwyddol, gwared ni rhag i freuder corff ac ewyllys beri toriad yn y gadwyn!"

Bu saib ac ychwanegodd,

"Drwy ryw ryfedd wyrth cyrhaeddodd y memrwn hwn yn ddianaf rhwng stormydd môr a chyfrwystra gwŷr y tollau. Yn ddiweddar, mae'r rhwyd yn tynhau a dyddiau o erledigaeth ar y gorwel."

Gyda'r geiriau dwys hynny, estynnodd y rholyn memrwn melyn i'm dwylo. Cydiais ynddo fel mewn crair santaidd a'r bore hwnnw, daeth arwyddocâd fy nghenhadaeth yn amlycach i mi nag erioed.

"Dwedwch wrth Robert," meddwn, "i mi orffen copïo'r llaw-ysgrif i deulu Madryn a Bodwrdda a'r Plas Du."

"Os byth y gwela' i Robert Gwyn, fe gyflwynaf y neges iddo. Ond 'does neb a ŵyr beth a fydd tynged offeiriaid yr Hen Ffydd, bellach. Serch hynny, fe wn i i'ch gwaith gyrraedd gwŷr y plasau, Mari Gwyn."

"Ac fe wyddech?"

"Gwyddwn. Bûm yn cynnal yr Offeren yn y Plas Du. . .ond y mae angen mwy a mwy o gopïau cyn yr elo'n rhy hwyr."

'Roedd her yn ei eiriau a gwesgais innau fy nwylo gan fod y cymalau yn llawn gwayw yn oerni'r bore cynnar.

"Bendith arnoch, fy merch, ac ar y gŵr ifanc hwn a'm cludodd i Enlli."

Anesmwythodd Elgan gyda'r sylw hwnnw. Gwnaeth yr offeiriad arwydd y Groes wrth ymadael. Na, nid oedd hwn yn sicr mor ifanc â'i olwg yn ei wisg offeiriadol, rhwng adfeilion y Fynachlog rai oriau cyn hyn. Pwy a allai ddweud beth fyddai ei dranc? Y cwbl a wyddwn oedd mai gŵr dieithr ydoedd i'r parthau hyn ac yr âi i'w dranc yn ddi-ofn.

Drwy gydol y dydd hwnnw 'roeddwn yn wyn fy myd ac wrth droi tudalennau'r llawysgrif teimlwn anadliadau hiraethus o'r tir-oedd pell. Yno, ar ynys unig yn y môr, breuddwydiwn am wlad y gwinwydd, lle'r ymestynnai pren helyg i anwesu'r dyfroedd, lle'r oedd y machlud yn goch ac oren a melyn a lle marchogai cymylau gwyn yn entrych y ffurfafen. Hiraethwn am fannau lle nad oedd gwynt na therfysg na haint na phla a lle clywid clychau'r llannau yn galw awr Gosber. Gydag awr 'Ave' yr hwyr y noson honno, llanwodd fy mhen â myrdd o leisiau yn ymryson i'm cysuro,

"Mari Gwyn! Wyt ti yna? Mi fedri di oresgyn y cryd yn dy ddwylo. Mae poen yn costio ac mae aberth yn costio."

Cyn awr noswylio, estynnais y memrwn newydd a'i gadw'n ddiogel ar astell uchaf f'ystafell wely. Eto, mynnai geiriau olaf yr offeiriad dieithr atseinio yn fy nghlustiau,

"Mae'r rhwyd yn tynhau a dyddiau o erledigaeth ar y gorwel."

Am y tro cyntaf, daeth imi'r ymwybod y gallwn fod yn troseddu yn erbyn y Gwŷr Newydd a'r Frenhines yn union fel y gwnâi Robert a myfyrwyr Douai. 'Roedd gen i frith gof am eiriau'r bardd a ganodd farwnad i Siôn Wyn, Taid Penyberth. 'Dydw i ddim yn cofio pa un ai Wiliam Cynwal ai Wiliam Llŷn oedd o ond mi wn i mai Wiliam Cynwal a ganodd farwnad i Nain Penyberth.

Mi soniodd y bardd am Robert fel "Y Mastr Wyn", ac am y "Rhobert ddiarhebiaeth". Ond y mae un llinell mor fyw yn fy nghof ac mae a wnelo honno 'rwy'n siwr ag erledigaeth.

"Dicter i fil, doctor fydd."

Mae'n bosibl fy mod innau, drwy gyfrwng memrwn a chwilsyn yn gyfrwng i ennyn dicter y miloedd. Gallai Crach Aberdaron a'r Esgob Robinson a'r hen Ddoctor Coch o Blas Iolyn a Richard Vaughan, Llwyndyrus, fy nwyn innau i'r ddalfa a'm llusgo o flaen Llys y Goron! Fy nhrosedd pennaf yw fy mod o hiliogaeth Penyberth, y dderwen braff honno, chwedl y beirdd, a fu'n ffyddlon i'r Hen Ffydd o'i gwraidd i'w brig. Onid oedd John Gwynneth, yr offeiriad a'r cerddor yn ewythr i Nain Penyberth neu Nain Castellmarch, fel y galwem hi? Bu ef yn dadlau yn erbyn y Gwŷr Newydd ac yn dioddef erledigaeth am iddo wrthod cydymffurfio â deddf y Frenhines Bess. Ni pheidiodd Taid Siôn Wyn, ychwaith, ag arddel yr Hen Ffydd ac mae f'ewythr Gruffudd ei fab fel y graig. Mi wn i mai rhuddin anniddig yw rhuddin derwen Penyberth ac na ddymchwelir hi ar chwarae bach. Hyd yma, cefais nodded yn ei chysgod. Daw adar i ganu yn ei brigau megis adar Paradwys a'u cân yn felys. Mân defyll gleision yw dail y goeden yn drwmlwythog hyd y canghennau. Mor syber a fu'r goeden honno, mor lân.

Bûm yn chwarae cymaint â geiriau fel fy mod bellach yn dechrau meddwl fel bardd ond pwy a feddyliai am ferch yn barddoni? O ran hynny, prin y credai neb y gallwn ysgrifennu efo cwilsyn gyda dwylo mor grebachlyd â dwylo hen wraig. Gallai hynny f'arbed rhag llid y Gwŷr Newydd!

XI.   Tŷ Mawr, Enlli.

Diwedd Gorffennaf 1577.

Aeth rhai wythnosau heibio er pan drawodd y clefyd gyntaf ond bu rhaid wrth warchod parhaus nes iddo dreio. Cynrhonyn bach tew ydy Henry gydag wyneb fel twmplen, gwallt golau a dau lygad direidus. Pan fydd yn chwerthin, ac fe wna hynny'n aml, fe ddaw'n genlli fel dŵr glaw rhwng ei ddannedd. Mae Robert yn dawelach nag ef, gyda gwallt tywyll a dau lygad pruddaidd a fydd yn difrifoli gyda'r awgrym lleiaf o gerydd. Gwelais ddagrau yn cronni yng nghornel ei lygad fwy nag unwaith er pan ddaeth ef gyntaf i Enlli. Hwyrach fod arno hiraeth am ei fam. Ef a gafodd y clefyd gyntaf ac mae'n parhau yn wan fel brwynen a'i goesau'n ysgafn fel coesau'r dryw. O ran hynny, digon prin oedd f'adnabyddiaeth ohonynt gan na welswn ryw lawer arnynt ym mhlas Bodfel. Bellach, maent yn mwynhau chwarae yn y tywod a chodi cestyll a gwylio'r llanw yn golchi drostynt. Casglodd Robert lonaid sach o gregyn i'w gosod o flaen y porth mawr ym Modfel ond eu crensian o dan draed y bydd Henry, yn union fel y gwnâi Trystan.

Prin fu'r amser i gopïo o'r memrwn rhwng gwylio'r bechgyn a chynorthwyo Siani Cadogan, a phan fyddaf yn eistedd ar y twyni tywod, daw euogrwydd yn donnau drosof. Nid yw'r cryd cymalau yn fy nwylo yn fy mhoeni y dyddiau hyn gan fod yr hin yn braf a'r haf yn ei anterth. Weithiau credaf fod blinder corff a straen yr wythnosau diwethaf, yn ogystal â gwres haf, yn peri i minnau eistedd yn ôl a breuddwydio.

Yn y twyni tywod wrth wylio'r plant yn chwarae, byddaf yn aml yn meddwl am wlad Fflandrys, filltiroedd ar filltiroedd i ffwrdd, lle mae'r coed yn breiffion ac uchel ac afonydd yn llydan a llonydd. Yno, ar lan yr afonydd y mae anferth o gestyll a'u tyrau pigfain ar gefndir o awyr las. Ond onid tecach breuddwyd na ffaith? Clywais Robert yn cwyno fod yr hin yn boeth iawn yno weithiau o'i chymharu â Chymru. Clywais ef yn darllen unwaith ddisgrifiadau y Doctor Gruffydd Robert o wlad yr Eidal. Soniai am winllannoedd hyfryd a llwyni cysgodol, ond pan fyddai'r wlad honno dlysaf deuai drosto hiraeth am Gymru. Ni chlywais i erioed ddim byd tlysach na disgrifiad y Doctor Gruffydd Robert o wlad yr Eidal. Nid gwiw dweud hynny wrth Robert, ychwaith. Credaf fod y Doctor Gruffydd Robert yn medru ysgrifennu'n well nag o. Ond wedyn mae Robert yn rhagori wrth roi ei syniadau ar y memrwn ac yn ddewrach am y mynn o ddychwelyd i Gymru i bregethu dros yr Hen Ffydd. Tueddu i eistedd ar eu sodlau y mae'r alltudion cyntaf, meddan nhw, a byw ar swyddi bras yn yr Eidal. Fe glywais fod Owen Lewis o Fôn a'r Doctor Morys Clynnog yn tynnu gwŷr Cymdeithas yr Iesu yn eu pennau yn barhaus. Ond nid felly Robert. Gwell cymdeithasu efo'r rhai hynny, meddai o, er mwyn sicrhau eu cymorth i lanio'n ddiogel yn nhir Lloegr. Efo rhyw un neu ddau ohonyn nhw y bydd o'n mentro cychwyn ar y daith beryglus o Ffrainc a chwilio wedyn am nodded ym mhlasau mawr y Saeson cyn cychwyn am Gymru.

Dro arall bydd yn glanio yn Nefyn neu ym Mhwllheli. Gwell bod fel y golau bach diniwed, meddai, yn gwibio yma a thraw, na ŵyr neb o ba le na phryd y daw nac yr êl, am nad oes dinas barhaus bellach yn unman i offeiriad yr Hen Ffydd.

Ar y Suliau y bydd Robert yn hiraethu am Gymru ond digon prin y daw o byth yn ôl i drigo ym Mhen Llŷn gan fod y gelynion am ei waed o. Wrth eistedd yn y tywod, fe gyfyd llu o gwestiynau o ganol fy myfyrdodau a bydd y lleisiau o'm mewn yn ddiamynedd, ddiorffwys ar brydiau. "Pwy wyt ti, Mari Gwyn? 'Dwyt ti ddim yn cofio dy dad a'th fam, wyt ti? Wyddost ti yn y byd pwy oedden nhw. Pe gwyddet, efallai y cadwet dy draed yn nes i'r ddaear a thynnu'th ben o'r cymylau. Hwyrach fod ynot beth o waed y Gwŷr Newydd o ran hynny neu hyd yn oed fôr-ladron. Hwyrach fod gwaed y dieflyn pennaf ynot ti. Ac eto mae gen ti ryw frith gof y byddai'r gwragedd ym Mhenrhos yn edliw rhywbeth am ddau lygad gŵr eglwysig neu ŵr y plas. Pa ots! Byw heddiw sy'n bwysig tra mae amser o'th du. Dyna a ddywedodd Robert yn y memrwn y buost yn ei gopïo yn y lofft-garreg ym Mhenyberth—'Y mae'r Amser, fel y mae'r Gras, dan glo gyda Duw. Ni cheir dim ohono ond pan fynno Fo'."

Fe aeth gwaeledd hir y gaeaf a'r clefyd ar yr ynys â pheth o'r atgof am y llofft-garreg i'w canlyn a daeth awelon haf i ireiddio'r corff. Eto, anniddig yw'r lleisiau.

"Be' ddaw ohonot ti, Mari Gwyn? Mae merched ifanc yn dy oed di yn priodi ond 'does neb yn rhyw boeni llawer a briodi di ai peidio, ar wahân i Meistres Catrin, Penyberth, ac eisiau cael gwared ohonot ti y mae hithau. Y hi fu'n dannod i ti dy fod yn treulio gormod o amser yng nghwmni Robert ac yntau yn ewyrth o bell i ti. Ond fe ddywedodd hi galon y gwir, mai peth ffôl ydy rhoi serch ar ŵr eglwysig."

Yn ddiweddar, fe ddaeth rhyw fân leisiau newydd i ymryson â'r lleill.

"Pam 'rwyt ti'n gwisgo dy fysedd at yr asgwrn, Mari Gwyn, wrth gopïo llythyrau Robert? Ai am dy fod yn ei garu o neu ynteu dy fod yn gwirioni am y Forwyn Fair? Mi glywaist rai yn melltithio'r Forwyn. Mi wn dy fod yn ffugio'r gwir. Cystal fyddai iti gyfaddef a throi cefn ar yr Hen Ffydd cyn yr elo'n rhy hwyr. Curo yn erbyn y wal yr wyt ti a'th debyg ym Mhen Llŷn yma, os nad ydy pethau'n well tua'r Creuddyn. Mi glywais fod Puwiaid plas y Penrhyn yn y fan honno a llu o'u deiliaid yn parhau i arddel yr

81

Hen Ffydd. Ond 'does gen ti ddim gobaith mynd i le felly. Ei di ddim ymhell efo'r dwylo cryd cymalau yna, beth bynnag! Fe'th dedfrydwyd i fod yn unig yn y byd.''

Ond cyn wired ag y digalonnwn fe ddôi rhyw chwa o lawenydd yn sgîl hynny, yn union fel ymchwydd y môr.

''Oni fyddi hefyd yn gofyn cwestiynau, Mari Gwyn? Peth da ydy gofyn cwestiynau i ti dy hun i garthu dy feddyliau. Fyddi di ddim yn gofyn weithiau, 'Pwy ydw i? Beth arall sydd?''

Gyda'r myfyrdodau hyn, byddaf, gan amlaf, yn rhyfeddu at ffurf y gragen ar y traeth. Mor gywrain yw ei ffurf fel pan mae'n wag, fe ddisgwyliaf iddi wneud sŵn fel sŵn y môr. Yr adeg honno, o'i rhoi wrth fy nghlust, fe glywaf ymchwydd y llanw. Fe ddywedodd Robert wrth Andreas a minnau, y pnawn Sul hwnnw fel y cerddem i fyny'r lôn tua Mynachlog Enlli, y daw dyn hefyd i adnabod sŵn llanw'r môr tragwyddol pan dorrir cragen yr 'hunan' o'i fewn. Nid yw dyn felly onid eco o'r môr mawr tragwyddol. Y môr biau'r gragen am mai fo a'i ffurfiodd hi. Mae pob geni yn brifo ac am y genir dyn o newydd bob tro y bydd y tragwyddol yn ymyrryd ag o, brifir ef drachefn a thrachefn. Weithiau bydd bron hollti'r gragen a'r pryd hwnnw, brifir yr enaid.

Pendroni felly yr oeddwn i un prynhawn ac yn hanner gwylio'r hogiau yn codi castell tywod, pan glywais sŵn neidio dros y twyni o'r hesg ar y traeth.

''Breuddwydio yng ngolau dydd glân, aie?'' meddai llais cryf wrth f'ochr.

Yno yn ei lawn chwe throedfedd safai Elgan a'i lygaid glas mawr yn edrych i lawr arnaf.

''Breuddwydio? Am be' sgwn i?'' meddai eilwaith yn brofoclyd.

Nid oedd gennyf ateb yr eiliad honno.

''Peth braf ydy breuddwydio,'' meddai wedyn. ''Hiraeth am y tir mawr, hwyrach. 'Dydy pawb ddim yn hoffi bod ar ynys yn y môr.''

'' 'Does gen i neb ar y tir mawr.''

''Neb?''

''Neb o bwys.''

''Dim mam?''

''Na.''

''Na chwaer na brawd?''

''Neb fel'na.''

Bu saib hir wedyn a sylweddolais mai fy nhro i oedd pontio'r agendor y tro hwn. Meddwn wrtho,

"Mae hi'n hawdd breuddwydio ar dywydd braf...breuddwydio am y glannau pell."

"Mae pawb yn meddwl ei bod hi'n brafiach yr ochr arall i'r dŵr. Man gwyn fan draw ydy hi bob amsar," meddai yntau. Morwr oedd yn siarad. Nid oedd Elgan na chyfrinydd na bardd ond yr oedd rhyw gadernid o'i gwmpas.

"Fuoch chi'n bell dros y môr?" gofynnais.

"Mi fûm yn Dieppe a Boulogne a mannau felly." Siaradodd yn gwta a brysiog fel pe bai'n cuddio rhywbeth rhagof. Newidiodd y cywair, ar hynny.

"Pysgotwr ydw i," meddai. "Mae'r môr yn mynd i waed dyn. Pysgota y bydda' i efo'r hogia rhwng Biwmares a cheg Afon Dyfi."

"Ond mi'ch gwelais i chi efo'r offeiriad...sut le sy' ar lanna' môr Ffrainc?" gofynnais. "Mi leiciwn i fynd yno!"

Chwarddodd yntau.

"Gwaith anodd ydy cadw cyfrinach rhagoch chi, Mari Gwyn . . . ac mi wn inna' beth o'ch cyfrinach chitha'!"

Ni ddywedais air o'm pen.

"Mi fydda' inna' bob amsar yn leicio dynesu am borthladd-oedd Ffrainc," ychwanegodd yntau. "Mae'r môr fel tae o'n fwy llonydd yno, rywsut, a'r bobol fel tae nhw'n cysgu."

Ar hynny, trodd ei ben yn herllyd tuag ataf.

"Dilyn yn llwybrau alltudion yr Hen Ffydd a Robert Gwyn fyddai i chi groesi'r môr mawr i Ffrainc. Fydd merched ifanc ddim yn gneud petha' felly, yn arferol."

"Na fyddan, debyg," meddwn a gwridais at fôn fy ngwallt. Petrusais ar hynny, rhag ofn y gwyddai Elgan am y memrwn a guddiwyd yn llofft y Tŷ Mawr. Llanwyd fy nghalon â phob math ar amheuon, unwaith yn rhagor. Tybed a wyddai pobl Llŷn ac Eifionydd fy nghyfrinach a beth am y Doctor Coch o Blas Iolyn, Esgob Bangor a Vaughan Llwyndyrus? Ni ddaethai i'm meddwl cyn hyn y gallai neb fy nrwgdybio i o wasanaethu'r Hen Ffydd mewn dirgel ffyrdd a herio gorchymyn y frenhines Bess yr un pryd. Beth pe baent yn f'erlid ac yn fy nwyn i'r grocbren? Sylweddolais mai dyna pam y mynnodd Meistres Catrin gael gwared ohonof o Benyberth. Daeth Elgan i'r adwy, ar hynny. Syllodd yn hir i gyfeiriad y môr a sibrydodd yn dawel,

"Mi fûm i'n hebrwng Huw Owen, y Plas Du, bob cam i Ffrainc unwaith pan haerid ei fod o wedi cynllwynio yn erbyn Bess. Peth cymharol hawdd ydy sleifio allan i'r môr mawr o Enlli ac mi fedrwn inna' fod o dan y grocbren, Mari Gwyn!''

Boddwyd ein gofidiau gan drwst tonnau'r môr ac ar amrantiad, rhedodd Elgan tua'r traeth lle'r oedd yr hogyn Henry yn ceisio amddiffyn ei gastell tywod rhag y llanw. Cipiodd y bachgen ar ei ysgwyddau ac i ffwrdd â'r bachgen ar gefn y chwe throedfedd fel dyn bach ar ben cawr. Cythruddodd hyn beth ar Robert a rhedodd yn llechwraidd o gysgod y twyni tuag ataf a lluchio'i fraich fach am fy ngwddf. Anwesais ei gorff tenau, tila, nad oedd y clefyd wedi llwyr ymddatod oddi wrtho.

"Modryb Mari!'' meddai'r bychan, "ydach chi'n fy leicio i?''

"Wrth gwrs fy mod i.''

Gwesgais ef yn dynnach a sylweddoli fod mwy o dosturi yn fy nghalon at y bychan hwn nag at y llall. Mae Robert mor fain ac yn denau fel ysgub a'i frawd Henry yn belen gron o fodlonrwydd byw.

Ciciodd y bychan ei sodlau yn y tywod wedyn a daeth y cwestiwn fel saeth o'i enau,

"Modryb Mari, i ble mae Trystan wedi mynd?''

"At y Forwyn Fair.''

Difrifolodd ar hynny, gyda holl osgo ei ddyddiau cynnar.

" 'Does gan y ddelw o'r Forwyn Fair yn eglwys Llannor ddim clustia' ac mae rhywun wedi torri hannar ei phen hi i ffwrdd. Mi aeth hogyn y Felin â hi o dan y pistyll i weld y dŵr yn mynd drwy'i chorff hi hyd at ei thraed i edrych fedrai hi wneud gwyrthia', ond wnaeth hi ddim. 'Dydw i ddim yn meddwl rywsut y byddai Trystan yn leicio bod efo'r Forwyn!''

"Ond nid yn yr ystyr yna, Robert. Dim ond delw o'r Forwyn wel'ist ti yn eglwys Llannor.''

"Ond os nad ydy'r Forwyn yn eglwys Llannor ymhle mae hi?''

"Mae hi weithia' yn ein calonna' ni ac weithia' yn y nefoedd.''

"Ond fedar hi ddim bod yn y ddau le a phan mae hi yn ein calonna' ni, be' sy'n digwydd i Trystan?''

Ar y gair, syrthiodd yr hogyn Henry oddi ar ysgwyddau Elgan yn fwrlwm o chwerthin wrth ein traed. Anghofiwyd am y Forwyn Fair a llanwyd ein clustiau gan sŵn y môr a chrawcian uchel gwylanod. Yn y pellter, gwenai erwau'r tir mawr fel gwlad hud. Unwaith eto, yr oedd bywyd yn felys ac yn ddi-boen. Rhaid oedd dal ar hawddfyd cyn iddo ddianc o'n gafael fel iâr fach yr haf ac i'r pry' copyn mawr hwnnw o lofft-garreg Penyberth ei lyncu i'w grombil.

Tŷ Mawr, Enlli.

Diwedd Awst, 1577.

Heddiw, pan gyrhaeddais am y memrwn oddi ar y silff yn llofft y Tŷ Mawr, 'roedd haen ysgafn o lwch yn ei orchuddio ac wrth dynnu fy mysedd hyd-ddo, chwalodd euogrwydd yn genlli drosof. 'Roeddwn wedi'i anwybyddu ers dyddiau hir. Pan gyrhaeddais y gegin o'r diwedd, nid oedd gennyf archwaeth at fwyd. Unwaith yr edrychodd Siani i fyw fy llygaid, llifodd y dagrau'n hallt.

" 'Does neb yn crio pan mae o mewn cariad!'' oedd sylw cwta Siani.

"Mewn cariad! Mewn cariad!'' meddyliais.

Beth oedd ym meddwl y wraig? Ond er hynny, ni allwn atal llif y dagrau a daeth niwl dros gannwyll y llygad fel na welwn ddim byd yn eglur.

" 'Rydw i wedi bod mewn cariad ers 'dwn i ddim pa hyd efo rhywun y credwn y medrwn wisgo fy mysedd i'r byw er ei fwyn o,'' meddyliais drachefn a gallwn fod wedi gweiddi nes bod y gegin yn diasbedain ond feiddiwn i ddim dweud gair wrth Siani.

Yn ystod y dyddiau a aethai heibio, nid oeddwn wedi cydio mewn cwilsyn na memrwn. Aethai'r sôn am yr Hen Ffydd yn angof dros dro ac ni theimlais mo'r cryd cymalau yn fy nwylo. Mae'n od fel y mae dyn yn medru anghofio poen pan mae o'n hapus. Gwyddwn na fyddwn fawr callach o ddweud wrth Siani. Ni ddeallodd hi erioed y gallai neb fod mor ffôl â charu offeiriad, ond beth yn union oedd wedi digwydd imi?

"Hiraeth sy' gen ti, Mari Gwyn ac mi fydd gen inna' hiraeth ar d'ôl di achos mi fydd yn rhaid i chi fynd yn ôl i'r tir mawr gyda hyn, ar orchymyn Sgweiar Bodfal!'' meddai Siani gyda gradd o dristwch yn ei llais cras. Yna daeth tro bach cyfrwys i'w sgwrs.

"Mi fydd Elgan yn dechra' ar ei helfa bysgod yng ngheg Afon Dyfi pan ddaw'r hydref. . .y fo ydy'r hogyn gora' a droediodd ddaear erioed, ar wahân i Wiliam Bodfal. Ond hwyrach y dôi di'n ôl i Enlli eto unwaith y byddi di wedi peidio â chodlan efo'r Hen Ffydd. Ffydd yn marw ydy hi, yn ôl pob argoel.''

85

Aeth geiriau Siani fel saeth i'm cnawd a phe bawn wedi dadlennu fy ngwir deimladau i Siani y funud honno, cawsai wybod nad oeddwn i'n anwylyn i neb ar y tir mawr. Eto, yr oedd rhai pethau a ddywedodd yn peri dryswch yn fy meddwl. Deuthum i ddygymod â'r ynys a dechrau deall mai'r un yw'r ynys â'r bobl o'i mewn. Ni ellir gweld y gwahaniaeth rhyngddynt. O gylch y Fynachlog, y mae'r meirwon ym mhob erw ac yno y gorffennwyd pob dyhead, pob egni byw, pob haint a fu'n difa. Yno, adeg 'Ave' yr hwyr, pan fo'r glust yn ddigon main, fe ellir clywed sŵn cloch yr aberth a bydd aroglau melys yr arogldarth yn llenwi'r awyr. Er mai tir y meirwon ydyw, fe all y byw hefyd ei hawlio iddo'i hun. Pan grwydraf dir y Fynachlog fe ddaw drosof dangnefedd a fydd yn gwau o'm cylch fel gwlân neu edefyn gwawn. Yna, o ganol fy meddyliau tryfrith, gofynnais i Siani,

"Ydy hi'n oer ar Enlli yn y gaeaf?"

"Pe baet ti'n sefyll ar foncan y Tŷ Pella yng ngwynt Ionawr fe gaet dy 'sgubo oddi ar dy draed a'r pryd hwnnw fe fyddat yn hiraethu am dân gwresog Bodfal."

"Yna," meddwn wrthyf fy hun, "fe fynna' i gofio Enlli yn yr haf a phan ddaw o heibio eto, fe ddo' i'n ôl yma."

Mae'n wir i fis Awst ar yr ynys dreiglo ymaith fel symudiad gwennol y gwehydd a phob diwrnod yn llawn i'w ymylon o Elgan a hogiau Bodfel. Unwaith yn unig wedi ymweliad y môr-ladron y gwelais i Ddiafol Enlli, ar wahân i'r noson honno pan gladdwyd Trystan. Clywais sibrydion ei fod yn dihoeni ac fe fynn Siani fod Lisa Ddu yn ei wenwyno efo gwreiddiau cegid y dŵr. O bryd i'w gilydd, fe ddaw Lisa heibio i gefn y Fynachlog a bydd yn gweiddi,

"Arian, Mistras! Arian!"

Fe fynn Siani ei bod yn cadw'r arian mewn coffr yn yr ogof erbyn y daw'r môr-ladron heibio eto. Un dydd fe fynnodd Robert gasglu blodau gwylltion i'w rhoi ar fedd Trystan. Gwthiodd Henry ei sodlau yn ffyrnig i'r pridd ond heb gyffwrdd â'r blodau. Yn ddisymwth, fe glywais sŵn anadlu trwm wrth f'ochr ac aroglau chwys hen a gludiog. Lisa Ddu oedd yno, yn gorpws blêr afrosgo. Ni chymerodd sylw o'r un ohonom, dim ond syllu i gyfeiriad y bedd diweddar.

"Mae'r plentyn yna, wedi iddo farw, yn pydru yn y bedd," meddai, a chan bwyntio at y chwydd yn ei chorff, sibrydodd yn fy nghlust rhag i hogiau Bodfel glywed,

"Mae'r plentyn yma yn mynd i farw hefyd. Mae o wedi gwrthod, hyd yma. Ond marw gaiff o!"

"Rhag eich cywilydd, Lisa, yn mynnu lladd plant bach!"

"Fasa chitha' ddim isio cadw plant y Diafol 'chwaith, Mistras!" ac fe syllodd ei dau lygad o dân i fyw fy llygaid.

"Wyddoch chi," meddai wedyn, "mae plant y Diafol yn cael eu geni weithia' efo dau lygad yn y cefn yn edrach arnoch chi. Arswyd y byd, dyna sobor ydy babi efo pedwar llygad. . . Dyna pam mae arna' i isio lladd y Diafol!"

"Ond. . .Lisa, ddylach chi ddim lladd neb."

Anwybyddodd fy llais ac fe winciodd arnaf.

"Mi fedra' i roi'r plant mewn sach i'w claddu yn y môr, ond wn i ar y ddaear be' i'w wneud efo'r Diafol. 'Tawn i yn ei daflu o i'r môr, mi ddôi o i fyny wedyn efo'r llanw ac mi fyddai ei lygad o yn dal yn olau ac yn fy nilyn i. Erbyn meddwl, ei roi o i'r brain fyddai ora'! Y drwg yn y fan honno wedyn ydy na wnân nhw ddim cyffwrdd â'i lygad gwydr o. Meddyliwch, Mistras, am ei lygad gwydr o yn dal yn olau am byth fel tân y Fall."

Gwyddwn mai ofer oedd ymbil ar Lisa a rhyw gyda'r nos ymhen wythnos wedyn fe'i gwelais yn sleifio tua'r traeth gyda chwdyn dros ei braich, ei gwallt du yn gudynnau llac dros ei hysgwyddau a'i gwar yn crymu. Dringodd yn ochelgar i ben y creigiau a lluchiodd y cwdyn i'r môr mawr. Cerddodd ias oer drwy asgwrn fy nghefn ac ymhen yr hir a'r rhawg, clywais sŵn griddfan ac ochneidio uchel. Cerddais yn ofalus dros y cerrig a dringo ochr y graig. Gorweddai Lisa yno yn hollol ddiymadferth. Penliniais wrth ei hochr heb ddweud gair nes iddi droi i edrych arnaf o'r diwedd. Gwelais fod ei llygaid yn goch o waed. Daethai moment o orffwylltra drosti ac wrth fy ngweld yn edrych arni mor dosturiol fe fentrodd siarad.

"'Doedd ganddo fo ddim dau wynab y tro yma, Mistras. Mi 'roedd o'n dlws ac mi 'roedd o'n brifo. Hogyn bach oedd o yn union fel tasa Trystan wedi dwad yn ôl."

Bu saib hir wedyn rhwng yr ocheneidiau.

"Wnes i mo'i ladd o, wir yr!. . . 'Roedd o wedi marw ohono fo'i hun ac O! mi 'roedd o'n dlws!"

"Dyna ti, Lisa, 'doedd dim bai arnat ti, felly. Cria di dy galon allan ac wedyn mi deimli di'n well o lawer. Mae dagrau pan fyddan nhw wedi peidio yn union fel hindda ar ôl storm."

Ond parhau i grio yr oedd Lisa.

"Fydd dim babi arall, Mistras. Mae'r Diafol hefyd yn marw a fydd gen i neb wedyn!"

Meddyliais mor anwadal y gall teimladau dynion fod. Wythnos yn gynt fe chwenychai hi ei farwolaeth a bellach arswydai o'i weld yn marw. Medrwn innau rannu ei phryder, gan fod rhyw hedyn bach yn fy nghalon yn sibrwd nad oedd gen innau neb ychwaith ar y tir mawr. Ofni'r unigrwydd yr oeddem, ein dwy.

Y noson honno yn hwyr, fel y cerddwn o gylch y Fynachlog yn ôl f'arfer, daeth Elgan heibio. Buom ill dau yn sefyll yno mewn distawrwydd o flaen y groes garreg. Torrwyd ar y distawrwydd yn y man.

"Mae rhywbath yn dy boeni di, Mari Gwyn."

"Na, dim byd," oedd fy ateb swta.

"Nid dyna'r gwir, Mari Gwyn."

"Ie. . .dim byd," meddwn eilwaith a hynny oedd wir gan yr ofnwn y gwacter pan gyrhaeddwn yn ôl i'r tir mawr. Fel Lisa, yr oeddwn innau'n unig. Nid oedd neb yn aros amdanaf yno.

"'Rwyt ti wedi dwad i hoffi'r ynys, on'd wyt ti?"

"Ydw."

"Hoffat ti fyw yma?"

"Hoffwn. . .a na hoffwn."

"Wyddost ti mo'th feddwl dy hun, felly."

Tybiais weld arwydd o siom yn ei wedd a brysiais i unioni'r cam.

"Mae gen i waith i'w wneud, Elgan, ac mae'r amser yn brin."

Daeth peth dryswch i'w wyneb.

"'Dydw i ddim yn dy ddeall di'n iawn, ond mi wn fod cyffro yn yr ymennydd yna. Mae o ar dân. Fe gei dy frifo, ond fe ddôi drwyddi hi. Un fel yna wyt ti, fel amball i goedan a fydd yn mynnu dwad yn ôl efo'r llanw."

"Mi ddo' i yn ôl i Enlli, pan ddaw'r haf," ychwanegais gyda brwdfrydedd mawr.

"Hwyrach fod gen ti ofn y gaea' ar yr ynys?"

"Y cryd cymala'," ychwanegais yn betrusgar.

"Ond mae ha' Enlli wedi ymlid hwnnw i ffwrdd yn gynt o lawar nag y gwnaeth eli Doctor bach Uwchmynydd!"

"Yr haf. . .a rhywbeth arall," meddyliais.

Cydiodd yntau mewn darn o welltyn a'i ddal rhwng ei ddannedd fel y bydd rhywun yn chwilio am ganllaw i angori ei drafferthion arno. Rhoes fynegiant i'w feddyliau o'r diwedd.

"Un o blant yr uchelwyr wyt ti, yntê, Mari Gwyn?"

'Roedd yn rhyfedd, meddyliais fel y daeth yntau, gydag amser, i'm cyfarch fel ffrind.

"Un o werin Enlli ydw i," meddai wedyn, "pysgotwr cyffredin."

Aethom i lawr ffordd y Fynachlog yn y cyfnos a meddyliais sawl gwaith y gwelais yr haul yn machlud yn goch ac y trosglwyddwyd ei liwiau i'w gwasgaru dros wlad Fflandrys. Yn sicr, nid oes yr un profiad yn debyg i'r cyfnos ar Enlli ac fe roeswn y lliwiau i'w cadw mewn blwch o aur a oedd mor brin fel na fedrwn ei ddal ar gledr fy llaw. Am y gŵr tal hwn a gerddai wrth f'ochr, yr oedd ef, fel y Fynachlog a'r môr oddi amgylch yr ynys, yn rhan o'r lle. Hyd yr union ffordd hon y cerddodd Robert ac Andreas a minnau i Gymanfa fawr Enlli, ddiwedd yr haf blaenorol.

Beth oedd yn bod arnaf? Beth a barodd imi anghofio memrwn yr Hen Ffydd a'i ado yn y llwch ar silff uchaf y llofft yn y Tŷ Mawr? Erbyn hyn, 'roedd fy nghydwybod yn bigog effro a'm meddyliau yn chwarae mig â mi. Sawl gwaith y bûm gydag Elgan a hogiau Bodfel yn y cwch yng nghyfeiriad Nefyn a chael y dŵr bryd hynny yn llyfn fel sidan? Wedi dychwelyd yn ôl i dir sych, yr un fyddai fy nghyfarchiad bob tro i Siani Cadogan,

"Beth pe bai plant Bodfel wedi boddi yn y môr mawr, Siani?"

A'r un fyddai ei hateb hithau yn wastad,

"Tasa'r plant wedi boddi fasat titha' ddim yma i atab drostynt a pha un bynnag, fethodd Elgan erioed â choncro'r môr."

Oedd, yr oedd a wnelo'r chwe throedfedd o ŵr hwn rywbeth â'r ffaith imi ollwng dros gof y memrwn yn f'ystafell yn y Tŷ Mawr gan adael i'r llwch daenu drosto. Aethai'r cryd cymalau hefyd i ffwrdd dros dro a beth tybed oedd a wnelo Elgan â'r offeiriad hwnnw a drosglwyddodd y memrwn imi y bore wedi angladd Trystan? Tybed a wyddai Elgan, wedi'r cwbl, fwy nag a dybiwn i am symudiadau a dirgelion dilynwyr yr Hen Ffydd? Yr oedd ef yn adnabod teithi'r môr mawr, yn byw yn neilltuedd yr ynys, a thraddodiad yr hen fynaich yn ddwfn yng ngwaed ei dylwyth. Ni fynnwn ei holi. Cau fel caead blwch oedd orau. Troes yntau'r stori, gan edrych i gyfeiriad Ynysoedd Tudwal.

"Weli di, acw, un o gychod gwylwyr y glanna', Mari Gwyn?"

Pen pin o oleuni a welwn i ond y mae craffter yn llygad morwr. Chwarddodd yn uchel,

"Mae'n amlwg bod rhywbath wedi cyffroi'r hen Maurice Clenenna' i gymryd ei orchwyl o ddifri' o'r diwadd fel goruchwyliwr y glanna' yma. Cyngor y Gorora' hwyrach, neu Iarll Caerlŷr. Duw a ŵyr! Neu hyd yn oed Wynn, Gwydir. Mae'r ola' benben â Chlenenna' yn amlach na pheidio. Ofn llonga' Sbaen sy' ar y ffyliaid gwirion ond ddaw'r rheini ddim y ffordd yma bellach, er gwaetha' cynllwyn y Doctor Morys Clynnog.''

Fe glywswn innau'r stori i'r hen Ddoctor Morys Clynnog anfon llythyr at y Pab Gregori ddwy flynedd cyn hyn, yn ei annog i anfon llynges o wŷr arfog gwledydd Cred i ymosod ar Brydain. Phylip, brenin Sbaen, oedd i arwain y fintai a hwylio tuag Iwerddon, cyn glanio yn Afon Menai a goresgyn glannau môr y gorllewin.

Chwarddodd Elgan yn uwch nag o'r blaen,

"Breuddwydiwr ydy'r hen Glynnog, ysgolhaig mawr ac offeiriad ac nid dyn môr! Fedar o ddim nofio ac mi fyddai'n debycach o foddi na dim arall. 'Does ryfadd i'w gynllwyn o fynd i'r gwellt. Mae'n agos i ddeunaw mlynadd er pan adawodd o yr hen wlad ac mae'r oes wedi newid, Mari Gwyn.''

Mi glywais i i Morys Clynnog ddisgrifio Cymru yn ei lythyr at y Pab Gregori fel 'hoffusaf wlad fy nhadau'.

Chwerthin am ben hynny y bydd Robert a Thomas Owen, y Plas Du, a dweud y byddai'n rheitiach iddo ef a'i debyg ddod adra i genhadu yn Llŷn. Ond mae'n amlwg bod yr hen Ddoctor o Glynnog yn tybio nad oes dim wedi newid er dyddiau'r frenhines Mari ac y byddai trigolion Llŷn ac Eifionydd yn derbyn brenin Sbaen ar eu glannau hefo breichiau agored!

Gyda'r sôn am Forys Clynnog, fe ddywedodd Elgan rywbeth arall wrthyf, a'r eiliad nesaf ymataliodd fel pe bai wedi dweud gormod.

"Mi ddylai nai yr hen Ddoctor fod yn rhywla ar ei ffordd i ymuno efo'i ewyrth yn Rhufain erbyn hyn. . . Mi gyrhaeddodd Morgan Clynnog, Fflandrys dro yn ôl.''

Ni ofynnais iddo ddweud ychwaneg, eithr fe wyddwn yn dda mai o gyfeiriad Fflandrys y disgwyliai gwŷr y Frenhines Bess am ymosodiad brenin Sbaen bellach. Ni roddai neb fawr o goel, ychwaith, ar y sôn y dôi'r frenhines Mari arall honno, o'r Alban, i deyrnasu yn lle Bess. Mae'r olaf yn debyg o fyw am faith flynyddoedd, o ran hynny, a chryfhau y mae grym ei chefnogwyr, bob copa walltog ohonyn nhw o Glenenna' yn Eifionydd a Gwydir hyd dir y Gororau. Cael arian yn y boced ac uchel swyddi ydy uchelgais yr hen uchelwyr tiriog bellach.

Er gwaethaf popeth, bûm yn hapusach ar yr ynys nag yn odid unman arall ers llawer dydd. Bellach mae'r dyddiau yn tynnu at i mewn a'r haf yn tynnu at ei derfyn. Pan ddaw'r hydref, fe fydd Elgan wedi mynd am yr helfa bysgod ym Môr Iwerydd. O leiaf, dyna a ddywed Magdalen wrthyf, ond Duw yn unig a ŵyr ei hynt. Fydd yna neb ar ôl ar yr ynys wedyn ond y Mudan a'r cwningod, yn ôl Siani Cadogan. Mae'r rheini yn ferw hyd y lle.

Mae anniddigrwydd yn y môr, hefyd, ac anesmwythyd yn fy meddwl innau. Cefais fy nghyfareddu gan ddau lygad glas, chwe throedfedd pysgotwr Enlli, ond yn uchel ar yr astell uwch fy mhen y mae'r memrwn na fynaswn unwaith i'r awel chwythu arno. Ac eto, gwn pe peidiwn â gwarchod y memrwn, y teimlwn fel pe bai fy llaw ddehau wedi syrthio oddi wrthyf.

Mae'r dyddiau wedi'u rhifo ar Enlli a rhaid fydd dychwelyd yn ôl i'r tir mawr. Mae mwy na digon o drafferthion ym Modfel, pa un bynnag, a Modryb Gainor yn falch o gael y plant a minnau o'r ffordd. Bu Wiliam drosodd fwy nag unwaith gyda gweision Bodfel a'r newydd bob tro yw bod helynt Fforest yr Wyddfa yn dwysáu. Tra bo Iarll Caerlŷr yn mynnu adfer yr hawl arnynt i'r Goron gyda chefnogaeth Maurice Clenennau a Vaughan Llwyndyrus, cicio yn erbyn y tresi y mae f'ewyrth Bodfel a gwŷr plasau Pen Llŷn. Fe fynn William y byddan nhw yng ngharchar Llwydlo cyn y gwnân nhw blygu i wŷr yr Iarll. Mae'r gwrthwynebwyr hefyd yn ddynion yr Hen Ffydd. Peth ofnadwy ydy dial dynion!

Unwaith y gadawaf yr ynys, byddaf yng nghanol trafferthion y tir mawr. Ni fedraf byth fwrw dros gof y rhai a roes nodded imi yma drwy fisoedd hir yr haf ond mynn meddyliau tryfrith wau drwy'i gilydd yn fy meddwl nes ffurfio patrwm o asiadau newydd. Beth tybed ydy cysylltiad Elgan â gwŷr yr Hen Ffydd? Ai Elgan a fu'n cario'r offeiriaid i lannau Llŷn? A gludodd Robert a Morgan Clynnog i gwrdd â rhyw long o farsiandïwyr yn rhywle yng nghyffiniau Bryste? A ydy o lawlaw â Thomas Owen, y Plas Du, gydag un ohonynt yn gweithredu ar y tir a'r llall ar y môr?

Gyda'r bore, fe af i lawr i'r traeth i wylio'r llanw yn curo yn erbyn y creigiau ac i hel cragen neu ddwy, a phan fydd hiraeth arnaf, fe'u daliaf wrth fy nghlustiau. Bryd hynny, fe fydd cenlli'r môr yn torri'n gytgan yn fy mhen. 'Rwy'n synhwyro eisoes fod dyddiau tymhestlog yn cyniwair.

Medi, 1577.

Bellach, mae Enlli ymhell o'm hôl. 'Roedd hi'n fore trystiog, wedi'r cwbl, wrth i ni adael y Cafn, a'r Swnt yn crasu bob cam o'r daith. Ni welsom olwg ar Elgan y bore hwnnw er y mynnai Robert iddo'i weld yn hwylio allan i'r môr mawr ymhell cyn i ni gychwyn. Am Siani Cadogan, llanwodd ei llygaid â dagrau wrth ein hebrwng o borth y Tŷ Mawr. Ni welsom gip ar Magdalen, ychwaith. Yn wir, ni ddaeth hi dros riniog y Tŷ Pella wedi marwolaeth Trystan, yr ŵyr.

Cymerodd amser i mi ddygymod ag awyrgylch Bodfel. Mae hi mor gaeëdig yma rhwng y coed a gwastadedd y tir. Mi roddwn y byd am deimlo'r awelon yn fy ngwallt yn troelli o Borth Solfach a chael clywed y morloi yn cyfarth o dan greigiau Mynydd Enlli. Am nad oes gen i un lle i drigo ynddo'n barhaus yr wyf yn hiraethu o'r naill fan i'r llall. Tra bu Taid Penyberth yn fyw, yr oedd fy mywyd yn ddiogel.

Unwaith y rhoddais fy nhraed yn ôl ar y tir mawr, caeodd yr hen ofnau amdanaf – ofn Maurice Clennenau, Vaughan Talhenbont, Niclas Robinson, Esgob Bangor a'r Doctor Coch o Blas Iolyn. Mae rhyw ragargoel ryfedd yn fy ngwaed fod y rhwyd yn cau amdanom. Er fy ngwaethaf, daeth gefynnau'r Hen Ffydd i'm dal unwaith yn rhagor ac ni allaf ddianc rhagddynt. Fe ddywedai Robert mai i hyn y'm ganwyd ac nad fy eiddo i ydy Amser. Oes, mae yma lond wynebau o bryderon rhwng helynt Fforest yr Wyddfa a'r erlid ar y Catholigion. Bygythir ni y bydd Esgob Bangor a'r Doctor Coch yn archwilio'r plasau yma am bob argoel o arferion eglwys Rufain. Duw a Mair a'n gwaredo! Beth bynnag a ddigwydd, ni allant byth ddwyn ymaith yr arogldarth a fu yn ystafell ddirgel y Plas Du oddi arnaf. Mae'r geiriau o'r memrwn hefyd yn atseinio yn fy nghlustiau'n barhaus,

"Am hynny gwybyddwch fod Duw yn edrych am gael gennych chi farw a dioddef merthyrdod fil o amserau pe bai bosibl, ynghynt na gwadu eich ffydd.''

Mae'r rhwyd yn tynhau hefyd o gwmpas Thomas Owen ei hun ac ni ellir cynnal yr Offeren yn y Plas Du, y rhawg. Clywais fod Vaughan Talhenbont am ei waed a Maurice Clenennau fel barcud yn gwylio'i symudiadau. Pan fydd fy meddyliau dristaf a'r ysbryd yn isel, clywaf lais Taid Penyberth yn sibrwd yn fy nghlust fel y gwnâi ers talwm. Geiriau anwes oeddynt, ac Ow! mae'r rheini mor brin!

"Ar nos cyn Nadolig yr es i, i dy nôl di o Aberdaron a marchogaeth bob cam i Benyberth efo'r bwndel bach. 'Roedd yno ormod o lyg'id hyd y ffordd i ddwad â thi yn y dydd. Y noson honno, serch hynny, 'roedd Pen Llŷn yn lloergan leuad i gyd a charolau'r Nadolig yn llenwi'r awyr o Uwchmynydd i ben Eglwys Fair yn Enlli. Fel yr oeddwn i'n marchogaeth fe glywais lais yn deud wrtha' i, 'Galwch hi yn Mari Gwyn, Taid Penyberth.' Ac felly y bu."

Adroddodd Taid wedyn fel y tybiai iddo glywed côr engyl y Nadolig yn canu cytgan mawr y Geni yn ôl Gwasanaeth Mair —

> "Dilwgr wyry y trigaist wedi esgor. . .
> Dilwgr wyry. . .
> Santes famaeth Duw. . ."

Fel y nesâi, meddai, hyd wastadedd y morfa tua Phenyberth, clywodd y côr mawr yn llafarganu Caniad y Tri Mab —

> "Bendigwch y Nefoedd, Naf, nos a dydd. . .
> Bendigwch yr haul, Duw hael, a'r lleuad;
> Bendigwch sŷr nef, serenawl wlad.
> Bendigwch Duw cywir, cawod a gwlith;
> Bendigwch Duw, pob ysbryd bendith."

Byddaf yn ddyledus dros byth i Daid Penyberth. Ef a ddysgodd Wasanaeth Mair i mi ar y cof. Mae'n wir mai Andreas a ddysgodd i mi lythrennu yn ôl dull gwŷr yr Eglwys ond Robert a'm tywysodd yn llwybrau deall. Fe ddywedai Taid bob amser, "Hogyn ddylat ti fod, ar fy llw, Mari Gwyn! Hogyn peniog!"

Pe bawn i'n hogyn cawswn fynd i Goleg William Allen yn Douai, i Rufain at y Doctor Morys Clynnog ac at y Doctor Gruffydd Robert, Milan, i ddysgu ysgrifennu'n felys, felys.

Ond dyma fi, unwaith yn rhagor, ar goll yn chwilio am fy ngwreiddiau ym Modfel er y gwn i mai yn rhywle ym Mhenyberth y maen nhw ond nad oes gen i mo'r gobaith lleiaf mynd i chwilio amdanynt tra bydd Meistres Catrin yn dannod fy nhras i mi. Yma, ym Modfel, mae pawb yn brysur â'u pennau'n ymgreinio at y ddaear, yn byw a threfnu am yfory. Ond heddiw sy'n bwysig i mi a rhaid ydy gorffen copïo o'r memrwn cyn i ddyddiau tywyll y gaeaf gychwyn.

Gwn fod rhyw amheuaeth ac ansicrwydd yn y gwynt hefyd parthed fy nyfodol, nes bod meistresi'r plasau yn dechrau gofyn,

"Gawn ni fenthyg Mari Gwyn? Wnawn ni ddim ei chadw hi yn hwy nag y bo'r galw gan y bydd arnoch chitha' ei hangan.''

Mynnu fy menthyca y maent am nad oes ar Meistres Catrin, Penyberth, fy eisiau. Sibrydodd Wiliam yn fy nghlust fod rhywrai yn holi pwy sy'n copïo neges yr Hen Ffydd i'w ddosbarthu i wŷr y plasau. Am hynny, ni fynn neb fy nghadw o dan eu cronglwyd yn rhy hir rhag dial yr 'Opiniadwyr'.

"Mae Mari Gwyn yn medru troi ei llaw at bopath. Mi fedar hi bwytho a throi crysa' a gwnïo brodwaith. Mi fedar Mari Gwyn sgwennu. . .''

Dyna'r si, yn ôl pob sôn, ond soniodd neb am y cryd yng nghymalau'r dwylo. Rhywun efo llaw gain, meddan nhw, a ddysgodd ysgrifennu wrth draed offeiriad a gallai un felly ddwyn Esgob Bangor a'r Doctor Coch i archwilio tai'r gwŷr mawr. Ond fe synhwyrodd Wiliam Bodfel fy mhenbleth ac fe addawodd y sicrheir cuddfan i'r memrwn pan ddaw'r amser i wŷr Bess ymyrryd.

Un diwrnod, cefais fynd ar y ferlen efo Wiliam i'r Tyddyn, i dŷ Tomos Ifan. Ni welswn i mohono er noson cynnal yr Offeren yn y Plas Du. Daethom ar ei draws yn pedoli yn yr hoewal.

"Ceffyl porthiannus, Tomos Ifan,'' oedd sylw Wiliam.

Cododd Tomos Ifan ei aeliau trwchus gan edrych yn ddwys arno.

"Nid eich ceffyl chi, Tomos Ifan?'' meddai Wiliam wedyn.

"Rhywbath o dy fusnas di?'' gofynnodd yr hen ŵr.

"Na. . .dim ond meddwl bod Mistar y Plas Du yn dal i ffwrdd tua Swydd Amwythig.''

Byddai gan Tomos Ifan ffordd o furmur o dan ei anadl pan gyffroid ef.

"Llawar gormod i ffwrdd,'' grwgnachodd, "a phan fydd y Mistar i ffwrdd, fe fydd y gweision yn dechra' llacio!''

"Llai o deyrngarwch nag yn y gorffennol felly, Tomos Ifan,'' ychwanegodd Wiliam.

"Ia, cecru ymysg ei gilydd a mân elyn yn troi'n fradwr!''

"Richard Vaughan yn dechra' ennill ei blwy' yn Llŷn ac Eifionydd!'' mentrodd Wiliam.

"Tasa'r brawd hwnnw wedi aros gartra yng Nghorsygedol, mi fydda' Thomas Owen yn ddiogelach ei le,'' meddai Tomos Ifan gyda min gelyn yn ei lais, gan ychwanegu, "prin y daw'r un Robert Gwyn na'r un cenhadwr arall i'r Plas Du y rhawg, ychwaith, i gynnal gwasanaethau yr Hen Ffydd!''

Ni fedrwn ymatal yn hwy ac meddwn,

"Ond pam, Tomos Ifan?"

Edrychodd Tomos o dan ei guwch arnaf.

"O, mi 'rwyt ti yma, yr hogan ddimai. . . Ond mi'th wel'is i di yma 'does fawr yn ôl o'r blaen, on'd do? Un o deulu Siôn Wyn, Penyberth! Na, yr ydan ni wedi cau pen y twnnal fel na fedar yr un dyn byw fynd yn agos ato."

"Ond Tomos Ifan. . .fydd yna'r un Offeren eto felly?"

"Offeran, myn cythril i! Byth tra bo sbïwyr Vaughan a Chrach Aberdaron yn chwilio'r lle. Mi leiciwn i fedru sticio fforch i un ohonyn nhw a gwthio Hywel Robaits, Abererch, drwy geg y twnnal a'i adael o yno i fadru!"

"Mae'r cna' hwnnw ar waith eto, felly?" gofynnodd Wiliam.

"Ydy, y celwyddgi! Mae o'n chwarae i ddwylo Vaughan Llwyndyrus am gil-dwrn, dyffeia' i o, ac yn honni iddo weld Rhobat Owen, y Plas Du, yn rhywla rhwng Dieppe ac Arras yn cario arian degwm Aberdaron yn ei bocad i'w frawd, Huw. Mi fynnai mai Thomas Owen oedd wedi'u rhoi nhw iddo."

Gwyddem fod enw Huw Owen y Plas Du fel drewgi i elynion yr Hen Ffydd am yr honnid iddo gynllwynio i ladd y Frenhines. Ond o ran hynny, fe wyddom i Huw Owen fod â'i fys mewn llawer cynllwyn cyn hyn!

Hwnt ac yma yn hoewal Tomos Ifan hongiai rhaffau, bob un ohonynt ar osgo llwng-gwlwm. Cododd Wiliam ei olygon i gyfeiriad y distiau a oedd yn drwchus o lwch y blynyddoedd a gwe cop.

"Mi wela' eich bod chi am raffu rhywbath, Tomos Ifan."

"Ia. . .tipyn o bry' wyt ti, wedi'r cwbwl, Wiliam Bodfal. Mi fedar dyn wneud tipyn go lew efo pen rhaff. Mi fedar grogi dyn tasa hi'n mynd i hynny, ond gwaetha'r modd, 'does ond march anhydrin y medri di ei raffu o yma!"

"Ond wnaech chi ddim crogi unrhyw ddyn, Tomos Ifan?" meddai Wiliam, yr eiliad nesaf.

Chwarddodd Tomos Ifan chwerthiniad oer ym mhwll ei stumog yn rhywle.

"Mi grogodd rhywun Lews bach Rhyd-ddu ar dir Hafod Lwyfog a gwthio gwaywffon i'w gefn o," oedd sylw nesaf Tomos Ifan, "a 'does gan ei fam weddw o neb ar ei ôl o."

"Pwy laddodd Lews, Tomos Ifan?" gofynnodd Wiliam yn bryderus.

"Un o weision Wynn, Gwydir, mi awn ar fy llw. Mae'r diawl hwnnw yn 'sbïwr mawr i Iarll Caerlŷr. Mi ddylid ei grogi ynta' hefyd."

"Mi fyddai'n haws gen i gredu mai un o swyddogion y Llywodraeth a laddodd Lews bach, achos maen nhw'n prowla ers tro ac yn mynnu hawliau Bess yn helynt Fforestydd yr Wyddfa," ychwanegodd William.

Daeth crawc i lais Tomos Ifan ac meddai'n ddirmygus,

"O ran hynny, rhaib y gwŷr mawr a fynnodd fod sgweiar Bodfal a Madryn a Chefnamwlch wedi hawlio'r fforestydd er dyddia' Harri Saith. Rhaib y gwŷr mawr yn gormesu'r tlodion oedd hi bryd hynny, ond cofia di 'does dim rhaid i'w plant nhw gario'r dincod ar eu dannadd. Mae Huw Gwyn, Bodfal, Thomas Madryn a Griffith Cefnamwlch yn llygad eu lle yn mynnu eu hawlia'. Mae hon yn fwy na brwydr gwŷr y plasa' yn erbyn y Llywodraeth. Brwydr dynion yr Hen Ffydd yn erbyn y Gwŷr Newydd ydy hon!"

Craffodd Tomos Ifan wedyn ar y rhaffau o dan ddistiau'r hoewal.

"Tasa un o'r Gwŷr Newydd yna yn dechra' dangos ei du min ata' i fyddwn i fawr o dro yn tynnu un o'r rhaffa' yma oddi ar yr hoel."

Troes Wiliam y stori ac am yr ail waith y diwrnod hwnnw gofynnodd,

"Pwy bia'r march porthiannus yma, Tomos Ifan?"

"Cystal i ti gael gwybod," meddai Tomos Ifan, "gan mai adar o'r unlliw ydan ni, ddilynwyr yr Hen Ffydd. Rhai busneslyd fuoch chi, wŷr y plasa' erioed. March y mistar, Thomas Owen, ydy hwn. Mi fynna' i ei warchod o rhag i ryw elyn ei ddifwyno fo. 'Does wybod pryd y bydd ar y mistar o'r Plas Du ei angan o!"

"Chi ydy gwarchodwr Thomas Owen, Tomos Ifan?"

Chwarddodd yr olaf yn isel yn ei wddf a nodiodd ei ben mewn boddhad. Ailgydiodd wedi hynny yn hen stori Fforestydd yr Wyddfa.

"Os gwn i rywbath am Huw Gwyn, Bodfal, i garchar yr aiff hwnnw. Mi gymar dipyn i deuluoedd Bodfal, Cefnamwlch a Madryn blygu i na Chyfrin Gyngor na Chyngor y Gororau'."

Ymatebodd Wiliam yn ddefosiynol dawel gyda'r geiriau,

"Pobol yr Hen Ffydd ydyn nhw ac wrth blygu ar fater tir fe'u plygir ar fater enaid."

"Diawcs y byd!" oedd ymateb sydyn Tomos Ifan. "'Rwyt titha'n dechra' siarad fel gwŷr yr eglwys, Wiliam Bodfal."

Gwyddwn mai wedi darllen y memrwn yr oedd Wiliam a bod geiriau Robert wrth annerch gwŷr y plasau yn atseinio yn ei feddwl —

"Gwyliwch ustusiaid Lloegr ar y sydd yn eistedd ar fainc i farnu esgobion ac offeiriaid."

Yn ddiweddar daeth newyddion terfysglyd i'n clustiau fod Iarll Caerlŷr wedi tynghedu y gwna erlid pob gŵr Catholig o'r tir. Clywsom am yr offeiriaid yn ymguddio at eu fferau mewn dŵr yn ystafelloedd dirgel y plasau am ddyddiau bwygilydd, heb ddim ond bisgedi yn fwyd, wedi i wraig y tŷ eu gadael yno yn ei hofn a'i ffrwst. Trowyd twneli carthffosiaeth yn guddfannau i genhadon Douai pan oedd yr erlid yn ffyrnigo ac yn amlach na dim, byddai'r adeiladwaith yn syrthio dros geg y twnnel gan gau'r carcharor yno am byth. Clywsom hefyd am fradwr yn y gwersyll, fel rhyw Iwdas yn ymgymysgu â gwŷr y plasau ar ddelw cyfaill ac yn cynllwynio ffordd y dial ar union awr yr Offeren. Dysgais innau gydag amser mai ffordd anodd ydy'r ffordd i ryddid a bod angen dewrder ac argyhoeddiad i gadw'r Ffydd mewn gwlad lle mae arddel y Ffydd Gatholig yn arwydd o deyrnfradwriaeth yn erbyn y ddeddf. Carchar ac artaith ydy rhan dilynwyr yr Hen Ffydd yn ôl a glywaf y dyddiau hyn, ac yma ym Mhen Llŷn, di-ffaith ydy'r tir. Nid oes yma neb, ysywaeth, yn galw heibio i'n hyfforddi yng nghredoau Rhufain ac i'n hadnewyddu yn addun-edau'r Eglwys. Er bod y tân yn diffodd yma, eto clywaf yn feun-yddiol am enwau newydd mewn ardaloedd dieithr o'r dilynwyr rheini sy'n gynheiliaid yr Eglwys. Yn eu mysg y mae Robert Puw, Penrhyn Creuddyn, Richard Lloyd, Erbistock, a Chadwaladr Wynn y Foelas. Nid oes dim yn aros yr un fath. Mae sôn y symudir Coleg Douai i Rheims am fod erledigaeth yn y fan honno. Carfan o ddilynwyr Calfin sy'n gwrthwynebu'r garsiwn o filwyr Sbaen a osodwyd yn Douai ac yn peryglu bywyd y myfyr-wyr yn y strydoedd. Fel yr oeddwn yn hel meddyliau am erledig-aeth yn wyneb antur myfyrwyr Douai, daeth llais cras Tomos Ifan ar fy nghlyw unwaith yn rhagor. Parodd inni ei ddilyn i gegin y Tyddyn a chaeodd ddrws yr hoewal yn ofalus ar ei ôl. Gynted ag y rhoesom ein traed dros y rhiniog gofynnodd yn uchel,

"Be' ydy enw'r hogan yma sy' gen ti, Wiliam?"

"Mari Gwyn," oedd yr ateb.

"O ia, mi ddyliwn wybod. Hon sy'n medru sgwennu!"

97

"Rhyw gymaint, Tomos Ifan," meddwn. Gwyddwn na allwn gelu peth o'r gwir oddi wrth un a fu mor ffyddlon ei deyrngarwch i Thomas Owen, y Plas Du.

"A phwy ddysgodd i ti sgwennu?" gofynnodd.

Sylweddolais gyda braw fod pawb ym mhobman bellach yn fy nghysylltu i â memrynau Robert Gwyn.

Oedais ateb ac aeth f'ymysgaroedd yn un cryndod mawr.

"Hwyrach y byddai'n well gen ti beidio ag atab," meddai Tomos Ifan wedyn. Ond rhaid oedd mentro.

"Andreas a'm dysgodd i, i ddechrau."

"Mi wn i," meddai Tomos Ifan, "y Brawd Andreas, heddwch i'w lwch o, na fu iddo anghofio Mynachlog Enlli tra buo fo ym Mhenyberth."

Edrychodd Tomos Ifan yn yr hanner gwyll i fyw fy llygaid.

"Un eiddil wyt ti ar y gora'. . . Cadw di o ffordd y Gwŷr Newydd. Hoffwn i ddim gweld crogi merch wrth raff!"

Yr oeddwn ar fin llewygu pan roes Wiliam fi i eistedd ar bwys y setl yng nghysgod y swmer.

"Siarad gorffwyll, Tomos Ifan," ceryddodd Wiliam.

"Gair i gall," meddai'r llall.

Am eiliad aeth y gegin yn dywyll ond am fod Wiliam yn arfer dioddef o'r 'apoplexy' fe aeth i ymorol am gyffur i mi. Fe'i gwelais i o fwy nag unwaith o dan ymosodiad yr 'apoplexy'. Fyddwn ni byth yn sôn am y peth ar goedd.

"Dŵr a sunsur fyddai ora', Tomos Ifan. Mae hi'n crynu fel deilan!"

"Os felly," meddai Tomos Ifan, "dŵr cynnas a sunsur fydd hi."

Tywalltodd ddŵr berwedig o'r tegell haearn i'r potyn priddyn a rhoes flewyn o sunsur yn ei lygad o.

"Rho fo i'r hogan dros ei chalon, Wiliam. Petha' gwan ydy merchaid!"

Fel y sipiwn y sunsur poeth, meddyliais mai rhy wir y gair ac mai wedi ein geni yr oeddem ni i weini ar ddynion a phlant, i wnïo brodwaith a choginio, i ddioddef penyd geni, hiraeth a marw heb fyth fedru dianc. Peth ffôl oedd dewis efelychu dynion.

Treiddiodd y ddiod gynnes drwy fy nghorff a chefais esmwythyd o syllu i'r tân gloyw. Pan welodd y dynion fod effaith y llewyg yn treio, fe droes eu sgwrs at bethau eraill.

"Diod o fetheglyn fyddai ora'," meddai Tomos Ifan ac estynnodd gwpan enfawr oddi ar astell uchaf y mur.

Parodd hyn i Wiliam agor ei lygaid led y pen.

"Ble cawsoch chi'r gwpan yna, Tomos?. . . Os nad ydw i'n camgymryd. . .?"

"Ia, 'rwyt ti'n iawn. Hen gwpan Cymun ydy hi. Dwed ditha' 'rwan fod Tomos Ifan yn halogi petha'r Eglwys."

"Ond ddylach chi ddim. . ."

"Hidia di befo! 'Roedd yna ddwsina' ohonyn nhw wedi'u taflu blith draphlith hyd y lle yma gan y Gwŷr Newydd."

"Ond fyddach chi 'rioed am yfad metheglyn allan o gwpan Cymun, Tomos!"

"Mae'n well i ti roi metheglyn ynddi, was, na gwenwyn Crach Aberdaron a'r Cochyn yna o 'Sbyty Ifan. Meddylia mewn difri eu bod nhw wedi trio gneud hwnnw yn Esgob Bangor. Y dihiryn ag o! Y diawl ei hun! Erbyn meddwl, mae gen i ddarn o law chwith y Forwyn allan o hen ddelw eglwys Llanarmon yn y gist yna."

Tywalltodd Tomos Ifan y metheglyn o'r gostrel i'r gwpan a phwyntiodd at y gist lychlyd o bren ffawydd yng nghornel y gegin.

"Agor y gist yna, Wiliam, a chwilia am y darn llaw dela' a welaist ti erioed. Bob tro y bydda' i yn cael cyfla i wthio gwayw-ffon i gefn y Gwŷr Newydd, mi fydd y darn llaw wedi symud y mymryn lleia' yn y gist. Mi fydda' i'n gw'bod yr adag honno, y bydd y Forwyn yn curo fy nghefn."

Ond fe roes Wiliam y gorau i chwilio am y darn llaw a daeth i eistedd ar fy mhwys ar y setl.

"Fynna' i ddim yfad y metheglyn o'r hen gwpan Cymun yna, Tomos Ifan, yn ddigon siwr," meddai Wiliam yn bendant.

"Wel, gan fod yr hogan yna wedi gorffan yfad y dŵr a'r sunsur o'r potyn priddyn mi gei ditha' yfad y metheglyn ohono o barch i'r Forwyn!"

Blinais ar barablu Tomos Ifan a chlywn ei lais yn glir, gynnau o'r hoewal ac wedyn o'r Tyddyn. Llais rhybudd ydoedd.

"Hoffwn i ddim gweld crogi merch wrth raff."

Clywswn o bryd i'w gilydd am roddi merched i ddynion ac i'r cŵn a bod pethau gwaeth na hynny yn digwydd yng ngwlad Lloegr. Dinoethid gwragedd hyd at waelod eu cyrff. Sethrid hwy a phentyrru cerrig yn drwm ar eu hymysgaroedd. . .

Ond mewn gwirionedd a ellid crogi merch yn enw'r Hen Ffydd?

Pam y dewiswyd fi, tybed, i gopïo'r memrynau?

Onid oedd f'ysgrifen bellach yn amlwg i wŷr y plasau yn Llŷn ac Eifionydd ac fe allai rhyw fradwr fy mradychu yn fy ngwrthgefn!

Beth pe deuai'r Gwŷr Newydd i Fodfel a mynnu fy nghyffes drwy artaith! Ni byddai'r un Robert yno i'm hamddiffyn! Yna, cofiais yn glir eiriau Robert adeg yr Offeren yn y Plas Du –

"Mi wela' nad oes dim angen i mi boeni amdanat ti, Mari Gwyn. . . Fyddi di byth yn unig."

Tybed? Tybed? Yng ngwres tân y Tyddyn fe ddechreuodd y cryd gnoi yng nghymalau'r bysedd a meddyliais mai artaith ofnadwy fyddai i'r cryd cymalau gloi fy nghorff a minnau heb gâr. Carchar diymwared fyddai hwnnw pan fyddai'r ymennydd fel bywyn yn procio yn niymadferthwch y corff. Gyda dwylo cloëdig ni ellid trafod brodwaith na choginwaith heb sôn am ysgrifen fain. Ar hynny, fe dorrodd Wiliam ar draws fy meddyliau.

"Darn o gig mochyn nobol yn hongian o'r distyn, Tomos Ifan. Digon i un dyn am fisoedd lawar."

Erbyn hyn yr oedd y metheglyn yn cynhesu gwaed yr hen Domos Ifan a chwarddodd yn galonnog.

"Wel ia, darn o fochyn wedi'i fagu gan dy hannar brawd, Huw Gwyn, Bodfal. . .cael darn o fochyn am hannar lladd mochyn o ddyn!"

Ni ddywedodd Wiliam air o'i ben ond cofiais i ryw ffrwgwd dorri allan yn ddiweddar rhwng f'ewyrth Huw Gwyn, Bodfel, a mab Maurice, Clenennau, ger y Pistyll ac i'r olaf gael ei anafu, ond na wyddai neb pwy a'i hanafodd.

Ffromodd Wiliam o'r diwedd.

"Llai o'r metheglyn yna, Tomos Ifan, pan fo trwst meirch yn sgubo hyd y lonydd yma."

Hyd y lôn oddi allan i'r Tyddyn, clywem sŵn carnau ceffylau yn marchogaeth yn gyflym, gan sgubo'r llwch o'u hôl. Ni wyddem eu trywydd. Gallai mai gwŷr y Frenhines oeddynt a'r diwrnod hwnnw yng nghegin Tomos Ifan y dechreuais ddysgu ofn erledigaeth. Cyn hyn, nid oeddwn yn ei adnabod a gwyddwn wrth reddf mai byd dyn oedd hwnnw lle gellid gwrthsefyll a dod allan yn goncwerwr. Nid oedd ynof ddeunydd y merthyron. Y diwrnod hwnnw, fe wyddwn fod y cysgodion yn dwysáu.

Meddai Tomos Ifan cyn i ni ymadael,

"Llai o'r metheglyn yna ddwedaist ti, Wiliam Bodfal! 'Dydy Ifan ap Hywal, hen was y Plas Du, byth yn yfad o'r metheglyn ond gwelat ti ei goffar pres o. Mae hwnnw'n llawn o greiriau'r hen Eglwys a chwpan Cymun yn y canol yn disgleirio wedi iddo fo ei mynych lanhau hi efo lludw gefail. Cadw di dy rybuddion i Ifan ap Hywel. Dyna i ti Agnes Vaughan wedyn, modryb y mistar, Thomas Owen yn cadw holl greiriau'r Offeran yn ei thŷ, o'r cwpan Cymun i lestr yr arogldarth. Gwae nhw pan ddaw dynion Niclas Robinson yr Esgob ar eu gwarthaf.''

Fel yr oedd Wiliam a minnau yn gadael y gegin, fe waeddodd Tomos Ifan ar ein holau,

''Os byth y bydd ar yr hogan yna sy' efo ti angan cymorth, Wiliam, rho di wybod i mi. Mi barcha' i dylwyth Siôn Wyn, hen yswain Penyberth, hyd fy medd!''

Heb ddweud yr un gair, gadawodd Wiliam a minnau Tomos Ifan uwchben ei fetheglyn ac i osgoi'r gwŷr meirch, gadawsom ŷ lôn fawr a dilyn y caeau a'r gwrychoedd. Fel yr oeddem yn nesu am y lôn hir a arweiniai at borth Bodfel, fe waeddodd Wiliam,

''Aros, Mari Gwyn! Tyrd i gysgod y coed!''

'Roedd yr hydref a'r nos yn dechrau cau amdanom a'r dail yn crensian dan draed. Anesmwythodd y ceffylau.

''Weli di'r marchogion acw wrth y porth?'' gofynnodd Wiliam yn bryderus, ''swyddogion y Frenhinas ar eu hosgo.''

Disgynnodd dau ohonynt oddi ar eu meirch gan gerdded at y porth. Byr fu eu harhosiad. Gwarant oedd ganddynt oddi wrth yr Uchel Lys i f'ewyrth Huw Gwyn ynghylch mater hawliau Fforest yr Wyddfa. Dyma'r meirch a aethai heibio i'r Tyddyn, gynnau. Wedi gadael Bodfel, aethant ymlaen gyda'r un neges i Gefnamwlch a Madryn.

XIV.   Madryn.

Hydref, 1577.

Yn ddirybudd hollol fe'm rhoed ar fenthyg i Fadryn. Agnes, chwaer Thomas Owen, y Plas Du ydy gwraig Thomas Madryn.

Choelia' i ddim bod Modryb Gainor, Bodfel, mor hynaws â chynt, ychwaith, am fod pwys a thrafferthion y dydd yn dweud arni. Meddai,

''Waeth i ti fynd i Fadryn, ddim, i roi help llaw erbyn noson Gŵyl Fihangel. Fe gei ddysgu coginio yn y fan honno erbyn y byddi di'n wraig i rywun. Mae dysgu coginio yn bwysicach i ferch na dysgu sgwennu. Byd dynion ydy sgwennu!''

Er pan ddychwelais o Enlli, mae pawb fel tae nhw naill ai am f'osgoi i neu am fwrw eu llid arnaf. Y dynion, gan amlaf, yn darogan gwae a dial y Gwŷr Newydd a'r merched yn rhyw hen hewian a chenfigen yn berwi i'r brig. Swmbwl yn y cnawd ydw i hyd yn oed i Modryb Gainor, erbyn hyn, yn ôl pob golwg, a hynny am imi ymhel gormod â phethau'r Hen Ffydd.

Pan gyrhaeddais Fadryn, 'roedd pawb yn rhy brysur yn paratoi erbyn yr Ŵyl i roi llawer o sylw i mi, Mari Gwyn. Mor wahanol oedd hi ar Enlli! Gadawyd i Wiliam ddod i'm hebrwng efo un o weision Bodfel ac yr oedd hynny wrth fy modd.

Ar nos Gŵyl Fihangel, 'roedd neuadd Madryn o dan ei sang. Eisteddodd trigain wrth y byrddau ac nid oedd prinder o ddim. Pawb yn cadw wyneb ac yn wên deg fel pe na bai yr un storm ar y gorwel, ond tawelwch o flaen y ddrycin oedd y cwbl. Buom ddeuddydd yn paratoi'r wledd. Lladdwyd y carw, costied a gostio, yn Fforestydd yr Wyddfa. Ar y cigweiniau, rhostiwyd y cig eidion a'r da pluog a pharatowyd y sawsiau. Codai'r anger poeth o ddysglau'r cawl cennin a huliwyd y trensiynau â blasusfwyd. Llanwyd y ffiolau â gwinoedd Ffrainc a Sbaen. Yr oedd yno basteiod yn llawn o eirin ac afalau a melysion o resin, cyrens ac orennau.

Cyrhaeddodd gwraig Cefnamwlch yn y cerbyd mewn gŵn o ffwr gwyn a het o ddefnydd melfed wedi'i leinio â sidan. Ni allai arglwyddesau Bwcle a Glynllifon ymddangos yn fwy urddasol. Gwisgai ei gŵr fantell o felfed du dros ei ddwbled lliw ysgarlad, llodrau o frethyn main, sanau sidan ac esgidiau o ledr Sbaen. Mae'n od fel y mae ysweiniaid Pen Llŷn yn ffynnu ar arian môrladron Enlli!

Ar yr esgynlawr yn y neuadd ymgynullodd yr offerynwyr yn ôl dull diweddaraf gwŷr y llys yn Llundain – yr offerynwyr gyda'u dwlsimer, y crwth, y corned a'r telynau. Meibion y plasau a ddaethai â'r offerynnau newyddion o ddinas fawr y Saeson. Ond fel y tiwnid yr offerynnau i'r ddawns, crwydrodd rhyw wefr eirias o lawenydd drwy'r dorf. Fflachiai'r ffiolau arian ar y byrddau i oleuni'r canhwyllbrennau aur. Ac O! mor urddasol oedd neuadd fawr Madryn y noson honno gyda'i phanelau cerfiedig a'i llenni o dapestri.

'Roedd yno barti o ddawnswyr wedi'u hurio. Gwisgai'r merched fodis tynn a pheisiau o wlanen goch gyda melfed a sidan hyd eu godreon. Am eu traed yr oedd sanau gwynion ac esgidiau duon. Fel y cynhesai'r gwŷr ieuainc i'r ddawns, casglodd gwŷr y plasau yn garfanau hwnt ac yma o dan bileri'r neuadd. Ceisiais innau swatio orau y gallwn yn y cysgodion pan unionodd rhywun tuag ataf fel bwled o wn.

"Mari Gwyn! Be' ti'n cwtshio yna yn y t'wllwch? Ti dwad i'r gola i Doctor Uwchmynydd gweld dy dwylo di!"

Gwyddwn fod gormod o win Bwrdais eisoes wedi codi i'w ben ond rhaid oedd ufuddhau i'w orchymyn.

Ysgydwodd fy nwylo'n chwyrn nes bod y boen yn arteithiol.

"Ti byth cadw'r dwylo yn llonydd. Ti symud digon i gadael y gwaed i rhedeg. Gwell i Huw Gwyn, Bodfel, anfon un o'r gweision i Uwchmynydd i ca'l eli i ti at cryd cymalau. Ti rhy tlws i cloi i fyny fel hen gwraig!"

Dychwelodd ar frys wedyn at fwrdd y gyfeddach lle'r oedd gwinoedd Ainsio Maen a Bwrdais yn llifo. Yr eiliad honno, cefais fy hun yn sefyll yng ngolwg gwragedd a gwŷr y plasau.

"Mari Gwyn!" gwaeddodd y sgweiar Griffith o Gefnamwlch, "tyrd yma i'r byddigions yma gael dy weld di yn dy wisg 'sgarlad."

Oedais a gwridais hyd at fôn fy ngwallt.

"Tyrd, Mari Gwyn!" gorchmynnodd y sgweiar wedyn, "'rwyt ti o gyff bonheddig yn Llŷn ac Eifionydd. Mae gen ti hawl i droi gyda'r mawrion."

Ychydig a wyddwn fod y mymryn gwin a gododd i ben Sgweiar Cefnamwlch yn peri iddo herian ei elynion pennaf yn neuadd Madryn y noson honno.

Cerddais yn llechwraidd tuag at fwrdd y gwŷr mawr. Meddai gwraig Cefnamwlch,

"Wel, yn wir, Mari Gwyn, mae gynnoch chi wisg sy'n ddigon o ryfeddod."

"Dowch i mi gael teimlo'r deunydd," meddai'r wraig dal bryd tywyll a eisteddai wrth ei hochr ac amheuais ar ei hosgo mai hon oedd Jonet, merch Talhenbont a gwraig Richard Vaughan, Corsygedol a Llwyndyrus.

Cydiodd y wraig hon yn garuaidd yn llawes fy ngŵn ysgarlad a theimlais ei bysedd ar fy nghroen. Rhwbiodd blyg o'r deunydd yn ysgafn ac meddai mewn llais nawddogol tawel,

"Sidan Arras yn ôl ei deimlad!"

Cododd ei golygon ac edrych i fyw fy llygaid.

"Mari Gwyn ydy'r enw, yntê? A phwy fyddai'n anfon sidan o Arras i ferch fel chi?"

"Wn i ddim yn iawn," meddwn, a hynny oedd y gwir.

"Ond mae gynnoch chi syniad pwy a'i gyrrodd yn siwr, on'd oes?"

Ysgydwais fy mhen ac meddwn,

"Na. . .'does gen i ddim sicrwydd o ble y daeth."

Trodd yr un mor nawddogol i edrych ar y gwragedd eraill a eisteddai o gylch y bwrdd.

"Pe bai rhywun wedi anfon deunydd mor fain â sidan Arras i mi, mi fyddwn yn sicr o fod wedi ceisio darganfod pwy a'i gyrrodd. Rhywun sy'n eich edmygu'n fawr, 'rwy'n siwr, Mari Gwyn."

'Roedd y gwragedd eraill yn hollol fud a gadawyd i Jonet Vaughan ymson yn uchel â hi ei hun parthed dirgelwch fy ngwisg ysgarlad.

"Pwy hefyd o'r parthau yma sydd dros y môr yng ngwlad Fflandrys ac yn Ffrainc, o ran hynny? O, mi wn i. Mae rhai o feibion Marged Owen y Plas Du yno. . .a'r gŵr bonheddig arall yna, yr offeiriad Pabyddol. . ."

Cymerodd arni gloffi yn ei meddwl, cyn dweud,

"Mi wn i. Mab Penyberth, yr offeiriad yna fu'n cenhadu yng ngwlad Llŷn ryw flwyddyn neu fwy yn ôl. Ydach chi ddim yn cofio fel yr oedd y merched wedi gwirioni amdano fo?"

Yr eiliad honno, torrodd gwraig Cefnamwlch ar draws y sgwrs.

"Dwed i mi, Mari Gwyn, pwy wnaeth y wisg yna i ti?"

Mor falch oeddwn iddi droi cyfeiriad y sgwrs. Gwenais arni a gwenodd hithau'n ôl. Meddwn,

"Modryb Gainor, Bodfel, a dorrodd y bodis a'r sgert."

"A'r brodio mewn edau aur ar waelodion y sgert?" gofynnodd y wraig garedig.

Gwenais drachefn arni,

"Y fi wnaeth y brodio ac mae o hefyd ar flaen y llewys ac o gwmpas y gwddf."

"'Rwyt ti'n medru brodio efo llaw gain iawn," ychwanegodd y wraig a chytunodd y gweddill a eisteddai o gylch y bwrdd.

Cododd Jonet Vaughan ei llais eilwaith, a'r tro hwn yr oedd yn finiocach nag o'r blaen.

"Os nad wyf yn camgymryd mae gan Mari Gwyn y ddawn i ysgrifennu'n gain hefyd!"

Teimlais y dagrau poethion yn llenwi fy llygaid a rhwbiais fy nwylo gan mai yno y teimlwn flas y pigiad waethaf. Clywn eiriau Doctor Uwchmynydd yn atsain yn fy nghlustiau a meddyliais y byddai fy mysedd ryw ddiwrnod fel cywion gwyddau o'r coed. Rhwbiais fy llygaid â blaen llawes fy ngŵn.

"Esgusodwch fi!" meddwn.

Wrth i mi ymadael fe glywn un o'r gwragedd yn dweud,

"Prin y medr merch efo dwylo fel yna ysgrifennu'n gain!"

"Mae'n rhaid fy mod i wedi camgymryd, felly," meddai Jonet Vaughan mor nawddogol ag erioed.

Rhedodd gwraig Madryn ar f'ôl ac meddai,

"Paid â chymryd y sylw lleia' o Jonet Talhenbont. Hen beth wag, ddwl ydy hi, am waed pobol yr Hen Ffydd. Sych dy ddagrau a dos i ddawnsio. Mae digon o fechgyn o'r plasa' yma heno ac mae dy wisg 'sgarlad di yn ddigon o ryfeddod. Mi anfona' i un o'r hogiau yma i dy gyrchu!"

Fe roes hyn ruddin newydd yn fy ngwaed. Gwnawn, fe heriwn hyd yn oed Jonet Vaughan, Talhenbont, yn neuadd Madryn y noson honno. Ac felly y bu. Gydol y noson honno, gwyddwn fod llygaid pob yswain a'i wraig ar sidan ysgarlad fy ngwisg. Fe ddaethai'r deunydd, rai llathenni ohono, yn becyn taclus i blas Bodfel rai wythnosau cyn hyn. Un o weision y Plas Du a'i gadawodd yno wedi i Thomas Owen ei feistr ei dderbyn o law rhywun arall. Ar y pecyn yn eglur yr oedd y llythrennau – MARI GWYN.

Fel y dawnsiem ar lawr neuadd Madryn, fe'm cyfareddwyd innau o'r diwedd gan y lliwiau ysblennydd yn ymdoddi i'w gilydd fel seithliw'r enfys, yn y melfed a'r sidan a'r damasg. Ond lliwiau coch y rhosyn a'r aur oedd fynychaf yno. Llithrai'r llanciau a'r llancesi fel glöynnod byw hyd lawr y neuadd. Ni châi Jonet Vaughan fy nghoncro y noson honno, o leiaf. Fel y gwresogai'r dorf teimlwn orfoledd ym mhob ystum o'm corff. Y noson honno 'roedd fy ieuenctid yn her ynof. Yn fy nghalon, fe wyddwn i ryw farsiandïwr gludo'r pecyn o sidan ysgarlad o wlad bell. Fflandrys oedd honno. Yn sŵn yr offerynnau cerdd, bron na welwn dyrau eglwysi'r wlad honno yn codi'n wyn ac yn uchel gyda sŵn clychau'n canu. Dawnsiwn fel pe bawn yn neithior fy mhriodas fy hun a phan beidiodd y miwsig dros dro, y dwlsimer, y crwth, y corned a'r telynau fe neidiodd fy nghalon o lawenydd y cyflawniad. Yn y tawelwch a ddilynodd, fe ddychwelodd yr hen amheuon a gwyddwn nad oeddynt namyn lleisiau yn fy nychymyg. Ymysg y llancesi, tybiwn eu clywed yn siarad.

"Mae ganddi ŵn o sidan ysgarlad."

"Dau lygad fel dwy eirinen."

"Cnawd lliw hufen."

"Ond 'does neb wedi sylwi heno. . ."

"Na. . .neb."

"Ar y cryd cymalau."

Yng nghysgod y pileri 'roedd yr ysweiniaid bellach yn rhydd oddi wrth eu gwragedd, yn drachtio'r gwin coch, a'r huotlaf yn eu plith oedd Richard Vaughan ei hun. Clywswn ei fod ar fin cael ei wneud yn Uchel Siryf. Yno eto 'roedd y lleisiau yn cyniwair yn fy nychymyg.

"Merch o wehelyth."

"O dras y Wynniaid ond bastardes, serch hynny."

"Siôn Wyn, Penyberth a'i magodd."

"Un o gynheiliaid yr Hen Ffydd."

"Ond 'does neb yn cofio heno."

"Na. . .neb."

"Pwy ddysgodd i'r ferch ysgrifennu."

Gwn mai yn fy nychymyg y clywais y geiriau hynny ond yng nghanol y gyfeddach y noson honno, ym Madryn, yr oedd mân siarad rhwng y pileri a chwmwl o fygythion yn crynhoi.

"Fe glywsoch am ladd Lews bach Rhyd-ddu?"

"Herwheliwr fel ei dad yn fforestydd Eryri."

" 'Roedd o'n un o sbïwyr Huw Gwyn, Bodfel, Griffith Cefn-amwlch a Thomas Madryn, meddan nhw."

"Heno, mi dybiech bod y tri rheini yn benna' ffrindia' efo Richard Vaughan a'i gymrodyr!"

"Peth rhyfedd ydy ffalsedd dynion."

Yna fe ailgydiodd rhywun arall yng nghynffon y sgwrs,

"Maen nhw'n deud mai un o swyddogion Iarll Caerlŷr a laddodd Lews bach."

"Mi fyddai'n haws gen i gredu mai gelyn o Gymro a roes gyllell yng nghefn Cymro arall."

"Ond mi gafodd Lews ei grogi fel y byddan nhw'n crogi'r offeiriaid Pabyddol yn ogystal â chael cyllell yn ei gefn."

"Lladd cïaidd, yn ôl pob golwg. Gadael ei berfedd o allan i adar ysglyfaeth wledda ar ei ymysgaroedd o a thynnu'i lygaid o o'i ben."

"Mi 'roedd Lews yn casáu'r Saeson ac yn ochri efo'r Hen Ffydd yn erbyn y Gwŷr Newydd."

"'Chwaneg o danwydd felly yn helynt Fforest yr Wyddfa."

Bu tawelwch wedyn nes i rywun ofyn a glywsant i f'ewyrth Huw Gwyn, Bodfel, fod yn Windsor yn gosod allan ei hawliau a'i fod wedi derbyn gwarant. Credai pawb ohonynt na welid diwedd ar yr helyntoedd blin gan fod dilynwyr yr Hen Ffydd yn brwydro dros eu hawliau yn erbyn y Doctor Coch, y cnaf mwyaf o fewn Cred a Maurice Clenennau, y creadur dauwynebog a fynn chwarae i ddwylo Iarll Caerlŷr. Ond callaf tawed ydy hi gan fod gwŷr y plasau yma wedi ymbriodi i'w gilydd ers llawer dydd.

"Fe eir â mater Fforest yr Wyddfa i Gyngor y Gororau," meddai rhywun.

"Ac mi fydd rhywrai yn y carchar," meddai un arall.

Byddai sôn am garchar Llwydlo fel sôn am y Fall ei hun.

Cyn terfyn y noson honno, fe gododd y cawr mawr, Richard Vaughan, Llwyndyrus, ar ei draed i ganmol clodydd sgweiar Madryn, gŵr y gallai ef a'i gymheiriaid ei yrru i garchar, o bosibl, cyn y dôi'r flwyddyn newydd i ben.

Gwasgarodd y gwahoddedigion i sŵn y telynau ac yr oedd y cwbl drosodd. Pan droes Jonet Vaughan ei chefn ar neuadd Madryn y noson honno, fe dynghedais innau y câi hi a'i thebyg f'erlid hyd yr eithaf. Caent fy lladd, pe mynnent. O leiaf, yr oedd y memrwn olaf a dderbyniais yn ddiogel yn nwylo Wiliam ym Modfel. Ni fynnwn ar unrhyw gyfrif golli'r memrwn hwnnw. Arwyddlun oedd y memrwn o f'ymlyniad wrth yr Hen Ffydd.

Ciliodd y dyrfa a pheidiodd y telynorion o'r diwedd. 'Roeddem ar fin tacluso'r neuadd pan gododd un o'r telynorion ar ei draed a cherdded i lawr y grisiau o'r esgynlawr. 'Roedd yn ŵr tal yn gwisgo gwisg swyddogol telynor wrth ei swydd. Rhoes ei law ar f'ysgwydd.

"'Roedd y ddawnswraig yn rhy brysur ar lawr y neuadd heno i gymryd sylw o'r telynorion, mae'n amlwg!"

Pwy oedd yn sefyll yno ond Elgan.

Dyna falch oeddwn o'i weld, gan y teimlwn ei fod yn nes na châr. 'Roedd yr offerynwyr yn paratoi i gasglu'r offerynnau, cyn gadael am gegin Madryn lle'r oedd arlwy wedi'i pharatoi ar eu cyfer. Sylwais fod Elgan yn anesmwyth ac osgo brys arno. Gwaeddodd ar feistres Madryn na allai ymgynnull gyda'r gweddill am y wledd.

107

"Ia, Meistres Mari Gwyn yn ei gwisg 'sgarlad yn llinach gwŷr y plasa' heno, heb os nac oni bai!" ychwanegodd.

"Ond o ble daethoch chi, Elgan? 'Roeddwn i'n meddwl eich bod chi wedi cychwyn ar yr helfa bysgod erbyn hyn?"

"Pan fydd ysweiniaid y tir mawr yn fyr o delynorion, fe fyddan nhw yn anfon am delynor Enlli!"

"Ond sut y medron nhw gael gafael ynoch chi?"

"'Rwyt ti'n gofyn gormod 'rwan, Mari Gwyn!"

"Mae'n ddrwg gen i, Elgan, ond be' ydy'r newydd am Enlli?"

"Bu farw 'nhad. . .yn ddisymwth iawn yn y diwadd."

"A Magdalen?"

"Yn cadw i'w thŷ am mai digon dau farwolaeth yr un pryd rhwng 'nhad a Thrystan."

"Mi wn. . . A Siani Cadogan?"

"Mae hi a'r Mudan wedi yfad y gasgan ola' ac yn disgwyl llong y môr-ladron unrhyw funud i ail-lenwi'r barila'!"

"Beth am y Diafol?"

"Ar ei wely anga', yn ôl Lisa Ddu, wedi iddi hi ei wenwyno fo efo dail cegid y dŵr."

"A Lisa?"

"Yn griddfan am fod y Diafol yn marw a hithau'n rhy hwyr iddi ei achub rhag y gwenwyn, ac yn disgwyl gweld y môr-ladron, yr un pryd, yn dwad i dir."

"'Does gen i ddim amsar i siarad heno, Mari Gwyn, er bod golwg digon o ryfeddod arnat ti yn y gŵn 'sgarlad yna," meddai wedyn.

Mentrais ofyn iddo,

"Pam y brys? Ai'r Swnt?"

Symudodd flaen ei droed y cam lleiaf a sibrydodd,

"Nid helfa bysgod fydd hi, heno. Mi wn i y galli di gadw cyfrinach, Mari Gwyn."

"Medraf," meddwn ac yr oedd dwyster yn fy llais.

"Mae gŵr ar draethell unig yn aros imi ei gludo fo i'r tir mawr ac mae'r glaw yn dyrnu oddi allan."

"Mi fydd yntau yn wlyb at ei groen."

"Bydd."

"Ac heb fwyd, hwyrach?"

"Paid di â gofidio am hynny. Mae gen i becyn o fwyd yn y cwch wedi i Magdalen ei baratoi."

"Mae Magdalen yn deall, felly?"

"Yn deall y cwbl. . .yn union fel yr wyt ti a fi, Mari Gwyn. 'Rydan ni'n deall hefyd fod yn rhaid rhoi clo ar y tafod!"

Daeth rhai o weision Madryn i symud y cadeiriau a'r meinciau, ar hynny.

"Fe'th wela' i di eto cyn bo hir, Mari Gwyn," gwaeddodd Elgan. "Rhaid imi frysio'n ôl dros y Swnt cyn i'r llanw droi!"

Diflannodd i'r nos.

Yn oriau mân y bore, fe gysgais innau o'r diwedd, a chofiais fel y clywais i Robert Owen, y Plas Du, fapio allan y traethau hyd benrhyn Llŷn pan ddaeth drosodd o Goleg Douai ddwy flynedd cyn hyn. Pwy, tybed, oedd y gŵr a oedd yn aros ar y draethell unig y noson honno yng ngerwinder y tywydd? Pwy, tybed?

XV.   Bodfel.

                                              Tachwedd, 1577.

Unwaith yr oedd gŵyl Madryn drosodd, galwyd fi'n ôl yr un mor ddisymwth i Fodfel a gwyddwn fod anesmwythyd hyd y lle. Drannoeth y dydd y cyrhaeddais, galwodd f'ewyrth Huw Gwyn fi ato i ystafell na welswn mohoni erioed o'r blaen. Tybiais ar y cychwyn mai'r parlwr bach gerllaw'r gegin ydoedd gan imi gamu i mewn mor ddirybudd. Tybiais y byddai'n oer yno, ond nid felly, oherwydd agosrwydd yr ystafell at y gegin, gallwn feddwl. Clywn sŵn tynnu'r simnai fawr gerllaw.

Parodd f'ewyrth i mi eistedd.

"Mari Gwyn," meddai, "'rwyt ti mewn ystafell na fuost ynddi erioed o'r blaen."

"Wn i ddim ymhle 'rydw i," atebais, "na ffordd y dois i yma."

"Cystal hynny, a phan ei di allan fydd gen ti ddim syniad yn y byd ymhle buost ti."

"'Stafell ddirgel, f'ewyrth?"

"Ie, ac nid pawb sy'n cael deall y dirgelion. 'Rwyt ti'n un o'r rhai dethol."

Gwyddwn cyn ei ddyfod beth oedd natur ei neges gan fod tinc dieithr o awdurdod yn ei lais a phrysurais i'w oleuo orau y gallwn ar hynt fy ngweithrediadau diweddar. Gwyddwn fy mod eisoes yn tynnu sylw ac yn destun siarad. Ni welwn un bwlch dihangol yn unman.

"F'ewyrth! Er mwyn Robert Gwyn ac er mwyn yr Hen Ffydd y bûm i'n gwneud y gwaith efo'r memrynau."

"Mi wn i hynny, a bellach mae rhai pobl fusneslyd yn dechrau holi pwy ydy'r ferch efo'r ysgrifen lanwaith a fu'n gyfrwng i ddosbarthu neges yr Hen Ffydd i wŷr y plasau. Y merched ydy'r gwaethaf am sibrwd yng nghlust y naill a'r llall. Cofia di, fedar neb brofi'r peth ond 'does byth fwg heb dân. Dyna pam y gelwais i di yma, y bore yma. Mae'n rhaid i mi siarad efo ti. Tra bydda' i ym Modfel ddaw dim drwg i ti, ond fe alla' i fod yng ngharchar Llwydlo am fisoedd lawer!"

"Mae'n ddrwg gen i, f'ewyrth. Mi wn eich bod chi'n barod i ddioddef dros eich hawliau ac mi 'rydw innau'n barod i ddioddef dros yr Hen Ffydd."

Ffyrnigodd ar hynny ac meddai,

"Mari Gwyn! 'Does yr un ferch o deulu Bodfel i fynd i'r ddalfa, wyt ti'n deall? Os daw'r Doctor Coch ac Esgob Bangor i archwilio'r lle yma, cofia di mai morwyn gegin gyffredin wyt ti, yn anllythrennog. . .Erbyn meddwl fe fydd yn ofynnol i ti fagu dipyn o greithiau ar y dwylo gwyn yna."

Llifodd dagrau heilltion yn ddireol i lawr fy ngruddiau ond ni ddangosodd ef unrhyw diriondeb tuag ataf. Ei unig eiriau oedd,

"Mae'n rhaid bod yn greulon, weithiau, i argyhoeddi'r ffôl."

Ofer fyddai i mi ei atgoffa o'r modd yr ystumiwyd fy nwylo eisoes.

"Fe fedri godi i fynd," oedd ei orchymyn nesaf. Gwaeddodd wedyn ar f'ôl.

"Un gair arall cyn i ti fynd. . . Os oes gen ti rai o femrynau'r Hen Ffydd hyd y lle yma, gwell i ti eu gwasgaru yn ddigon pell o Fodfel neu fe fyddi wedi peryglu bywydau dy fodryb Gainor a'r plant a bywyd pob Pabydd ffyddlon arall ym Mhen Llŷn. I ti mae'r dewis! Fydd dim lle i ti a'r memrynau ym Modfel o hyn allan."

Cymerodd gam ymlaen wedi hynny. Gwyrodd a chusanodd fi'n dyner ar fy moch. Bron na theimlwn ei fod ar dorri i lawr i grio.

"Gwaith amhleserus ydy hyn, Mari Gwyn, ond yr wyt ti'n llawer rhy eiddil i ddioddef. Lle dynion ydy dioddef!"

Fel y cerddwn ymlaen, tybiais weld darn o banel y mur yn symud. Hwn oedd y drws, yn sicr. Eiliad arall, ar y oeddwn allan yn y cyntedd yn rhywle rhwng y gegin a'r bwtri. Pan droais i edrych eilwaith ni welwn ddim ond mur caeëdig cerfiedig ac nid oedd sôn am f'ewyrth Huw Gwyn yn unman.

O'r bore hwnnw ymlaen bûm yn ymroi i sgwrio'r byrddau pren, i olchi lloriau ac i bob math o drymwaith cegin y plas. Ond O! y gwayw yn y gewynnau! Sibrydai'r morynion fy mod wedi colli ffafr fy meistres. Byddwn yn crio fy hun i gysgu bob nos a phan ddeffrown yn y bore bach i ailgydio yng ngwaith y gegin, byddai'r boen yn ganwaith gwaeth. Saethai oerni'r bore ei bicellau yn binnau mân yn fy nghymalau. Yn nhawelwch f'ystafell gwaeddwn allan,

"O! Fair, Fam Iesu! Paham y rhoddaist ar dy lawforwyn y penyd hwn?"

Ni fedrwn gydio mewn cwilsyn pe caniateid i mi ac ni chawn drosglwyddo fy meddyliau dolurus ar femrwn. Nid oedd un memrwn o fewn fy nghyrhaeddd a rhwng f'ewyrth Huw Gwyn a Wiliam fe wasgarwyd f'ymdrechion olaf i fannau hollol ddieithr i mi. Yn unol â'i air, fe anfonodd Doctor bach Uwchmynydd eli at y cryd cymalau gydag un o weision Bodfel a chefais beth gollyngdod. Wedi'r sgwrs â f'ewyrth yn yr ystafell ddirgel, fe ddychwelodd cynhesrwydd Modryb Gainor tuag ataf fel o'r blaen ac ni pheidiodd â'm diddosi orau y gallai. Un noson, sibrydodd yn fy nghlust,

"Mae gen i newydd da i ti, Mari Gwyn. Fydd dim rhaid i ti weithio yn y gegin 'fory na thrennydd na thradwy. Fe gei di wyliau ac efallai y cei di wisgo dy ŵn 'sgarlad."

Sylwais fod llonder yn ei hwyneb na welswn ers wythnosau lawer a'i hysbryd yn ysgafnach. Digon herciog fu fy nghwsg y noson honno a thrannoeth gorchmynnodd i mi wisgo fy ngwisg 'sgarlad. Fel y disgynnwn o'r grisiau i'r cyntedd, fe'i gwelwn hi yn aros amdanaf gan hanner troi ei hwyneb oddi wrthyf. Gwesgais innau fy nwylo dan fy ngheseiliau yn ôl arfer y boreau oer a fyddai'n gwanu'n boen arteithiol yn fy ngwaed. Ond rywfodd fe lwyddodd y wisg 'sgarlad i ymlid peth o'r boen i ffwrdd. O leiaf, ni fyddai'n orfodol i mi wynebu drafftiau miniog y gegin a'r bwtri. Unwaith y cyrhaeddais waelod y grisiau fe siaradodd Modryb Gainor mewn islais fel ar y noson flaenorol.

"Tyrd efo mi," meddai, "a gofala droedio'n ysgafn rhag deffro'r un gwybedyn."

Ond o ran hynny, pa wybedyn a fynnai ddeffro ar hin oer? Symudasom ein dwy yn dawel o'r cyntedd hyd y ffordd a arweiniai at y gegin. Nid oedd yr un enaid byw yn y golwg a'r

111

eiliad nesaf, fe agorodd y panel yn y mur cerfiedig, fel y diwrnod hwnnw y galwyd fi o flaen f'ewyrth Huw Gwyn. Oddi mewn, y bore hwn, yr oedd bwrdd wedi'i arlwyo i frecwast ac arno liain gwyn. Wrth y bwrdd ac yng nghysgod y mur eisteddai dau ŵr a hwythau eto yn siarad mewn islais. Gwyddwn mai f'ewyrth Huw Gwyn oedd y naill. Ni welwn ond ochr wyneb y llall a'i wallt trwchus yn dechrau britho. Cododd a throdd i edrych arnaf, a gwelwn wyneb Robert, yn welw ac yn feinach nag erioed o'r blaen. Crymai beth gan ddangos y gwallt ar y corun yn gwynnu ac yn teneuo. Eto, yr un oedd y talcen uchel, mawreddog.

"Mari Gwyn," meddai'n dawel, "y fi sydd yma."

Ni fedrwn yngan gair gan syndod a llawenydd yn un. Meddyliais mor ryfedd oedd ymddygiad y Forwyn tuag ataf. Fy narostwng, fy mhrofi, fy mhoenydio ac mor ddisymwth wedyn yn fy nghodi a'm dyrchafu a rhoi i mi orfoledd, fel pe bai hi'n mynnu fy mhuro drwy boen. Sleifiodd f'ewyrth Huw Gwyn a Modryb Gainor allan o'r ystafell. Llithrodd y panel yn y mur i'w le a gadawyd fi a'm cydymaith annisgwyl wrthym ein hunain. Sefais innau'n stond gyda'm dwylo ymhleth o'r tu ôl i'm cefn.

"Pam 'rwyt ti'n cadw dy ddwylo y tu ôl i'th gefn, fel merlen mynydd yn barod i godi ras?" gofynnodd y llais o ryw hanner gwyll. Goleuni digon egwan oedd yn yr ystafell.

Sut yn y byd, meddyliais, y medrwn ddweud wrtho y byddai fy mysedd ar yr awr oer honno o'r bore yn cyrlio fel dail ac na fynnwn iddo ef eu gweld. Nesaodd tuag ataf gyda holl addfwynder y dyddiau gynt ond bod disgyblaeth offeiriadol yn ei wahardd rhag cyffwrdd â'm cnawd. Sylwais fod yr hen gryfder corff arferol yn eisiau ynddo.

"Mari Gwyn!" meddai wedyn, "'rwyt ti'n hardd yn dy wisg 'sgarlad. . .y deunydd o sidan Arras. Fe'i rhoed i farsiandïwr o Gymro oedd ar ei ffordd adre o Dieppe."

Gwyddwn bellach beth yn union oedd cyfrinach y wisg 'sgarlad. Anghofiais artaith fy nwylo a ffrydiodd dagrau hallt i lawr fy ngruddiau. Wrth imi lacio gafael ar fy nwylo a cheisio sychu'r dagrau â llawes fy ngŵn, yr oedd cymysgedd o dosturi a gorfoledd yn ei lais.

"Gwêl fy nwylo," sibrydodd gan ddyfynnu o'r Ysgrythurau.

Gorchmynnodd imi eistedd i lawr.

"Mae gen i gyfrinach i'w hadrodd wrthyt ti. . .wrthyt ti yn unig, ac fe fyddi di'n synnu at yr hyn a glywi."

"Wyt ti'n siwr dy fod yn gwrando?" gofynnodd wedyn.

"Ydw, mi 'rydw i."

"Mi wranta na chlywi di stori fel hon byth eto!"

Yna bu distawrwydd llethol.

"Pan oeddwn i wedi fy nal yn yr heyrn yng ngharchar yng ngwlad Lloegr. . .

Torrais ar ei draws.

"Mi fuoch yng ngharchar?"

Ond ni fynnai wrando arnaf.

"Stori arall ydy honno. . . Dim ond am fis y bûm i yno. 'Roedd hi fel y fagddu arna' i a dim ond rhegfeydd y Saeson ym mhobman pan glywais i dy lais di, mor glir, Mari Gwyn. Meddylia fy mod wedi clywed dy lais di yng ngharchar y Sais!"

Ymataliodd ac yr oedd y fath drymder o'n cwmpas yn yr ystafell ddirgel fel y medrwn ei deimlo yn gwau o'm cylch. Oherwydd dwyster y foment a'r tawelwch oedd yn crynhoi yno, gwyddwn mai gwlith ydoedd yn diferu o sancteiddrwydd rhyw Bresenoldeb dwyfol. Ni allem siarad ond mewn islais bellach.

"Bron na allwn dy weld yn sefyll o fy mlaen fel y gwnest y bore yma," meddai, "ac am un eiliad fe darddodd goleuni ohonot ac o'r tu cefn i hwnnw fe ymwthiai düwch poen. Gweddïais yn daer ar i Dduw a'r Forwyn f'arbed a'm dwyn yn ôl i wlad Llŷn. . . Bellach dyma fi'n ôl. Fy nhraed yn rhydd eto, dros dro, o leiaf. A beth ddwedi di am stori fel yna, Mari Gwyn?"

Awn ar fy llw fod yr un goleuni ag a welodd ef yng ngharchar y Sais yn goleuo'r ystafell ddirgel yr eiliad honno.

"Mae gen innau stori," meddwn.

"Yna brysia i'w dweud hi!"

Wn i ddim am ba hyd y bûm i'n ceisio adrodd hanes y digwyddiad hwnnw yng nghegin y Tŷ Mawr ar Enlli pan honnai Lisa Ddu i mi lorio Diafol yr ynys. Honno oedd y noson pan ddaethai'r môr-ladron i'r gyfeddach. Honno oedd y noson hefyd, y teimlais fel pe bai fy nghorff wedi'i ymestyn allan i drigfannau dieithr a phan beidiodd y cyffro hwnnw, 'roedd f'aelodau yn ddiffrwyth a llesg. Y pryd hwnnw y clywais Lisa Ddu yn gweiddi o lawnder ei chorff arnaf.

"Mistras! Mistras! Mi wn i 'rwan mai chi ydy'r unig un sy'n medru trechu'r Diafol."

"Pa noson oedd honno, Mari Gwyn?" gofynnodd Robert yn eiddgar.

"Noson yng nghanol Mehefin oedd hi," meddwn, "yn hwyr

ar y nos yng nghanol y gyfeddach cyn i'r corn alw'r môr-ladron yn ôl i'r llong *Sabrina*."

Safai'r noson honno mor glir yn fy meddwl yn ogystal â'r amser y crebachodd ac y diflannodd Diafol Enlli o gegin y Tŷ Mawr.

"'Does dim angen i ti ddweud ychwaneg," meddai yntau, "y noson honno y cefais innau'r weledigaeth ryfedd honno o fewn y Clinc. Hen air hyll y Sais ydy'r Clinc am y carchar hwnnw y bydd o'n rhoi dilynwyr yr Hen Ffydd ynddo."

Yna bu tawelwch hir.

"Ond mi gawsoch eich rhyddhau o garchar?" meddwn innau, toc.

"Do, fe atebwyd fy ngweddi. Ni ddaeth fy amser i i farw hyd yma am fod gen i waith i'w wneud. Rhaid gorffen pen yr edau ac fe gei dithau sgwennu nes y daw'r Wasg Argraffu i Gymru. Ond ddaw honno ddim y rhawg, ysywaeth, ac fe fydd angen amynedd a dyfalbarhad am rai blynyddoedd eto."

Meddwn innau drachefn,

"Mae fy nwylo wedi cyffio. . .o ddiffyg sgwennu. Mae f'ewyrth wedi gorchymyn nad ydw i i sgwennu gair ar femrwn yma ym Modfel rhag i'r Doctor Coch ac Esgob Robinson ddwad i chwilio'r tŷ. Modryb Gainor a'r plant fyddai'n diodde wedyn, meddai fo."

"Gad di hynny i mi," meddai yntau'n ddwys, "fe wêl Rhagluniaeth ei ffordd i'n rhyddhau."

"Ond fydd neb ar ôl yn y plasau i wrando'r Offeren, nac i ddarllen y memrynau newydd, oherwydd helynt Fforest yr Wyddfa a gormes Iarll Caerlŷr a 'does yna'r un cenhadwr i arwain y bobl. Dyna gŵyn pobl yr Hen Ffydd," meddwn.

Ond gŵr oedd Robert Gwyn, Penyberth, nad oedd dim ar wyneb daear, onid marwolaeth ei hun, a allai lesteirio'i afiaith. 'Roedd hynny yn ddihareb gwlad Llŷn.

"Mae gobaith newydd," meddai, "fel y mae un ddolen yn colli y mae'r naill yn cydio. Mae'r Creuddyn yn ferw a Seren newydd y Diwygiad yn codi'i phen ym mherson Wiliam Davies o Groes yn Eirias, gŵr y mae gwaed y merthyron yn llifo yn ei wythiennau. Yno. . .i'r Creuddyn, y cei di fynd, Mari Gwyn, ar fy llw, pan fydd yr amser yn gyfaddas. O dan gronglwyd Robert Puw a Jane Bwcle ym mhlas y Penrhyn, bydd tragwyddol heol i ti ysgrifennu ac ysgrifennu nes y bydd Gwasg Argraffu wedi cyrraedd yr ardal honno. Fedra' i ddim marw, Mari Gwyn, nes y digwydd hynny, am fod yn rhaid i ni gyhoeddi llyfrau yn

114

Gymraeg yn enw'r Hen Ffydd. Dyna fel y mae neges y Gwŷr Newydd yn gallu gwenwyno'r bobl i gofleidio ffug-grefydd.''

Ow! fel y brifai fy mysedd yr eiliad honno gan boen ac artaith llafurwaith cegin Bodfel yn ystod y dyddiau diwethaf, ond sut y medrwn darfu ar sêl gŵr a fuasai mewn carchar lle bu'r heyrn yn rhwbio'i gnawd? Cododd ei lais mewn rhyw frwdfrydedd mawr, yn union fel pe bai'n annerch torf, gan ddweud mai pethau'r byd oedd helyntion gwŷr y plasau a Fforestydd yr Wyddfa.

"Marw y mae'r rheini," meddai, "ond fe saif y Gwir o genhedlaeth i genhedlaeth fel y mae'r llanw yn dilyn y trai. . . Fe'n galwyd ni i ddiodde' mewn ffordd arbennig, y ti a finnau, Mari Gwyn. Ffrwyth cariad. . .yn deillio o'r Cariad mwy, efallai. . .''

Gellid tybio bod ei lais yn treiddio drwy'r parwydydd erbyn hyn. Llithrodd y panel yn y mur yn ddirybudd ar agor y mymryn lleiaf a cherddodd f'ewyrth i mewn drwyddo. Codais innau a diflannu fel y golau bach diniwed o wyddfod y dynion gan redeg, bron, tua'm hystafell wely. Ffei i'r artaith yn fy nwylo ac i bob ymdeimlad o unigrwydd! Onid oedd Robert wedi addo nodded imi o dan gronglwyd y plas ym Mhenrhyn Creuddyn? Ni wyddwn ar wyneb daear ymhle 'roedd y fangre honno, ond o leiaf yr oedd yn ddrws gobaith! Llanwyd fy nghalon â llawenydd na theimlais ei debyg er dyddiau Penyberth. Unwaith eto, yr oedd arial yn fy ngwaed a disgleirdeb yn fy llygaid. Medrwn grio o lawenydd, o'r diwedd. Tybed mai yno, yn y Creuddyn hwn, yr oedd cyflawniad pob dyhead parthed breuddwydion yr Hen Ffydd? Tybed a fyddai rhywun mewn oesau i ddod yn sôn am y fangre honno?

Yr unig rai na charwn ymado â nhw oedd Modryb Gainor a Wiliam, Bodfel. Yn ystod y tridiau dilynol buom yn cyfarfod yn gwmni dethol yn ystafell ddirgel Bodfel. Un hwyr, daeth Thomas Owen, y Plas Du, yno ac fe wyddem fod rhyngddo ef a Robert ddyfnder o ddealltwriaeth na allem byth ei blymio. Nid yw dyn yn debyg o fwrw dros gof y sawl a fynn ei achub o grafangau angau. Felly y bu yn hanes y ddeuddyn hyn. Camodd Thomas Owen i mewn i'r ystafell a rhoes Robert ei law ar ei ysgwydd.

"Tomos, y Plas Du! F'angel gwarcheidiol i! Pwy fyth fuasai'n meddwl rai misoedd yn ôl y bydden ni'n ddiogel heno yn Llŷn?''

Cyndyn iawn oedd Robert o ddatgelu dim o hanes artaith ei garchariad i ni. Oherwydd prinder yr amser, rhaid oedd bwydo'r enaid, meddai. Yr un oedd byrdwn ei neges yn barhaus sef,

"Y mae'r Amser, fel y mae'r Gras, dan glo gyda Duw. Ni cheir dim ohono ond pan fynno Fo."

'Doedd ryfedd i Tomos Ifan, y Tyddyn, gwyno bod ei feistr, Thomas Owen, yn amlach o gartref nag oedd yn weddus i berchennog stad, yn ystod yr haf a'r hydref hwn. Casglasom mai ceisio croesi drosodd o Fflandrys yr oedd Robert yn nechrau'r haf, pan fethodd â darganfod yr un Cymro yn hwylio am Fryste na'r parthau hyn. Fe ymunodd wedyn â dau genhadwr yn perthyn i Gymdeithas yr Iesu, oedd yn hwylio i wlad Lloegr ac yn glanio yn y gogledd pell.

"'Roedd y rheini yn adnabod gwŷr y plasau," meddai Robert, "ond fynnai neb noddi creadur fel fi efo acen Cymro Pen Llŷn!"

Chwarddodd ar hynny.

Cyrhaeddodd y tri ohonynt Swydd Efrog mewn cwch pysgota ond oherwydd dieithrwch y wlad a'r bobl, fe ddaliwyd Robert ar un o strydoedd Caerefrog fel yr oedd yn nesáu at dŷ a ddaethai'n ganolfan ddirgel i'r cenhadon. Chwarddodd ar hynny wedyn ac meddai,

"Mi fyddwn i wedi ffeindio fy ffordd hyd gaeau Penyberth efo mwgwd am fy llygaid a phetawn i wedi syrthio dros fy mhen i ffos, fe fyddai gobaith dwad allan o'r fan honno. Gyfeillion! Lle anghysurus ydy cell y poenydiwr."

"Gyfeillion!" meddai eilwaith, "fe anghofiwn ni am artaith cell y poenydiwr am y tro."

Fodd bynnag, yng ngoleuni dydd, gallem weld gwelwder ei wedd o ganlyniad i ddiffyg haul haf a dyddiau'r penyd. Tueddu i ddal ei ben at y ddaear yr oedd Thomas Owen hefyd oherwydd mynych geisio osgoi llygaid gwŷr y Gyfraith. Y noswaith y cyrhaeddodd yr olaf yr ystafell ddirgel, fe droes Robert ato a gofyn yn gellweirus,

"Ymhle 'roeddet ti'n digwydd cuddio Thomas, y Plas Du, pan oeddwn i yng ngharchar y Sais yn Swydd Efrog?"

"'Doedd ond y Gororau amdani hi a minnau'n digwydd aros yn nhŷ rhywun oedd yn digwydd 'nabod rhywun arall oedd yn 'nabod. . ."

"Dyna ddigon, Thomas!. . .y noson y rhyddhawyd fi o garchar, 'roeddwn i'n sefyll oddi allan i'r cyntedd mor wan â brwynen a'r gwynt yn brathu fy nghorff i. Sŵn carnau meirch wedyn a llais yn cyfarch mewn Cymraeg gloyw. Dyna foment o wefr oedd honno. 'Robert Gwyn!' meddai, 'pam yr wyt ti'n sefyllian yn y fan yna fel hen iâr Penyberth ers talwm efo'r gwynt yn chwyrlïo yn ei phlu hi, y greadures noethlymun, unig? Cythra hi am y march yma gynted ag y medr dy draed simsan di symud!' Fel yna'n union y cyferchaist ti fi, Thomas.''

Arweiniodd Thomas Owen ef oddi yno i blas yn Swydd Amwythig lle cafodd nodded nes ei adfer i'w gynefin iechyd cyn cychwyn eilwaith ar ei daith hir tua ffiniau Cymru. Meddai Robert,

''Teithiais wedyn drwy Ddyffryn Clwyd. . .''

Ni fynnai ddatgelu enwau ei noddwyr ond rywsut rywfodd daethom ninnau i gyfarwyddo ag enwau megis Puwiaid y Pen-rhyn, Edwards y Waun, Holandiaid Cinmel ac Oweniaid, Garth-y-Medd. Yr oedd y rhod yn troi a'r enwau hyn yn amlach ar ein clyw nag enwau teuluoedd plasau Llŷn ac Eifionydd.

Y noson olaf y bu Robert ym Modfel, cynhaliwyd yr Offeren i'r cwmni bach yn yr ystafell ddirgel. Rhoesai'r Pab Gregory hawl i Robert gysegru allorau symudol. Yn ôl rhai, dylanwad y Doctor Morris Clynnog yn Rhufain oedd hynny a chredai eraill mai Owen Lewis o Langadwaladr ym Môn a ddyrchafwyd i fod yn Esgob yn yr Eidal, a sibrydodd yng nghlust y Pab. Fe erys y cof am Morris Clynnog yn iraidd yng ngwlad Llŷn am iddo unwaith fod yn dal bywoliaeth Llanengan a chael ei noddi gan Griffith, sgweiar Cefnamwlch.

Y noson honno, daethpwyd â'r allor fechan symudol i'r ystafell ddirgel a thaenodd Modryb Gainor liain o ddeunydd ysgarlad gydag ymylon aur drosti. 'Roedd yno hefyd lestr i'r arogldarth a chloch aberth na feiddiai neb ei defnyddio rhag i'r gelyn glywed. Goleuni gwan y canhwyllau yn unig oedd yn goleuo'r ystafell ac yn ôl hir ddefod, gwisgodd Robert ei wisg eglwysig. Murmurem ninnau'r gweddïau mewn Lladin fel y gwnaethai holl eglwysi Cred ers canrifoedd, ond digon aneglur oedd ein llefaru ac anystwyth y geiriau o ddiffyg arferiad. Prin hefyd oedd ein gwybodaeth o holl ddefodau'r Eglwys. Gwyddem fod yno rai yn y cwmni a fyddai'n rhwbio ysgwyddau â'r Gwŷr Newydd yn y llannau ar y Suliau am yr ofnent golli eu da bydol. 'Roedd yno eraill fel teulu'r Plas Du na fuont ar gyfer y llan ers blynyddoedd. Digon rhydlyd oedd ein geiriau ac oer ein heneidiau ar y cychwyn. Serch hynny, caed yno eraill y llwyddai gwlith eu profiad i ddisgyn yn iraidd nes bywhau eneidiau coll. Y noson honno, cawsom gyfrannu o'r Introit, y Kyriau, y Gweddïau a'r Epistol gan fyfyrio ar arwyddocâd Sagrafen yr Allor. Dyma'r

117

Sagrafen odidocaf, meddir, a baratowyd yn borthiant i'r enaid, yn aberth o'r gyfraith newydd ac yn goffa tragwyddol o ddioddefaint a chariad Crist tuag atom. Ystyr yr hyn a lefarem oedd,

"Arbed fi, O! Iesu Grist, yr hwn a ddigiais yn ddirfawr yr awron ar feddwl, gair a gweithred ym mhob modd ag y gallwn bechadur breuol dy anfodloni. . ."

"O! Iesu Grist, Arglwydd tirion a thra daionus, unig obaith ymwared fy enaid i, dyro edifeirwch yn fy nghalon, atolwg, a dagrau i'm llygaid fel y gallwyf ddydd a nos wylo a galaru am fy aml feiau. . ."

"Ac felly teilynga fy nghyfrif i wedi fy absolfio yn helaethach, ac yn berffeithiach yn y Nef. Yr hwn wyt yn byw ac yn teyrnasu yn oes oesoedd. Amen."

Cofiwn mai ar y Groes, Crist yn unig a aberthwyd ond yn yr Offeren byddwn ninnau oll yn cyfrannu o'i Aberth Ef. Gweir ni yn un teulu a byddwn yn blant y Mabwysiad. Dymchwelir arnom holl rasusau a bendithion y Mab ac estynnir i ni faddeuant pechodau trwy gorff ysbrydol Crist. Y Corff ysbrydol hwn yw'r Eglwys Gatholig. Pen yr Eglwys yw Crist a chydag Ef yn y nefoedd y mae ei Fam Ef, y Forwyn Fair, a'r holl saint. Dyma'r Eglwys Fuddugoliaethus. Drwy'r Offeren, dysgir i ni, yr offrymir i Dduw addoliad yr holl fyd dros y byw a'r marw a thros y meirw ym Mhurdan.

A'r noson honno fel y paratoem i fwyta o'r afrlladen ac i yfed o'r caregl, cofiais yr hyn a ddysgais unwaith, ymhell yn ôl,

"Bydded y dwylo dan y tywel cyn uched â'r ddwyfron; coded ei ben yn weddaidd i fyny, fel y galler yn hawdd gyrhaeddyd y genau. Bydded y llygaid yn lled-gaead, neu'r golwg yn ddefosiynol tuag i waered. . .yna cymered yr Ablwsiwn neu'r golchiad, yr hwn nid yw ddim arall ond gwin, neu ddwfr i olchi'r genau."

Yna dyrchafwyd yr afrlladen a'r caregl.

"Henffych well, y Gwir Gorff, a aned o fendigedig Forwyn Fair. . ."

"Henffych well, o Waed gwerthfawr a bendigedig, yn llifo allan o ystlys fy Arglwydd a'm Ceidwad Iesu Grist."

Fe'n hamgylchynwyd ni â heddwch yn yr eiliad honno a doluriwyd ni â Chariad Crist.

Wrth i ni ymado â'r ystafell ddirgel y nos honno, rhoes Robert anrheg yn fy llaw o'r 'Agnus Dei'. Arno ceir delw o'r Groes yn cario'r Oen cerfiedig. Hwn yw'r Crist ac fel gwaed y poeth-

offrwm, bydd yr Oen cerfiedig yn fy ngwarchod rhag drwg.
Gwisgaf ef ogylch fy ngwddf ac yng ngeiriau'r offeiriad fe lefaraf,

"Agnus Dei, qui tollis peccata mundi, miserere nobis."
"Oen Duw, yr hwn wyt yn dwyn ymaith bechodau'r byd,
trugarha wrthym."

Diflannodd Robert allan i'r nos o'r ystafell ddirgel yng
nghwmni Thomas Owen. Ni wn pa bryd y dychwel i Lŷn eto. . .
os byth. Soniodd yn ddiweddar am ddau ŵr o'r enwau Campion a
Persons a'i fod â'i fryd ar fynd i Rufain bell am na ellir lledaenu'r
Hen Ffydd, meddai, heb Wasg Argraffu.

Pobl fel Puwiaid y Penrhyn a Holandiaid Cinmel sy'n dod ag
arian i goffrau'r Eglwys, bellach, ac mae'n rhaid wrth arian cyn y
medrir sicrhau Gwasg Argraffu. Bydd taith Robert y tro hwn, mi
wn, yn un hirfaith. Efallai mai tua Phenrhyn Creuddyn a'r
Gogarth Bach yr aeth ef a Thomas Owen neu bod Elgan yn aros
amdanynt ar ryw draeth unig ar benrhyn Llŷn. Pwy a ŵyr? Ond
eisoes y mae'r darnau coll yn dechrau asio ac yn y man fe ffurfir y
patrwm. Yn y cyfamser, fy nhasg innau fydd gofyn i Wiliam
guddio'r cwbl a feddaf o ddogfennau'r Hen Ffydd a chaiff yr hen
ddyddiadur hwn o femrwn melyn fynd i'w canlyn. Mae sŵn
erledigaeth ym mrig y morwydd a thybiaf fod dyddiau'r Hen
Ffydd yn y parthau hyn wedi'u rhifo rhwng awch dynion am
diroedd a dyrchafiad. Ond tra bydd yr 'Agnus Dei' ar fy nghorff,
gwn y caf deimlo eto dafod aur y fflam a fu unwaith uwch
Penyberth. Mi wn mai'r Ysbryd Glân sydd o fewn y fflam honno.

Eleni bu mis Tachwedd, mis Gŵyl yr Holl Saint, yn llawn o
boen yn gymysg â rhyfeddod.

XVI.   Tŷ Mawr, Enlli.

                                          Awst, 1578.

Dyma fi'n ôl ar yr ynys yng nghanol yr haf braf ond digon byr
fydd f'arhosiad y tro hwn. Rywdro ddechrau hydref byddaf yn
ymadael am Benrhyn Creuddyn dan gronglwyd y Puwiaid ac i
ganol berw'r cenhadon newydd. Nythfa'r Catholigion ydy trigfan
Robert Puw, yn ôl pob sôn, a choelia' i ddim na fydd Modryb
Gainor, Bodfel, a'i thebyg yn rhoi ochenaid o ryddhad o'm gweld
yn troi cefn ar benrhyn Llŷn.

Deuthum yma i Enlli yn y cwch gyda Wiliam, Bodfel, ar y nawfed ar hugain o Orffennaf, sef ar y dydd y cymerwyd Thomas Owen, y Plas Du, i'r ddalfa yn ffair haf Pwllheli. Gwŷr Richard Vaughan, Llwyndyrus, a gaeodd y rhwyd amdano. Adeg y chwilio mawr a fu ar dai dilynwyr yr Hen Ffydd ym mis Mawrth gan Esgob Bangor a'r Doctor Coch o Blas Iolyn, 'roedd o wedi ffoi at ei fab-yng-nghyfraith i Swydd Amwythig ac yn llwyr gredu fod dyddiau'r erlid drosodd erbyn hyn. Yng nghlwm wrth yr elyniaeth at yr Hen Ffydd cododd asgwrn y gynnen rhwng y Plas Du a Llwyndyrus ar fater y tir ym Mhentyrch. Rhestrwyd llu o gyhuddiadau yn erbyn Thomas Owen. Cyhuddir ef o gynnal ei frodyr dros y môr ar arian degwm Aberdaron ac o ymgeleddu'r cenhadon yn ei ystafell ddirgel yn y Plas Du cyn eu hebrwng i'r Creuddyn a thiroedd y Gororau. Gwnaeth Thomas Owen ei brotest yn hollol agored gan absenoli ei hun fel ei fam a'i ddwy chwaer, Agnes ac Elisabeth, o wasanaeth eglwys y plwy ers blynyddoedd bellach. Y cyhuddiad pennaf ydy iddo gynnal yr Offeren yn y Plas Du. Bygythir dwyn yr achos o flaen y Llys Chwarter a'r Sesiwn Fawr ond cyn y diwedd, fe fydd Thomas Owen ei hun yn dwyn achos yn erbyn Richard Vaughan. Gwn fod gan Thomas Owen lu o gyfeillion ar y Gororau, pe mynnai fynd â'r olaf i Lys y Seren. Fe fydd Thomas Madryn, gŵr Agnes ei chwaer, yn debygol o frwydro i'r eithaf hefyd dros Thomas Owen yn y Llys Chwarter.

Mor falch wyf i Modryb Gainor ganiatáu imi ymweld â'r ynys unwaith eto a hynny'n union wedi i f'ewyrth Huw Gwyn gael ei ryddhau o garchar Llwydlo. Heddiw, dychwelodd Wiliam hen femrwn melyn fy nyddiadur imi. Dyn a ŵyr ymhle y'i cuddiwyd gyda holl ddogfennau'r Hen Ffydd. Yma yn Enlli, gallwn dybio, mewn rhyw hoewal fudr o ogof. Beth pe bai Diafol Enlli ei hun wedi gwylio drostynt? Gwelais Lisa Ddu wrth gefn y Fynachlog y dydd o'r blaen. Sylwais ei bod yn fain a gwelw a bron yn rhy lesg i symud.

"Mistras! Mistras annwyl!" llefodd mewn llais gwannaidd, "wnes i ddim lladd y babi bach! Marw wnaeth o ac wedyn mi rois i'r un bach yn y sach a'i daflu o fel y lleill i'r môr mawr. 'Doedd ganddo fo ddim dau wynab, Mistras, ac mi 'roedd o'n od o dlws."

'Roedd dieithrwch yn ei llygaid yn gymysg â hurtrwydd. Nid yr hen Lisa Ddu oedd hon.

"Wnes i ddim rhoi dail cegid y dŵr i'r Diafol, 'chwaith, Mistras, ond mae o'n marw a fydd gen i neb wedyn. 'Dydy'r

Diafol byth yn symud o'r ogof 'rwan a 'does gynnon ni ddim bwyd ond pan fydd Magdalen yn rhoi pysgod i ni. Fuo Elgan ddim yn ôl yn Enlli ers hydoedd a fo fyddai'n dwad â'r pysgod i Magdalen.''

Gwyddwn nad oedd dim yn sicrach nad oedd Elgan allan ar y môr mawr ond ar ba berwyl, tybed?

''Mistras! Er pan mae'r Diafol wedi dechra' marw mae o'n darllan hen femryna' ac yn sgwennu efo cwilsyn yn union fel tasa fo yn ôl yn fynach yn yr hen Fynachlog ers talwm. Mae o isio marw yng nghôl yr Eglwys, meddai o, beth bynnag mae hynny'n feddwl. 'Rydw inna'n marw hefyd ond fedra' i ddim marw yng nghôl yr Eglwys, Mistras.''

''Hwyrach y medri di, wedi'r cwbl, Lisa,'' meddwn.

Gloywodd ei llygaid am eiliad.

''Os ydach chi'n deud, Mistras, hwyrach y medra' i. Mi welais i chi yn dwad i'r lan yng nghwch Sgweiar Bodfel ac mi fuo Wiliam yn siarad efo'r Diafol.''

Dyna beth od, meddyliais, oedd i Wiliam ymweld â Diafol Enlli heb iddo sibrwd gair am y peth wrthyf. Rhywbeth cyfrinachol, efallai!

Chwarddodd Lisa wedyn ac meddai,

''Pan oedd y Diafol yn sgwennu un diwrnod ar y memrwn fe syrthiodd gwaed arno fo. Pan fydd o'n sâl, mae'r Diafol yn poeri gwaed, Mistras. Mi ddysgodd o sgwennu yn y Fynachlog ers talwm ac mae o'n medru gneud lluniau hardd wrth ochor y sgwennu efo lliw glas wedi'i neud o bysgod-cregyn. Un diwrnod mi ddeudodd o wrtha' i y bydd rhywun yn darllan y gwaith ryw ddiwrnod pan fydd o wedi marw. Mi ddaeth rhywun efo cwch o'r tir mawr amsar pell yn ôl i chwilio am y Diafol efo sacheidia' o betha'r Eglwys, yn gwpana' a phlatia' arian, llieinia' main a darna' o allora' a delwa'. 'Roeddwn i'n tybio y byddai'r Diafol am werthu'r llestri arian i'r smyglars ond 'roedd o'n benderfynol o'u cuddio nhw ym mhen pella'r ogo'. Petha' Duw oeddan nhw, medda' fo.''

Edrychais arni mewn syndod.

''Lisa! Fydd yna ddynion diarth yn dwad drosodd o'r tir mawr weithia'?''

''Mi ddôth pobol yr Esgob yma ond ddaru nhw ddim ffeindio dim byd o bwys. . .dim ond beth oedd ym mhridd y fynwant ac o dan lawr y Fynachlog wedi i'r hen fynaich eu cuddio nhw ers talwm. 'Doedd neb am fynd yn agos at y Diafol rhag iddo fo eu melltithio nhw. Mi fûm i yn eu gwylio yn tyllu i fedd y Brawd Andreas. 'Doedd yno ddim byd iddyn nhw ei gael a ddaru nhw ddim ymyrryd â'i gorff o. Mi arhosais i yno i wylio er bod gwŷr yr Esgob yn bygwth fy nghymryd i'r tir mawr o flaen yr Ustusiaid. Mi ddeudodd rhywun mai hogan hannar call oeddwn i, pa un bynnag, ac am iddyn nhw fy ngadael i i'r Diafol a'r cwningod! . . .Mi fydda' i'n medru rhwydo amball i gwningan, Mistras, a'i berwi hi yn y crochan. Ond 'does gen i fawr o stumog at fwyd, ers tro. 'Dydy'r smyglars ddim yn dwad yma 'rwan, 'chwaith, Mistras, am fod y Diafol yn troi at betha'r Eglwys. . . 'Rydw inna' isio troi at betha'r Eglwys, i minna' gael marw.''

''Fedar neb ddewis awr ei farwolaeth, Lisa,'' meddwn wrthi ac eto fe sylweddolais nad oedd iddi oes hir. Rhaid fyddai imi rybuddio Magdalen a Siani Cadogan, fel y gellid ei diddosi. Sylweddolais hefyd imi wrando arni yn trosglwyddo'r newyddion hollol anghredadwy hyn i mi. Mynnwn ei rhybuddio hyd yn oed yn ei gwendid.

''Lisa! Ddwedaist ti wrth rywun am y trysora' yna sydd yn ogo'r Diafol?''

''Naddo, Mistras, feiddiwn i ddim neu fe fyddai'r Diafol am fy lladd!''

''Wyt ti'n addo i mi, Lisa, na ddwedi di ddim gair amdanyn nhw byth eto wrth yr un creadur byw?''

''Ar fy marw, Mistras.''

''Rhy wir ei geiriau,'' meddyliais, oblegid ni all y marw siarad.

Gwelais hi ryw ben o bob dydd er hynny, a gwn fod arwyddion ei gwendid yn cryfhau ynddi. Ni welais olwg o'r Diafol ac fe ddychwelodd Wiliam i Fodfel cyn imi gael gofyn iddo ar ba berwyl y bu iddo ymweld â'r gŵr hwnnw. Hwyrach na ddadlennir y gyfrinach imi byth. Ni allaf fwrw trueni Lisa dros gof ond fe roes memrwn fy nyddiadur falm i'r galon unwaith yn rhagor. Rhyw ddydd fe'i llosgaf, pan fydd y cryd cymalau yn treiddio'n ddyfnach i'r gewynnau a'r boen fel cyffwrdd halen ar friw. Wedi misoedd o ysgariad oddi wrth y memrwn a llafurwaith trwm morwyn cegin ym Modfel, fe gymer amser imi ymarfer â'r cwilsyn. Heb fy memrwn nid oedd gen i ddim i wylo fy nhrueni iddo ond bellach caf fwrw rhai o brofiadau'r misoedd diwethaf iddo. Bydd ambell un fel gollwng diferion gwaed i bwll y galon. Eu gollwng i'w cadw yno y byddaf, serch hynny. Gwn fod rhai pethau yn werthfawrocach o'u cadw!

Yn ôl yn llofft y Tŷ Mawr ar Enlli yn gwrando ar lepian y llanw, medrais ddychwelyd i ynys ddedwydd fy mreuddwydion. Gwn na ddaw'r un gelyn heibio i mi heno. Rhoes Magdalen imi eli o lysiau'r maes i feddalu'r dwylo a phob tro y deuaf i Enlli, mae awelon y môr yn anfon yr afiechyd i gerdded.

Ni welsom Robert wedi'r ymweliad hwnnw ag ystafell ddirgel Bodfel fisoedd lawer yn ôl, yn eithaf yr hen flwyddyn. Diflannodd, bryd hynny, gyda Thomas Owen i genhadu yn y Creuddyn a Dyffryn Clwyd. Gwn fod ei fryd ar gyrraedd Rhufain ar berwyl y Wasg Argraffu. 'Does wybod pa bryd y gwelaf ef eto. Gwn y bydd wedi troi pob carreg a thwll i ddwyn ei freuddwyd i ben a bod cyffro'r Diwygiad yn dwysáu mewn mannau lle bu cenhadon newydd yr Hen Ffydd yn braenaru'r tir.

Adeg archwiliad y Gwŷr Newydd ym mhlasau Llŷn, fis Mawrth, 'roedd f'ewyrth Huw Gwyn, Thomas Madryn a Sgweiar Cefnamwlch a'i fab, yng ngharchar Llwydlo. Ond 'roedd gennym ninnau hefyd ein hysbïwyr. Yn wir, cyrhaeddodd y neges ni o garchar Llwydlo! Gorchmynnodd f'ewyrth ni i chwilio pob twll a chornel o'r plas gyda chrib fân. Gwyddem nad oedd neb yn yr holl fyd, ar wahân i f'ewyrth, a allai symud panel y mur yn yr ystafell ddirgel.

Gwawriodd y bore tyngedfennol hwnnw o'r diwedd. Clywsom drwst y marchogion yn nesu tua'r porth ac yna bystylad y meirch yn anesmwyth ar gerrig y cyntedd fel pe bai'r anifeiliaid yn adnabod natur eu siwrnai. Tasgai'r chwys yn ddafnau poethion oddi wrthynt a gweryrent yn uchel.

Daethai'r newydd eisoes iddynt fod yn y Plas Du. Wedi dymchwelyd y drysau a'r cypyrddau, ni chaed yno ond llythyrau dienw wedi'u hysgrifennu mewn iaith aneglur ac un llythyr yn llawysgrifen Robert, brawd Thomas Owen. Llythyr Cymraeg ydoedd, yn ddigon diniwed yr olwg ond y credai rhai y gellid dehongli'r ystyr mewn ffordd wahanol! Fe roddai'r Gwŷr Newydd mileinig hyn unrhyw beth am ddal Huw Owen, brawd arall y Plas Du, yn eu hafflau. Mae cynllwynio yn ei waed. Cynllwyniodd i ladd Bess y Frenhines yn ôl pob sôn ac ni bu ei fynych ymyrraeth o bell yn gymorth i lwyddiant yr Hen Ffydd yn y parthau hyn. Os rhywbeth, bu'r amheuon yn ei erbyn o gynllwynio gyda brenin Sbaen yn hoelen yn arch yr Hen Ffydd.

Galwodd rhai o'r Gwŷr Newydd yn y Tyddyn gyda Tomos Ifan ac aeth si ar led fod hwnnw'n chwerthin yn braf yn eu gwyddfod ac yn yfed metheglyn o hen gwpan Cymun eglwys

Llanarmon! 'Roedd honno mor ddu fel mai prin y gwelid y gwahaniaeth rhyngddi a düwch y simnai. Fodd bynnag, yng nghoffr pres Ifan ap Hywel, hen was y Plas Du, fe gawsant gwpan Cymun arall ac yr oedd honno'n sgleinio yn arian pur. Chwipiwyd yr hen ŵr nes oedd ei gnawd yn gleisiau i gyd ond ni fynnai edifarhau am unrhyw gamwedd a wnaethai. Caed rhai o greiriau'r Offeren yn nhŷ Agnes Vaughan, modryb Thomas Owen, a haerodd yr hen wraig nad âi hi byth bythoedd i eglwys y Gwŷr Newydd pe llusgid hi yno. Ni wn beth a ddigwyddodd iddi. Pa un bynnag, bydd ymweliad gwŷr y Frenhines yn ddigon i yrru Agnes Vaughan ar fyrder at y Saint a'r Forwyn!

Tylino blawd yr oeddwn i mewn cornel dywell o gegin Bodfel, y bore y cyrhaeddodd y gwŷr meirch. Clywid trwst y dynion yn uchel drwy'r tŷ, yn sathru lle y mynnent, yn rhwygo llenni a dymchwel llestri a dodrefn. Curent y parwydydd yn chwilio am yr ystafell ddirgel. Tapiodd rhywun y mur uwchben y lle tân rhag bod yno gell gudd i guddio offeiriad. Methiant fu pob ymgais ar eu rhan gan lwyred y clirio a fu yno wedi ymweliad Robert ym mis Tachwedd y flwyddyn flaenorol. Mae'n debyg i Modryb Gainor sefyll fel delw rywle yng nghyffiniau'r ystafell ddirgel lle cynhaliwyd yr Offeren. Safodd gydol yr amser gyda'i chefn at y panel symudol a'r ddau blentyn ieuengaf yn cydio'n dynn un ymhob llaw iddi. Efallai na feddyliodd neb y ceid ystafell ddirgel rhwng y gegin a'r bwtri ac mai ffolineb i wraig y tŷ fyddai ceisio gwarchod y fath le, pa un bynnag. Yn ddigon penisel, troes y fintai i lawr y grisiau i'r seler gan ddymchwel y barilau gwin. Gwyddent fod meistr y tŷ yn ddiogel yng ngharchar y Sais yn Llwydlo. 'Roedd nifer ohonynt yn feddw chwil erbyn hyn a thyb-iais fod y gwaethaf drosodd. Diolchais na fu iddynt ddarganfod yr ystafell ddirgel, er curo'r paneli ac achosi pob anfadwaith. Clywn Modryb Gainor yn wylo'n ddistaw erbyn hyn yn y cyntedd a'r ddau blentyn yn ymuno yn y cytgan. Bu'n gwylio'r gelyn yn difetha'i chaer. Ond yr oedd gwaeth i ddod.

Clywais lais cras yn galw f'enw o'r cyntedd mawr. Nid oedd y llais hwn mor feddw â'r gweddill.

"Chi, feistres y tŷ!" cyfarchodd Modryb Gainor, "'dydan ni ddim wedi gorffan efo chi eto! Mae yma hogan yn byw yma o'r enw Mari Gwyn. Yr ydan ni dan awdurdod i'w weld hi. Ple mae hi? Mi wyddom ei bod hi yma yn rhywla."

'Roedd tafod Modryb Gainor wedi'i gloi gan ofn, fel na fedrai yngan gair a pha un bynnag, diogelwch ei phlant oedd flaenaf yn ei meddwl. Rhag creu blinder i eraill, gadewais y cafn tylino a chyda'r toes yn glynu yn fy mysedd, rhedais yn wyllt i'r cyntedd mawr. Mynnwn amddiffyn f'enw, doed a ddêl, a dioddef os oedd raid. Wrth gyrraedd y cyntedd, bron na chlywn eiriau Robert pan ddywedodd wrthyf ymhell yn ôl fod ynof ddeunydd merthyr, yn ferch fel ag yr oeddwn.

Sefais o flaen y giwed haerllug ac meddwn mewn llais digon aneglur,

''Y fi ydy Mari Gwyn!''

Ni chodais fy ngolygon i edrych ar yr un ohonynt.

''Gwaedda'r llygodan!'' meddai llais arall hanner meddw.

''Taw di â'th glebar!'' gorchmynnodd yr un llais awdurdodol ag a alwodd f'enw gynnau o'r cyntedd mawr. Mae'n amlwg nad oedd pob un o'r criw yn feddw. Clywais sŵn trawiad sydyn ond heb weld yr un ohonynt a syrthiodd y gŵr hanner meddw yn glatsen i'r llawr. Nesaodd y gŵr o awdurdod a sefyll yn union o fy mlaen. Cydiodd yn egr yn fy ngên gan godi fy mhen. Caeais innau fy llygaid gan ofn.

''Agor dy lygaid, yr hogan bitw, a dwed i mi, pwy wyt ti?''

Ond pa ateb a allwn ei roi iddo?

Ysgydwais fy mhen ac meddwn,

''Wn i ddim.''

''Wyddost ti ddim, y chwaden ddimai!''

''Na, 'does gen i ddim tad na mam.''

Chwarddodd un o'r dynion yn uchel yn ei ddiod.

''Un o blant Mair Wyry, ar fy llw!''

Ffyrnigais wrth ei eiriau ac meddwn,

''Taid Siôn Wyn, Penyberth, a'm magodd i ac mi ges nodded gan Modryb Gainor yma ym Modfel.''

Tawelodd y giwed ar hynny. Tybient eu bod ar drywydd troseddwr o'r diwedd. Meddalodd llais y gŵr awdurdodol ar hynny. Cyfarchodd fi wrth fy enw fel hen gydnabod.

''Mae gen ti lawysgrifen fedrus on'd oes, Mari Gwyn?''

Nid atebais ddim.

Bu distawrwydd hir nes i'r meddwyn a daflwyd ar lawr y cyntedd weiddi,

''Actio'i Harglwydd o flaen Peilat y mae hi 'rwan.''

''Taw'r diawl!'' gorchmynnodd y gŵr o awdurdod, a pharhaodd i'm cwestiynu fel pe na bai'r meddwyn wedi yngan gair o'i ben. 'Roeddwn yn abwyd rhy dda i'w golli.

"Mi gefaist gwilsyn a memrwn yn rhad gan un o genhadon yr Hen Ffydd ac mi fuost yn llosgi'r gannwyll?"

Drachefn, nid atebais ddim. Ffyrnigodd goslef llais y gŵr ar hynny.

"Fe dorraist ddeddfau'r Gwŷr Newydd ac am hynny 'rwyt yn euog o fradwriaeth yn erbyn ein Grasol Frenhines Elisabeth."

Eto nid yngenais air a chythruddodd y gŵr fwyfwy a chlywais furmur yn y gwersyll o'm cwmpas. Fel bollt, llefarwyd y geiriau,

"'Rydym yn dy orchymyn i ddatgelu i ni lle y cedwir memrynau'r Hen Ffydd."

Ni wyddwn. Ni fynnwn ychwaith ddatgelu i bwy y trosglwyddais hwynt. Gyda phob ergyd o falais o enau'r gŵr teimlwn fy llais yn graddol wanhau. Gafaelodd yn f'ysgwyddau a gwingais mewn artaith lle gwasgai hyd at yr asgwrn. Enynnodd tân yn ei lygaid.

"Dwed i ni ble mae'r cnaf Robert Gwyn neu Robert Johns Gwyn yn cuddio'r funud hon, onide fe roddwn arnat ti benyd a fydd yn difa'r anadl olaf allan ohonot ti!"

Llefodd llais crasach na'r gweddill o ganol y giwed fileinig,

"Gosod cerrig ar fol y merched y maen nhw yng ngwlad Lloegr a sathru arnyn nhw nes bod yr ymysgaroedd yn nawsio allan ohonyn nhw, cyn eu rhoi nhw i'r cŵn."

Bellach yr oedd y gŵr o awdurdod wedi cyrraedd eithaf ei amynedd.

Ysgydwodd fi'n hallt ac meddai,

"Oni wnei di gyfaddef, y faeden, fe losgwn y tŷ yma'n ulw!"

O'r diwedd medrais siarad ac yr oedd her yn fy ngeiriau.

"Fedrwch chi ddim cosbi neb o'm hachos i! Nid f'eiddo i ydy Bodfel. 'Does gen i ddim eiddo yn y byd!"

Clywn lais f'ewyrth Huw Gwyn yn fy nghlustiau fel y llefarodd wrthyf o fewn yr ystafell ddirgel fisoedd cyn hyn,

"Os oes gen ti ychwaneg o femrynau'r Hen Ffydd wedi'u cuddio mae'n rhaid i ti gael gwared ohonyn nhw, neu fe fyddi'n peryglu bywydau dy fodryb Gainor a phlant Bodfel a bywyd pob Pabydd ffyddlon arall yn y parthau hyn."

Wiliam. . .Elgan. . .na, ni fradychwn neb ohonynt. Nid oedd gennyf ddim ar y ddaear i'w golli. Caent fy nwyn i garchar os mynnent.

Gerllaw y gŵr o awdurdod safai gŵr arall nad oedd wedi torri gair hyd yn hyn. Yr oedd rhywbeth yn ei ymarweddiad yn peri i mi droi i edrych arno. Gŵr eglwysig ei olwg, yn ymladd brwydr â'i enaid ei hun yr eiliad honno, gallwn dybio. Awn hefyd ar fy llw i mi ei weld adeg yr Offeren yn y Plas Du. Beth yn y byd a wnâi gyda'r giwed felltigedig hon? Ai sbïwr yn y gwersyll ydoedd? Ai un a dalai wrogaeth i'r Gwŷr Newydd o dan gochl yr Hen Ffydd? Pwy bynnag ydoedd, perthynai rhyw dawelwch i'r gŵr hwn nad oedd yn eiddo i'r gweddill. Siaradodd mewn llais ymbilgar tawel o'r diwedd.

"Os cyfaddefi di i wŷr y Gyfraith fe gei dy ryddid, Mari Gwyn."

Nid oeddwn yn amau didwylledd ei apêl.

Ysgydwais fy mhen mewn arwydd o anufudd-dod.

Cythruddodd hyn y gŵr o awdurdod fwyfwy. Llefodd ar uchaf ei lais,

"'Does ond y stanc neu'r grocbren amdani, felly! Cyflog pechod ydy marwolaeth, yr un fach."

Ow! y fath ddirmyg oedd yn ei lais erbyn hyn. Rhythodd arnaf eilwaith.

"Be' wyt ti'n gadw o'r tu ôl i'th gefn, y faeden?"

"Dim. . .dim byd," meddwn.

"Dim, yn wir! Gollwng dy afael cyn i mi rwygo dy ddwylo'n rhydd!"

Styffaglais i wneud hynny ond erbyn hyn yr oedd y toes o'r cafn tylino fel glud ar fy nwylo. Cydiodd yntau yn fy nghorff a'm chwyrlïo nes bod fy nghefn tuag ato.

"Oes, mae gen ti rywbeth wedi'i guddio rhwng dy fysedd, y celwyddgi! Agor dy fysedd!"

Er ceisio, ni allwn a chlywais lais y gŵr eglwysig yn ymbil drosof.

"Nid gwiw ymyrryd â merch. Mae'n rhy eiddil. Fe fydd llid yr Esgob ar ein pennau!"

Ond ni chymerth y gŵr o awdurdod unrhyw sylw ohono.

"Allwn ni ddim dychwelyd yn waglaw! Mae sbïwyr gwŷr y plasau wedi sgrialu popeth cyn i ni ddwad i'r lle yma! 'Does dim byd ar ôl bellach ond yr hogan yma. Chaiff hon ddim dianc o'r rhwyd ar chwarae bach."

Yna'n ddisymwth, cydiodd yn fy nwylo a'u rhwygo'n rhydd. Ow! y fath artaith.

Dechreuais wylo yn fy mhoen. Cydiodd wedyn yn fy mreichiau a chodi fy nwylo i fyny. Edrychent fel ceinciau o goed o dan eira. Gwelwodd fy wyneb a theimlais gyfog yn fy stumog. Rhoes un o'r giwed ochenaid a throes ar ei sawdl.

127

"Calon feddal," meddai'r gŵr o awdurdod. "Laddai hwnna ddim gwybedyn!"

"Ond mae ganddo ferch ddall," meddai rhywun.

"'Dydy hon ddim yn ddall, mi wranta. Mae llygaid hon yn rhy fyw yn ei phen. Mae hon yn gwybod holl gyfrinach gwŷr yr Hen Ffydd yn Llŷn ac Eifionydd. Os na cha' i wybod drwy deg, mi fynna' i wybod drwy drais!"

Chwarddodd y gŵr hanner meddw a gawsai siâr go helaeth o farilau'r seler.

"Prin y lladdai honna bry' copyn, ar ei golwg hi, heb sôn am frwydro dros yr Hen Ffydd!"

Yng ngwendid y foment honno, daeth y pry' copyn llonydd mawr hwnnw a welswn yn llofft-garreg Penyberth, i hofran o flaen fy llygaid, y trwmbal brawychus ac erlidiwr yr Hen Ffydd, fel y tybiwn yr adeg honno.

"Rhowch gadair i'r ferch," meddai'r gŵr eglwysig.

"Cadair, yn wir. Mi gaiff hi bwyso yn erbyn y mur nes y bydda' i wedi gorffen efo hi. Hwyrach bod ei dwylo hi'n glaf. . . ond myn brain i, mae hon yn rhy beniog i fod yn forwyn cegin," ebychodd y gŵr o awdurdod.

Gan faint fy ngwendid, ni allwn sefyll.

"Paid ti â meddwl y medri di ddianc drwy lewygu, y faeden glyfar! Mi gest ormod o allu yn dy ben, os cest ti'r cryd cymala' yn dy gorff. . .Ond mi 'rwyt ti'n goflaid ddigon melys ac yn llawer rhy ddeniadol i ddianc o'm hafflau i!"

Cydiodd ynof yn arw a'm llusgo hyd lawr y cyntedd i'r gegin dywell. Arhosodd y gweddill o'r giwed yn y cyntedd un ai o fraw neu o gywilydd. Lluchiodd fi ar bwys y fainc a rhwygo fy modis o dan frest fy marclod nes rhwygo'r sidan.

"Hy! Bodis sidan o dan farclod bras, aie? 'Dwyt ti fawr o forwyn cegin!"

Rhwygodd yr 'Agnus Dei' oddi ar fy ngwddf nes disgynnodd ar lawr.

"Mi wranta dy fod yn wyry os nad ydy offeiriaid yr Hen Ffydd wedi cael gafael ynot ti. Mair Wyry, yn wir! Fyddi dithau ddim yn wyry unwaith y ca' i afael ynot ti!"

Brathodd fy nghnawd a thrachwantodd fy nghorff fel anifail gwyllt. Ceisiais lefain, ond mygodd y diferyn olaf o ynni a feddwn gyda grym ei gorff anwar. Ar hynny, clywyd y gair 'Trais!' yn atseinio drwy'r tŷ. Diflannodd y giwed pan ddisgynnodd carfan gref o weision y plasau yn haid ar y lle gyda phicffyrch a cheibiau a gwelleifiau. Ni wn hyd heddiw beth oedd enw'r gŵr a'm treisiodd ond clywais i rywun anhysbys wthio cyllell i'w gefn yn fuan wedyn, a bod ei gorff yn hongian wrth raff yn union fel corff Lews bach yn Fforest yr Wyddfa wedi i wŷr Sgweiar Gwydir ei ladd.

Mae'n amlwg mai Wiliam ac un o weision Bodfel a aeth i gyrchu gwŷr y plasau. Gorweddwn yn y fan honno ar y fainc yn noethlymun a diymadferth. Wrth droed y fainc yr oedd defnynnau o waed. Meddyliais am waed y merthyron ond mor wahanol oedd hwn. Wylais o gywilydd. Hyd heddiw y mae creithiau ar fy nghorff, uwch y ddwyfron ac ar fy morddwyd. Ar adegau byddant yn llidiog ac yn procio a'r pryd hwnnw byddaf yn wylo o hunan drueni. Gwneuthum adduned â mi fy hun na chaiff yr un gŵr weld yr anrhaith ar fy nghorff. Dyma fy mhenyd.

Mae'n debyg i Modryb Gainor lewygu ac i Wiliam gael ymosodiad ffyrnig o'r 'apoplexy' unwaith y canfuwyd yr artaith ar fy nghnawd. Bu'r wythnosau dilynol yn gymysgedd o wae ac ofn a phan ddychwelodd f'ewyrth Huw Gwyn o garchar Llwydlo, ni fedrwn lai na chenfigennu at y cariad oedd rhyngddo a Modryb Gainor. Yn hollol annisgwyl, un diwrnod, fe'i clywais hi'n sibrwd wrtho,

"Druan o Mari Gwyn! Fe fûm i'n ei gwylio hi am fisoedd rhag ofn ei bod yn feichiog. Peth dychrynllyd fyddai iddi orfod cario bastard un o gythreuliaid y Gwŷr Newydd."

"Ond ddigwyddodd o ddim, ac felly 'does dim angen pryderu 'chwaneg."

"Siarad fel dyn yr ydach chi 'rwan. Fyddach chi ddim yn deall. Mi fydd yn rhaid i Mari Gwyn gario artaith y treisio ar ei chorff am y gweddill o'i hoes. Fyddai'r un gŵr o barch yn hoffi gweld artaith fel yna ar gorff ei wraig ac mae hi mor eiddil, rhwng y cryd cymala' a phopeth."

"Cystal hynny, efallai, oblegid fe dybiwn i mai oes fer fydd iddi. Fydd hi ddim yn faich ar neb felly."

Gwrandewais ar eu sgwrs mewn mudandod llwyr ac yna meddai Modryb Gainor,

"Mae'n rhyfedd fel y mae amser yn ailadrodd ei hun. Fe dreisiodd rhywun ei mam hi yn yr un modd bron i ugain mlynedd yn ôl, bellach. Plentyn gordderch oedd Mari Gwyn nes i Siôn Wyn, Penyberth, ei chadw hi i'w meithrin a'i hanwylo. Heb Mari Gwyn ni fyddai neb ym Mhen Llŷn wedi medru copïo neges yr Hen Ffydd. Bendith y Forwyn Fair arni, ddweda' i!"

Sobrodd f'ewyrth wrth ei eiriau.

"Mae carchar Llwydlo wedi gwenwyno'r gwaed, Gainor. Yfory, cyn i'r gweision a'r morynion godi, byddaf wedi hoelio'r panel ym mur yr ystafell ddirgel am y tro olaf. Ni chynhelir yr un Offeren ym Modfel eto ac ni welir un o genhadon yr Hen Ffydd ar gyfyl y lle. O leia' ni fydd neb yma yn cydnabod ar goedd gwlad ei fod yn arddel yr Hen Ffydd. Mae'n rhaid i ni ddiogelu'r stad i'r plant ac i blant ein plant. Digon yw digon."

"A beth am deuluoedd Madryn a Chefnamwlch?" gofynnodd Modryb Gainor.

"Fe wnaeth pob un ohonom lw yng ngharchar Llwydlo nad ydan ni ronyn yn well o guro yn erbyn y wal. Fe fu hi'n awr o brysur bwyso, ond bellach fe orffwyswn ar ein rhwyfau."

"Ond beth am Thomas Owen, y Plas Du?"

"Gynted ag y bydd o'n dychwelyd, fe fydd Richard Vaughan, Llwyndyrus, ar ei warthaf. Hwyrach fod dyddiau Thomas Owen wedi'u rhifo hefyd ar berwyl yr Hen Ffydd os na fydd o'n mentro anturio i feysydd newydd. Digon prin y gwnaiff o hynny gan fod stad y Plas Du yn dirywio a rhai o'r tylwyth yn gogwyddo tuag at y Gwŷr Newydd, fel yr hen ewyrth, William Salsbri. O ran hynny, mae mynych gynllwynio Huw Owen ei frawd yn erbyn gwŷr Bess yn cythruddo hyd yn oed ddilynwyr yr Hen Ffydd."

Hyn, felly, oedd y gwir plaen a pha hawl oedd gen i, nad oeddwn yn gyfreithlon yn perthyn i undyn byw bedyddiol, i ddisgwyl dim yn amgenach? Cawswn nodded Penyberth a Bodfel. Doluriwyd fi yn fwy na'r rhelyw o'm cyfoedion. Nid o'm dewis fy hunan y bu hyn. Yn fy nghlustiau yn barhaus fe atseiniai'r geiriau,

"Y mae'r Amser, fel y mae'r Gras, dan glo gyda Duw. Ni cheir dim ohono ond pan fynno Fo."

Cyn pen dim o ddyddiau, byddaf yn ffarwelio â Magdalen a phlant y Tŷ Pella, â Siani Cadogan a Lisa Ddu. Ni wn i ba le na pha bryd y cychwynnir fi i'r daith nesaf ond er gwaethaf pob dolur, mae antur yn fy ngwaed. Gwn na chaf byth eto droedio caeau Penyberth. 'Sgwn i a gaf ddychwelyd i Enlli?

Hydref, 1578.

Ar fore llaith, rhwng chwech a saith o'r gloch, y gadewais blas Bodfel am y tro olaf. Drwy gydol mis Medi fe fu Modryb Gainor yn brysur yn paratoi fy nillad erbyn y byddwn yn cychwyn am Benrhyn Creuddyn.

"Dim ond y gorau a wna'r tro i blas y Penrhyn. Cofia di fod Jane Bwcle wedi arfer ag arferion bonedd," meddai.

Yn ystod y cyfnod hwnnw fe roed sawl gwisg a mantell o'r deunydd meinaf yn y coffr pres. Llafurwaith a fu gwnïo'r brodwaith hyd yr ymylon ac erbyn hyn yr oedd yr hiraeth yn dechrau crynhoi. Deuthum i ddygymod ag awyrgylch y lle a chydddioddef â Modryb Gainor ym mynych helyntion dyddiau'r erledigaeth. Rhennais â f'ewyrth Huw Gwyn a hithau gyfrinach yr ystafell ddirgel. Dyddiau gofid oeddynt a phrin fu'r llawenydd. Y nos cyn i mi ymadael â Bodfel, rhybuddiodd f'ewyrth fi nad oeddwn ar unrhyw gyfrif i ddatgelu i neb fy nhras na'm crefydd nes y cyrhaeddwn y Creuddyn.

"Ar y daith rhwng yma a'r Creuddyn fe gyfarfyddi di â phobl a fydd yn allanol, o leiaf, wedi cydymffurfio â'r Gwŷr Newydd. Fe fyddi di'n teithio drwy wlad Wiliam Salsbri. Pabydd oedd hwnnw, unwaith, nes iddo fynd i'r Coleg i Rydychen ac wedyn mi aeth ati i gyfieithu'r Ysgrythurau i'r iaith Gymraeg. Mi fedri gael pobl dda ymysg y Gwŷr Newydd ac mi fuo hwnnw yn cuddio yn y simnai yn rhywle pan oedd y Frenhines Mari ar yr orsedd. Dynion fel sgweiar Gwydir a Chlenennau a'u cynffonwyr sy'n rhaid eu gwylio. Paid di byth â sôn mewn anfri am y Frenhines Bess wrth ddieithryn. Mater o wleidyddiaeth fyddai hynny. Mae pob Pabydd 'rwan yn gorfod cydnabod Bess yn ben y deyrnas a thipyn o ffŵl oedd y Pab hwnnw a'i hesgymunodd hi o Eglwys yr Hen Ffydd. Ffŵl arall oedd Huw Owen, y Plas Du. Fe weli fel y mae rhysedd ambell un yn lladd gobaith eraill. Ym Mhenrhyn Creuddyn fe weli di offeiriaid newydd yn cael lloches ac fe ddwedir bod tân ym moliau'r dynion ifanc yma. Nid tân gwleidyddol mohono ond tân ysbrydol sy'n gynnyrch Coleg Wiliam Allen yn Douai a Rheims ac mewn mannau fel Rhufain a Milan yn yr Eidal. Mae yna do newydd o genhadon yn cychwyn allan ac fe glywi di sôn am ferthyru cyn pen hir o amser. Mae'n bosibl y doi di i 'nabod rhai o'r merthyron yma unwaith y cyrhaeddi di Benrhyn Creuddyn. Cadw dy ffydd, Mari Gwyn.

Gwelir y garreg goffa uchod i Gruffudd ap Siôn Wyn yn gorwedd hyd y dydd heddiw ar fur Eglwys Penrhos.

'Rwyt ti eisoes wedi dechrau torri cwys ac fe fydd yn rhaid i ti ei dilyn hyd at ben y dalar.''

Edrychodd arnaf gyda rhyw gymysgedd o anwyldeb a thosturi. Credais fod deigryn yng nghornel ei lygad. Tynnodd ei law drwy fy ngwallt ac meddai cyn ymadael,

''Bron na thyngwn dy fod yn ddedwydd. O leiaf 'does dim chwerwedd yn dy galon di. . .Mi rown i unrhyw beth am ddedwyddwch fel yna. Ychydig iawn o bobl sy'n feddiannol arno. 'Sgwn i beth ydy'r gyfrinach? 'Sgwn i?''

Dyna'r olaf a welais arno. Carwn fod wedi cael diolch iddo am fy niddosi cyhyd ond y funud honno rhoes hiraeth glo ar fy nhafod.

Gyda Modryb Gainor, 'roedd pethau'n wahanol, am ei bod hi'n ferch ac yn berthynas o waed. Uwchben y brodio, hawdd oedd rhannu cyfrinach.

''Sut un ydy'r Jane Bwcle yma, Modryb Gainor?''

''Wn i ar y ddaear, ond mi allwn i feddwl y bydd llawer o fynd a dwad yn y Creuddyn. Digon o bobl i'w gweld a dim gormod o amser i synfyfyrio. . . Mi fydd hi'n unig yma hebot ti, Mari Gwyn. Fe fuost ti fel merch i mi, yn union fel tae rhywbeth wedi dy anfon di yma ar ryw berwyl arbennig. Wyt ti'n credu peth felly?''

''Ydw. Dyna pam yr ydw i am fynd i Benrhyn Creuddyn at bobl na wn i yn y byd pwy ydyn nhw ond bod rhyw lais bach yn deud wrtha' i bod yn rhaid i mi fynd.''

Ar adegau dwysach na'i gilydd, rhannem y cyfrinachau mwy personol.

''Fydda' i byth yn medru magu teulu, Modryb Gainor.''

Bu saib wedyn.

''Fe gest dy ddolurio.''

''Do.''

Ac ni ddywedwyd mwy na hynny.

''Fe all y cryd cymala' gloi yr holl gorff yn y man, Modryb Gainor.''

''Ddim bob amser.''

''Dyna ddeudodd Doctor bach Uwchmynydd.''

''Ŵyr yntau mo'r cwbwl.''

''Ond fe ddylia' Doctor wybod.''

Saib arall.

''Piti na fyddech chi yno. . .tase fy nghorff i yn digwydd cloi i gyd.''

"Os na fydda' i yno, fe fydd rhywun arall."

"Hwyrach eich bod chi'n iawn."

"Peth sobor ydy poen," meddwn wedyn.

"Ond y mae yna boen meddwl yn ogystal â phoen corff."

"Oes, mi wn."

" 'Rwyt ti'n lwcus, Mari Gwyn, fod gen ti ymennydd cryf. Fe all ymennydd cryf reoli poen y corff."

Chwerddais, yn gymysg â chrio.

"Hwyrach mai hogyn ddylaswn i fod."

"Hwyrach, wir."

Yn y modd hwn, rhwng difrif a chwarae, y byddem yn ymlid ein pryderon.

Drannoeth y sgwrs efo Modryb Gainor yr oedd cerbyd gorau Bodfel yn aros wrth ddrws y cyntedd mawr a golau gwan y lanterni yn gyrru cysgodion i lawr y lôn goediog. Anesmwythai'r ceffylau ar yr awr gynnar honno a phystylad eu traed yn galed ar wyneb y lôn. Paciwyd fy nghoffr pres i'r cerbyd ac eisteddodd y gyrrwr yn ei sedd. Un o weision gorau f'ewyrth Huw Gwyn oedd hwn a gwthiodd Wiliam i eistedd wrth f'ochr yn sedd gysgodol y cerbyd mawr. Geiriau olaf Modryb Gainor oedd,

"O leia', fedar neb ddannod na chest ti gychwyn ar dy siwrnai, yng ngherbyd gora' Bodfel, Mari Gwyn, ond Duw a ŵyr beth a ddigwydd ar y daith. Dim ond cychwyn y siwrnai ydy hyn. Cyfrinach rhywun arall fydd y gweddill o'r siwrnai, ond o leia' fe gei di gwmni Wiliam bob cam i'r Creuddyn ac fe fydd un o weision Bodfel ar y siwrnai yn ogystal. Fe ddylat fod yn gynnas yn y fantall wlân yna a'r mwffler. Merino Ffrainc. . . Ond mae'n amsar i chi gychwyn."

Siarad yn fân ac yn fuan yr oedd Modryb Gainor i esmwytháu'r boen o ffarwelio. Rhedai dagrau poethion i lawr fy ngruddiau fel na fedrwn yngan gair, dim ond cydio yn ei llaw fel y gwasgai hi fi'n dynn at ei mynwes. Hon oedd yr unig wraig a roes nodded imi o wirfodd a chynhesrwydd a allai fod yn gariad mam. I lawr â ni yn y tywyllwch hyd lôn Bodfel. 'Roedd anniddigrwydd hyd yn oed yn symudiad y ceffylau, ond o leiaf fe gaent hwy ddychwelyd ar hyd y ffordd yr aethant.

Rywle yng nghyfeiriad y Tyddyn, 'roedd rhywun yn chwifio lantern yn wyllt ar y gyrrwr. Arafwyd y cerbyd a daeth Tomos Ifan i'n cyfarfod. O leiaf, gwyddwn mai llais Tomos Ifan ydoedd.

"Diawl y byd! 'Rwyt ti'n gyrru fel cath i gythral!" meddai wrth y gyrrwr.

Rhegodd hwnnw ef yn ôl yr un mor arw.

"Mi fydd yn rhaid i ni ffarwelio efo moethusrwydd y cerbyd yma, Mari Gwyn," meddai Wiliam. "Mae llais Tomos Ifan fel Dydd y Farn, ond mi dyffeia' i o bod rhyw gynllwyn ar gerddad yn rhywla."

"'Rydw i dan orchymyn," meddai Tomos Ifan wedyn, "i gludo'r sacheidia' yma efo'r hogan a Wiliam Bodfal. Fedri di byth eu cael nhw i'r cerbyd yna, a pha un bynnag, Tomos Ifan fydd yn cael ei anfon ar siwrneia' tywyll bob amsar. Allan â chi cyn ei bod hi'n g'leuo gormod!"

"Trueni am yr hogan hefyd," meddai'r gyrrwr, "achos mae'r lleithdar yma'n gafael ar yr adag yma o'r flwyddyn!"

"Taw pia hi,' oedd ateb swta Tomos Ifan, "a gorchymyn ydy gorchymyn."

Bwndelwyd y cwbl ohonom i gert fregus Tomos Ifan heb ddim ond y sachau yn glydwch rhag y glaw mân a'r gwynt isel llaith. Clywais sŵn trwm ceffylau Bodfel yn dychwelyd a chaseg Tomos Ifan yn gweryru'n ysgafn fel pe bai crygni yn ei gwddf.

Lluchiodd Tomos Ifan gwpwl o sachau eraill i'r gert ac meddai,

"Mi fydd yn dda i chi gael y rheina pan fyddwn ni'n nesu am Beddgelart. Lle oer ydy Eryri!"

Prin fu sgwrs Wiliam a minnau am y gweddill o'r daith, y diwrnod hwnnw. Bellach yr oeddem wedi hen ddygymod â chysgodion erledigaeth a phan ddaeth yn llwyd-olau o'r diwedd, edrychais mewn syndod ar y gyrrwr. Gwyddwn o'r gorau mai Tomos Ifan oedd yn rhegi'r gaseg druan ond yr oedd yr olwg arno mor od a'i ddillad mor garpiog, fel y tybiai dyn mai crwydryn o wlad bell ydoedd. Rhwng rhegi'r gaseg, murmurai ei brotest o dan ei anadl.

"Mynd â hogan fel hon yng nghanol y sacheidia' blêr yma. . . 'Does dim rheswm yn y peth. 'Rydw inna'n mynd yn rhy hen i godlan efo nhw. Cha' i fawr gan Thomas Owen am fy nhraffarth bellach, a 'does wybod lle mae hwnnw os na ddaw o allan o'r cysgodion yn rhywla i'n cyfarfod. Creadur ar ffo ydy hwnnw, fel Rhobat Gwyn a gwŷr yr Hen Ffydd i gyd. Ond mi rois fy ngair i fab Penyberth a thorra' i byth mo hwnnw!"

Ni allwn ddychmygu taith a fyddai'n fwy herciog a blinderus na honno, rhwng oerni'r hin a'r llwyth ar y gert fregus.

"Ble'r ydan ni?" gofynnais i Wiliam o'r diwedd.

"Rywla yn ne Eifionydd ac yn ei gneud hi am y mynydd-oedd."

"Ond pam, Wiliam?"

"Mi glyw'ist Tomos Ifan yn sôn am fab Penyberth gynna'?"

"Do, ond beth sydd yn y sachau trymion yna?"

Trodd Wiliam ei ben oddi wrthyf ac ni chefais atebiad. Tybed a oedd yntau hefyd yn rhan o'r gyfrinach?

"Pam mae Tomos Ifan wedi gwisgo fel'na?" gofynnais wedyn. Tawelwch wedyn am ysbaid hir.

"Wn i ddim, os nad oes arno ofn i rywun ei 'nabod o."

"Ond mi fedrai unrhyw un 'nabod llais Tomos Ifan."

"Mae o'n ddigon cyfrwys i guddio hwnnw hefyd a pha un bynnag, prin bod neb y ffordd yma yn ei 'nabod o."

"O leia' mae o'n gwybod ei ffordd," ychwanegais gan ochneidio o flinder corff ac oerni.

"Os gŵyr rhywun ei ffordd, mi ŵyr Tomos Ifan," oedd yr unig ateb.

"Ond beth sydd yn y sachau yna, Wiliam?"

"Wn i ddim yn iawn. . ."

Ar hynny, yr oeddem yn cyrraedd llan ar waelod allt goediog. Gwaeddodd Tomos Ifan ar y gaseg i aros.

"Wê! Wê!" llefodd.

'Rwy'n sicr na chlywodd yr hen gaseg eiriau esmwythach na'r rhai hynny erioed. Daeth gwraig ganol oed i'n cyfarfod ac er gwaethaf ymddangosiad rhyfedd Tomos Ifan 'roedd yn amlwg ei bod yn ei ddisgwyl.

"Dowch â'r bobol yma i'r tŷ, gael iddyn nhw symud eu coesa' a chael llymad cynnas a bwyd yn eu bolia'. Mae yna wair i'r gasag yn y stabal, Tomos Ifan. Dowch chitha' i mewn at y tân i gynhesu. 'Rydw i'n synnu i neb feddwl am gychwyn ar y fath dywydd, yn enwedig efo hogan fel hyn!"

Ond gwrthod symud oddi wrth y gert a wnaeth Tomos Ifan. Daeth y wraig â diod o fetheglyn iddo a thafellaid o fara rhyg a chaws a rhoes yntau gil-dwrn yn ei llaw.

"Llwyth o rywbath dirgal, yn ôl pob golwg," meddai'r wraig, "Rhyngoch chi a'ch meistri a'ch busnas ynglŷn â hynny!"

"Tyrd at y tân, 'ngenath i," meddai, "ac ista ar y setl fach. Mi gaiff y gŵr bonheddig ista ar y setl fawr."

Archodd i mi dynnu fy mantell a rhoes hi i sychu o flaen y tân nes bod y lleithder yn codi'n fwg ohoni.

"Mi allai tywydd fel hwn ladd hogan ifanc fel ti. Be' sy' haru'r bobol yma yn cyrchu rhai gweiniaid ar draws gwlad? Mae lleithdar yn magu peswch ar y 'sgyfaint. Be' ydy d'enw di?"

"Mari," meddwn a phrin y medrwn glywed fy llais fy hun oherwydd i'r oerni gloi fy nhafod.

"Enw da," meddai hithau wrth dywallt y dŵr poeth o'r tegell ar ben y metheglyn. "Chlywais i mo'r enw yna ers talwm byd, am mai dyna oedd enw Mari Waedlyd, mae'n debyg."

Ni holodd ddim ar Wiliam ac anesmwythodd yntau.

"Perthyn i deulu Bodfal yr ydw i."

"O, mi wela'," meddai'r wraig, "fydda' i byth yn holi acha' neb, achos isio cuddio y bydd y mwyafrif o'r dynion fydd yn mynd drwy'r Llan. Amsar nithio ydy hi a'r hen fyd yn newid."

Meddai'r wraig wedyn,

"Mi fydd y ffordd oddi yma i Feddgelart yn fwy anwastad, gewch chi weld. Pan fyddai'r pererinion yn mynd i Enlli fe fyddai mwy o droedio arni a phan oedd y Brodyr yn y Priordy 'roedd hi'n llawer esmwythach i ddyn ac anifail."

Trodd y wraig ataf,

"Rho di ddigon o fwyd yn dy fol yn y tŷ yma, rhag ofn na fydd gen ti lawar o archwaeth at fwyd pan gyrhaeddi di'r llety ym Meddgelart. 'Does dim gormod o lanweithdra yn perthyn i Sioned Prys, yn ôl pob sôn, ond 'dydy hynny yn poeni fawr ar y dynion, 'ddyliwn. Cael cysgod a lle i ffoi iddo ydy'r peth pwysig iddyn nhw. Mae merchad yn wahanol ac mae golwg merch fonheddig arnat ti ond mi fedri di olchi ôl y chwain a'r llau pan gyrhaeddi di ben y siwrnai!"

Chwarddodd Wiliam ond eisoes yr oedd fy nghefn yn dechrau ysu gan raib y mân greaduriaid hynny. Daeth llais cras Tomos Ifan i dorri ar ein traws o gyfeiriad y gert a rhaid oedd troi cefn ar ddiddosrwydd y tŷ bychan.

"Gochelwch ddynion Maurice Clenenna' a Wynn Gwydir!" sibrydodd y wraig yn y drws. "Mi fyddwch yn ei chyfeirio hi at wlad Maurice Wynn, Gwydir, un o'r dyddia' yma, a fo ydy'r Uchal Siryf 'rwan. Gair i gall, dyna i gyd!"

Oddi allan yr oedd Tomos Ifan yn amlwg yn anniddig i gychwyn ar ei siwrnai a'r llwyth yn y gert yn fater o bwys iddo. Serch hynny, fe droes at y wraig a gweiddi,

"Ymhell wedi t'wyllnos mi fydda' i'n ôl, Margiad! Mi fydda' i ar fy nghythlwng. Pryd da o fwyd a metheglyn a gwely cynnas, yr hen chwaer!"

Chwarddodd Tomos Ifan yn uchel ar hynny. Yn ôl yn y gert, unwaith yn rhagor, ac yng nghanol anghysur y dillad gwlybion, sibrydodd Wiliam yn fy nghlust,

"Mi gaiff hwn rywbath mwy na gwely gan hon heno!"

Rhy wir y gair, oblegid yr oedd y lle ym Meddgelert y lle mwyaf myglyd y bûm ynddo erioed. Rhoesai Modryb Gainor defyll o fara a chaws yn yr ysgrepan i Wiliam a minnau a bwytasom ef yn ein mawr flinder o flaen y tân mawr. Diflannodd Tomos Ifan bron cyn gynted ag y cyrhaeddodd, yn union wedi iddo ddadlwytho llwyth y gert. Fodd bynnag, cyn ymadael, rhoes becyn yn fy llaw a sibrwd yn fy nghlust,

"Cwpan Cymun hen eglwys Llanarmon i ti, Mari Gwyn, er cof am yr hen Domos Ifan a fu'n yfed metheglyn ohoni. Mae hi mor ddu â'r huddug'. Cadwa hi, rhag ofn y bydd hi o fudd i bobol yr ochor draw yna. Fydd ar bobl Pen Llŷn ac Eifionydd mo'i hangan hi eto, yn ôl pob golwg. . . Mi gaiff Prys ei gwarchod hi heno efo llwyth y gert yn yr hoewal. Fe'i rhown ni hi'n ddiogal mewn hen sach. Rho di air drosta' i i'r Forwyn, Mari Gwyn, wedi i ti ei glanhau hi."

Gan faint fy syndod, ni allwn ddweud yr un gair wrtho.

Dihangodd yntau i'r nos. Heno, o leiaf, fe gâi Margiad yn gywely cysurus iddo. Pam, tybed, yr honnid ei fod yn casáu merched?

Y noson honno, cysgais mewn gwely wenscot. Cysgu o flinder corff ac ysbryd. Pan ddeffroais yn y bore 'roedd fy nghroen yn bigiadau coch chweiniog ac nid oedd arnaf archwaeth bwyd.

"Noson arall yn y lle dieflig yma, ac mi fyddwn yn blastar o chwain a llau," meddai Wiliam.

'Roedd yno gegin a siambar a hoewal ynghlwm wrthynt yng nghysgod yr eglwys a'r hen Briordy. Ganol y bore, fe alwodd offeiriad y plwy a'n gwahodd i'w dŷ. Sut yn byd, meddyliais, yr oedd un o'r Gwŷr Newydd yn mynnu dod i'n croesawu? Cesglais wedi hynny mai cydymffurfio â'r Gwŷr Newydd a wnaeth, yn allanol o leiaf, ond y byddai ef a'i blwyfolion yn arddel syniadaeth a defodau'r Hen Ffydd. Wedi'r cwbl, beth arall y gellid ei ddisgwyl yng nghysgod yr hen Briordy, yn y fan anghysbell honno wrth odre Eryri? Yn nhŷ'r offeiriad cawsom bryd maethlon o fwyd. Nid oedd Wiliam na minnau'n sicr pa bryd y caem ailgychwyn ar y daith a gado'r bwthyn myglyd. Dywedwyd wrthym hefyd mai offeiriad a aethai i drybini yn nyddiau'r Frenhines Mari oedd Prys, yr eisteddem dan ei gronglwyd. Aethai chwantau'r cnawd yn drech nag ef, ac yn wrthodedig gan ei Eglwys, bu raid iddo gyd-fyw â Sionad Lew a'i fab hanner-pan byth wedyn. Yn raddol, caem fod y patrwm yn dechrau ffurfio, gan roi arwyddocâd i'r mannau dieithr ac annisgwyl y galwem ynddynt ar ein taith.

Ar bnawn y dydd cyntaf, euthum i eistedd ar fainc wrth ford dderw mewn cilfach gul o dan lintel y ffenestr. Prin oedd y golau, ond gwelwn fod yno gwilsyn ac inc a memrwn melyn. Cydiais yn y cwilsyn gan faint fy awydd i roi geiriau ar y memrwn. Cawn ryw foddhad rhyfedd o ymhel â phethau gwŷr yr ysgolion. Ar amrantiad, cododd Ithel, y mab hanner-pan fel creadur gwyllt oddi ar y setl, gan anelu am y ford. Yn ei wylltineb, cipiodd y cwilsyn yn ffyrnig o'm llaw a rhoddais sgrech am iddo dynnu yng nghymalau di-siâp fy llaw.

''Be' ydy'r sŵn yma?'' gofynnodd y fam ddiog heb symud modfedd ar ei chorff trwchus o ddiddosrwydd y fainc yng nghornel y simnai.

''Tydy 'ngwas bach i erioed wedi gweld merch yn cydio mewn cwilsyn, wyt ti, Ithal? Tyrd yn d'ôl at y gŵr bonheddig yma yn nhwll y simnai i'w weld o'n naddu'r tegan i ti.''

Dychwelodd Ithel fel oen llywaeth ar gaeau Penyberth ers talwm.

Naddu darn o bren yng nghysgod y simnai fawr yr oedd Wiliam i ffurfio coesyn a chwpan efo darn o linyn yn sownd wrth belen. Y gamp wedyn fyddai cael y belen i'r gwpan ac er fod Ithel yn ŵr yn ei faint, yn bump ar hugain oed, yn ôl cyfrif ei fam, câi fawr fwynhad o wylio Wiliam yn naddu'r pren. Yn y man câi ddifyrrwch o geisio cael y belen i'r gwpan ond prin y llwyddai oni bai hap a damwain. Er yr ymddangosai Ithel fel pe na bai yn llawn llathen, dôi sylwadau craff o'i enau o bryd i'w gilydd. Wrth holi ei fam, byddai'n datgelu cyfrinachau.

''Mam! Be' mae'r hogan yna'n 'neud wrth y ford yn y ffenast?''

''Sbïo allan am wn i a meddwl.''

''Mae 'nhad yn medru sgwennu yn tydy, Mam?''

''Ydy.''

''Ond fedra' i ddim.''

''Na fedri.''

Digwyddais sylwi ar y memrwn melyn a orweddai ar y ford. Symudais ef yn araf bach tuag ataf. Oedd, yr oedd ysgrifen arno. Llawysgrifen gŵr eglwysig, ddwedwn i, a'r llythrennau'n berffaith eu ffurf ond fod yr inc wedi melynu. Ceisiais ddarllen peth ohono. Geiriau'r Ysgrythur oedd yno efo'r Lladin yn gymysg â'r Gymraeg. Tybed a oedd Prys, yr offeiriad gwrthodedig,

yn copïo i offeiriad fel Robert Gwyn? Teimlais ias o gen-
figen, yn union fel y teimlais pan ddywedodd Lisa Ddu wrthyf
fod Diafol Enlli yn copïo llawysgrifau yn yr ogof.

Blinodd Ithel ar wylio Wiliam wrth ei waith. Anesmwythodd.

"Mam! Ga' i fynd ato fo i'r hoewal?"

"At dy dad? Cei, am wn i."

Mewn byr o dro yr oedd Sionad Lew yn chwyrnu cysgu. Rhoes
Wiliam y gyllell a'r darn pren o'r neilltu a symudais innau i
gysgod y simnai fawr. 'Roedd Wiliam fel brawd imi a dechreuais
feddwl sut fyd fyddai hi arnaf hebddo. Erbyn hyn yr oedd hi'n
nosi'n gyflym. Nid oedd dim i oleuo'r ystafell ond golau'r tân
mawn ac yr oedd ein cyllau'n wag. Symudodd Wiliam yn araf i'r
bwtri a dychwelodd efo'r gweddillion bwyd a adawyd yn yr
ysgrepan a llonaid costrel o fetheglyn. Nid oedd dim yn tarfu ar
chwyrnu Sionad. Serch hynny, siarad mewn islais a wnaem.

"Mae'r bara yma fel cerrig," meddai Wiliam, "a phrin y
rhoddai llygodan ddannadd yn y caws yma."

"Lle od, Wiliam."

"Od ar y diawch. Lle melltigedig, ddwedwn i."

"Wiliam. . .mae gen i ofn yr hogyn yna."

"Mae o'n ddigon diniwad. . .fel plentyn mewn un ffordd."

"Ac yn graff, bryd arall."

Yr unig gysur a gaem oedd gwylio'r cochni gwresog o'r tân ac
erbyn hyn daethom i ddygymod â champau'r chwain hyd y lle.

"Wiliam," meddwn wedyn.

"Ia?"

"'Tydy Prys y tad byth yn dwad i'r gegin yma. Wel'is i
mohono fo o gwbwl."

"Byw yn yr hoewal y mae o, efo clamp o dân braf. Fydd o byth
yn dwad ar gyfyl Sionad, ddyliwn."

"Ond be' mae o'n ei 'neud yno?"

Siaradodd Wiliam yn is na chynt y tro hwn.

"Gweithio'n ddirgel i'r cenhadon alltud."

"I Robert a'r gweddill?"

"Ia, debygwn i."

Ni fedrwn goelio fy nghlustiau.

"Mae mwy a mwy o waith yn dwad drosodd o'r Cyfandir a
chopïwyr yn brin. . .ond mae Prys yn gwarchod rhywbath yn yr
hoewal hefyd, Mari Gwyn."

"Rhywbath oedd yng nghert Tomos Ifan?"

"Ia. . .a 'chwanag."

"Rhywbath trwm. . .rhyw beiriant yn perthyn i bobol yr Hen Ffydd."

Ar hynny, dychwelodd Ithel yn ôl i'r gegin. Ysgydwodd ei fam yn wyllt.

"Deffra! Yli be' sy' gen i!"

Meddai Sionad Lew rhwng cwsg ac effro.

"Cysgu wnes i, 'ngwas i. Be' sy' gen ti, dwad?"

Daliodd Ithel ei ddwylo rhawiau allan yng ngoleuni'r tân mawn gan ddangos sgwariau o bren gydag addurn gloyw o blwm ar bob un ohonynt, pob un yr un maint â'i gilydd. Disgynnodd dau o'r darnau yn drwsgl i'r twll lludw a rhuthrodd Wiliam i'w harbed.

"Ithel," meddai'n bwyllog dawel, "gad i mi weld be' sy' gen ti yn dy ddwylo."

"Ia, dangos nhw i'r gŵr bonheddig, 'ngwas i," meddai'i fam.

"Llyth. . .llyth. . .llythrenna'. . .ydyn nhw," ychwanegodd y llanc.

Daliodd Wiliam hwy ar ei ddwylo yng ngolau'r tân nes bod yr addurn o blwm yn disgleirio.

"Weli di nhw, Mari Gwyn?"

"Gwela'."

Yr oeddwn yn syllu ar y llythrennau hynny a fyddai ryw ddiwrnod yn rhan o'r Wasg Argraffu ddirgel a fyddai'n lledaenu neges yr Hen Ffydd yn fil cyflymach nag y gwnâi copïwr ar y memrwn.

"Ithel!" gofynnodd Wiliam yn dawel. "Ble cest ti'r rhain?"

"Gan dy dad, yntê, 'ngwas i?" meddai Sionad ei fam.

Ffyrnigodd y llanc.

"Na, mae o'n cysgu. Mae o wedi bod yn yfad cwrw'r 'ffeiriaid."

"Dyna'r ddiod fydd yn dwad yma'n wastad i'r hen Brys efo Tomos Ifan a dynion yr Hen Ffydd," sibrydodd Wiliam yn fy nghlust.

Yna troes at y llanc a chydag awdurdod yn ei lais gorchmynnodd iddo ddychwelyd y darnau plwm i'r hoewal. Ond nid oedd Ithel yn syflyd dim.

"Yfory, mi fydda' i'n gadael Beddgelart, Ithal. Oes arnat ti isio i mi orffan y teclyn pren yma i ti ai peidio?"

"Oes, siwr iawn, on'd oes, Mam?"

"Oes, 'ngwas i. Dyro di'r sgwarau yna i'r gŵr bonheddig er mwyn i dy dad gael eu cadw nhw."

"Ylwch, dyma i chi'r. . .m. . .mat. . .matrix. . .matrix, Mistar. . .os ca' i'r goes a'r belan gynnoch chi 'fory," meddai Ithel.

Astudiodd Wiliam hwy ymhellach ar gledr ei ddwylo.

"Mae'r rhain yn wahanol i'r hen rai, Mari Gwyn. Rhai hir-sgwar ydy'r rhain efo llythrenna' o fetal arnyn nhw. Plwm neu gopar, hwyrach?"

Cododd Wiliam.

"Tyrd efo mi, Ithal, i chwilio am dy dad!"

Ond eistedd â'i ben yn ei blu ar y setl yr oedd y llanc.

"Wedi llyncu mul y mae 'ngwas i," meddai'i fam, "ac ofn i'w dad ei guro fo am ddwyn y sgwarau o'r hoewal."

Ni ddychwelodd Wiliam am hydoedd y noson honno. Parhaodd Ithel yn ei blyg ar y setl ac ni wyddwn pa un ai cysgu ynteu grio yr oedd. Yr un modd ei fam. Ni syflodd honno ac ni ddywedodd air o'i phen. Pan ddychwelodd Wiliam i'r gegin yn hwyr y dydd, ni ddywedodd hwnnw air ychwaith a gwyddwn fod aroglau 'Siôn Heidden' yn drwm ar ei anadl yntau.

Oherwydd yr 'apoplexy', prin y câi Wiliam gyffwrdd â ffrwyth 'Siôn Heidden' gartref ym Modfel, ac fe fu ymosodiadau'r afiechyd hwnnw'n drymach, os rhywbeth, wedi ymweliad gwŷr Niclas Robinson a'r Doctor Coch â Bodfel. Mewn byr o dro y noson honno, yr oedd Wiliam hefyd yn rhochian chwyrnu yn ei wely yn llofft yr ŷd. Prin fu fy nghwsg i gytgan ansoniarus chwyrnu'r tri arall. Ond nid hynny oedd bennaf yn fy meddwl. O ble y daethai'r darnau llythrennau newydd, y 'matrix' fel y galwodd Ithel nhw? Pwy oedd y Prys yma a gysgodai yn yr hoewal? Beth oedd yr aroglau mwg sur a lanwodd y lle ddeuddydd cyn hyn? Fe ddywedodd rhywun mai offeiriad a fethodd weld y golau iawn oedd tad Ithel. Tybed a oedd y cwbl hyn yn rhan o gynllwyn Robert Gwyn a Thomas Owen a gwŷr yr Hen Ffydd? Mor hawdd oedd ymguddio mewn rhyw gilfach gefn o ardal fel hon yng nghrombil Eryri! Efallai y dôi goleuni ar ddirgelwch y nos gyda thoriad dydd! Ac felly yn union y bu.

Fel yr oedd y wawr yn torri, rhedais allan i fuarth y bwthyn. Yn brin o gwsg ac ar fy nghythlwng yn y tyddyn budr, ni allwn lai na rhyfeddu at liwiau'r wawr, gyda'r awyr yn gyfrodedd o goch a phinc a phob lliw arall wedi ymdoddi iddynt. Codai'r mynydd-oedd eu pinaclau fel pigau gwrachod yn erbyn y ffurfafen. Dyna ogoneddus oeddynt! Ni welswn ddim cyffelyb erioed ym Mhen Llŷn. Yr oedd rhywbeth yn iach hefyd yn oerni cynnar y bore.

Wedi hen arfer â'r môr a'r gwastadeddau, meddyliais mor fawreddog oedd y mynyddoedd hyn. Ymestynnai'r creigiau hyd yr ochrau nes cau'r dyffryn fel bowlen yn eu crombil. Tybed sut yr edrychent pan fyddai'r eira yn gaenen wen dros eu copäon? Ni welswn rhyw lawer o eira ym Mhen Llŷn. Byddai Taid Penyberth yn deud yn wastad,

"Aros di, 'ngenath i, nes gweli di'r eira yn Eryri. Mi fyddi di'n 'nabod oerni go iawn wedyn. Digon i rewi traed Sgweiar Gwydir!"

Eto, er gwaethaf budreddi'r bwthyn, yr oedd hi mor wresog yno fel mai prin y teimlwn y gwayw yn y cymalau. Drafftiau tai gwŷr y plasau oedd yn magu hwnnw, mae'n amlwg. Gyda fy mantell wlân dros f'ysgwyddau a'r mwfflar am fy ngwddf, sefais yn y fan honno yn pwyso ar giât y bwthyn yn syllu i fyny i'r pellterau. Mor fach oeddwn yn wyneb creadigaeth fawr Duw ac mor rhyfeddol oedd ffurfiant y greadigaeth honno. Swatiai bwthyn bach arall yng nghysgod craig a gwelwn y mwg cynnar yn ymdroelli ohono. Bwthyn bach felly a wnâi'r tro i mi, efo bord a memrwn a chwilsyn.

"Bore da, 'merch i!" meddai llais hawddgar o rywle o'r tu cefn i mi. Llais cadarn ond mwynaidd oedd hwn, fel llais gŵr eglwysig. Pan droais i edrych, gwelwn ŵr mewn mantell laes at ei draed a sandalau am y rheini, yn union fel gwisg fynachaidd. Cyrliai ychydig o wallt gwyn o gylch ei gorun moel. 'Roedd yn weddol hen, mi dybiwn, yn drigain oed a mwy.

"Mae hi'n fore godidog," meddai wedyn. "Bore braf yn yr hydref. Fe ddywedai awdur Llyfr Genesis i Dduw ddweud mai da oedd. Fel yna y byddai Beibl Lladin Sierôm yn cyfieithu i'r Gymraeg."

'Roedd y gŵr hwn, mae'n amlwg, yn troi ym myd yr Ysgrythurau.

"Beth mae pobl Pen Llŷn yn ei feddwl o Destament Wiliam Salesbury, dywed?" gofynnodd wedyn.

Nid oeddwn yn sicr bellach ar ba dir yr oeddwn yn sefyll. Gallai mai gelyn oedd hwn.

"Welais i erioed mohono."

"Naddo, mae'n debyg," ychwanegodd yntau, "gan mai Testament y Gwŷr Newydd ydy o. Serch hynny, 'merch i, peth da ydy darllen gwaith pawb sy'n ceisio cyfieithu'r Ysgrythurau i'r iaith Gymraeg. Mae pobl gwledydd Cred wedi cael y Beibl yn eu

143

hiaith eu hunain ers blynyddoedd lawer. 'Dydyn nhw ddim yn deall dim pan mae'r offeiriad yn brygowthan yn yr iaith Ladin.''

Saib wedyn nes i'r gŵr ddweud,

''Mi gawsoch lety anghysurus.''

''Mae hi'n gynnes yma.''

''Ond yn brin o fwyd ac yn brinnach o eiriau. Un ddwl ydy Sionad ac Ithel yn ddylach na honno.''

''Mi gawsom gysgod ar y daith ac y mae hi'n daith hir yr adeg yma o'r flwyddyn.''

'' 'Rydw i wedi paratoi brecwast i ti a'r hogyn Wiliam yna yn yr hoewal. Mi fuo 'Siôn Heidden' wrth ei waith yn go drwm efo'r ddau ohonom ni neithiwr ac anodd fydd cael yr hogyn o'i wâl y bore yma.''

''Mae Wiliam yn diodda' o'r 'apoplexy','' meddwn.

''O. . .wyddwn i mo hynny, ond fe gawsom ni orig felys efo'n gilydd a pheth amheuthun oedd hynny. Digon anaml y bydd dynion o athrylith fel Robert Gwyn yn galw yma bellach. Mi glywais ei fod o ar daith i Rufain.''

Meddyliais tybed a fu Wiliam yn rhy rwydd ei dafod yng ngwyddfod y gŵr hwn. Brysiodd yntau i'm cysuro.

''Mari Gwyn ydy d'enw di, onide? Gad i mi weld dy wyneb di!''

Troais i edrych arno. Gwenodd y gŵr yn garedig a gallwn yn hawdd weld sut y cafodd hwn gwymp oddi wrth Ras ymhell, bell yn ôl. Gwin a merched yn ôl pob sôn oedd achos ei gwymp.

Meddai'r llais mwynaidd wrthyf,

''Mi wnei ugain, hwyrach. 'Does dim byd fel cnawd ifanc.''

Ac yna datgelodd imi beth o gyfrinach y dyddiau pell.

''Ar yr awr yma o'r bore, mae'r wlad yn cysgu,'' meddai, ''ac mi fedar dyn dreiddio i grombil ei fodolaeth ar awr fel hon. 'Doeddwn innau fawr hŷn na thithau pan adewais i Feddgelert am Rydychen. 'Roeddwn i wedi fy magu yng nghysgod yr hen Briordy, Priordy y Brodyr Awstinaidd, ac mi fynnwn grwydro gwledydd Cred yn y cyfnod pan oedd y Frenhines Mari ar yr orsedd. Chwilio am antur ac am wybodaeth. Ond mi syrthiais i'r rhwyd, fel pob gŵr a fyddai'n dilyn y trwbadwriaid yn Ffrainc, yn canlyn merched hardd a cherdd a gwin. Ta waeth, mi welais ogoniant eglwys gadeiriol Rheims a chael nodded ysgolheigion yn yr Eidal, yn Rhufain a Milan a Fflorens a hynny cyn i'r Doctor Morys Clynnog a Gruffydd Robert a'u tebyg erioed roi troed ar dir y wlad honno. Dychwelyd fel pob ci drwg i fan ei eni a chael fy hun yn y diwedd efo Sionad Lew a'r mab Ithel yma nad yw'n llawn llathen. . .Ond dos i ysgwyd Wiliam Bodfel o'i wâl, a thyrd ag o i'r hoewal. Mae gen i frecwast ar eich cyfer, yn ogystal â chyfrinach i'w hadrodd. . .''

Pan droes Wiliam a minnau i mewn i'r hoewal, gadawsom Ithel a'i fam yn chwyrnu cysgu fel hychod magu. 'Roedd llawr cerrig yr hoewal yn llyfn a glân a bord wedi'i sgwrio o flaen tan-llwyth o dân mawn. Huliwyd y ford â lletwadau a dysglau o gawl chwilboeth. Peth amheuthun oedd hyn. Yn wir, prin y gallwn ei lyncu gan faint y gwacter yn fy stumog.

"'Rwyt ti'n un ardderchog am wneud cawl, y Brawd Barnabas!'' meddai Wiliam.

Gwenodd y gŵr wrth glywed y cyfarchiad.

"Y Brawd Barnabas!'' meddwn innau.

"Ia, fy merch i. Dyna oedd f'enw o fewn yr Urdd Awstin-aidd.''

Ar hynny daeth sŵn dagreuol i'w lais.

"Mor rhwydd y mae bywyd dyn yn newid. Prys y meudwy ydw i bellach i bobl y tir mynyddig yma. A dyna i chi Ithel druan. Mi allwn i fod yn dad iddo ond 'does gen i ddim prawf o hynny. Fe'm cosbwyd am dorri rheolau'r Urdd a rhaid yw i ddyn dalu am ei drachwant. . . Cofiwch chi, mae ffyrdd Rhagluniaeth yn rhai rhyfedd, weithiau. Wrth fyw o dan yr unto â dau mor anystywallt â Sionad Lew ac Ithel, mi gefais i gyfle i arbrofi mewn dargan-fyddiad newydd ac anturus. Choelia' i ddim nad ydw i'n well crefftwr na phregethwr ac mewn man anghysbell fel hwn, mi fedra' i gynnal breichiau'r cenhadon alltud. . . Ond dyna ddigon am y tro.''

Erbyn hyn, ni fedrwn dynnu fy llygaid oddi ar wyneb y Brawd Barnabas, fel y mynnai Wiliam ei alw. 'Roedd ganddo wyneb neilltuol o hardd a gwên hyd yn oed yn ei chweugeiniau a allai droi calon merch ifanc. Ei unig sylw wedyn oedd,

"Mari Gwyn, aie?. . .Diolch i Dduw a'r Forwyn fod Robert Gwyn yn ddoethach yn ei genhedlaeth nag y bûm i!''

Pan oedd y brecwast drosodd, gosododd y dysglau a'r lletwadau yn barod i'w cludo i'r ffrwd a redai heibio i ochr y bwthyn.

"Mi soniais i wrthat ti neithiwr, Wiliam Bodfel, fod gen i gyfrinach on'd do? Wel, i ffwrdd â ni!''

Rhyngom a chefn yr hoewal yr oedd pentyrrau o sachau hen a budron yr olwg.

145

"Dowch eich dau! Y ffordd yma!" meddai.

A dyma gamu'n ofalus dros bentwr o sachau. Arafodd y gŵr. Symudodd un sach drom o'i lle a symud llechen o garreg o lawr yr hoewal.

"Mi awn ni i lawr yr ysgol," meddai. "Mae hi fel bol buwch i lawr yna 'rwan ond mi oleua' i gannwyll frwyn o'r tân. Sefwch eich dau fel delwau rhag i chi syrthio din-dros-ben i seler yr hen Briordy!"

Ar y gair, daeth enbydrwydd llofft-garreg Penyberth fel hunlle i aflonyddu arnaf.

"Fedra' i ddim, Wiliam! Fedra' i ddim!" sibrydais.

"Fe gollet ti wledd dy fywyd petaet ti'n gwrthod dwad i lawr yna, Mari Gwyn. Fe fûm i i lawr yna neithiwr."

Arweiniodd Prys y ffordd i lawr yr ysgol wysg ei gefn gan gydio'n dynn yn y ganhwyllbren a ddaliai'r gannwyll frwyn.

"Dyma chi," meddai, "a'ch traed yn solet ar lawr pridd yr hen Briordy."

Mewn dim o dro, goleuodd dair canhwyllbren arall.

"Mi ddaw'r llygad i ddygymod â'r tywyllwch yn y man a phan fydd chwe channwyll yn olau gen i, fe synnech chi mor olau ydy hi yma."

Gloywodd y seler yn raddol. Gwelem y muriau gwyngalch a distiau derw cryfion o dan y nenfwd. Ar hyd canol y llawr yr oedd bwrdd hir.

"Mae hwn yma ers cyn cof," meddai, "er dyddiau'r Awstiniaid. Ysgrifennu'n llafurus â llaw y byddai'r Brodyr rheini ond bellach dyma i chi ymgais y diweddar Frawd Barnabas ar argraffu!"

'Roedd y bwrdd yn llawn o bob math ar fân offer, yn bwnsiwr a 'matrix', rai cannoedd ohonynt. Pren oedd gwneuthuriad y rhai hyn, ar batrwm y dull a ddysgodd yr hen Brys yn Strasbourg a Mainz chwarter canrif a mwy cyn hynny. Ond yng nghornel bellaf y bwrdd mawr yr oedd pentwr o'r 'matrix' a ddaethai Ithel o'r hoewal y noson cynt. 'Roedd plwm neu gopr yng ngwneuthuriad y llythrennau hyn. Yn ogystal 'roedd yno belenni inc, oddi mewn yn wlân a lledr yn ei orchuddio. Â'r pelenni hyn y byddid yn taenu'r inc dros y llythrennau yn ffrâm y cysodydd. Draw yn y gornel yr oedd adeiladwaith pren digon amrwd o argraffwasg a phentyrrau o femrynau o groen llo neu'r 'vellum' fel y carai Prys ei alw wedi'u taenu hyd y llawr. 'Roedd yno gostrel o inc newydd yn gymysgedd o olew had llin, resin a huddygl. Ymddiheurodd

Prys am yr aroglau sur a myglyd a lanwodd y bwthyn pan ddaethom yno gyntaf.

"Rhaid oedd imi gael yr inc yn barod er dryced ei sawr," meddai, "am y gwyddwn i y byddai gan Tomos Ifan rywbeth gwerth ei gael yn yr hen gert fregus."

Cododd un o'r darnau 'matrix' newydd oddi ar y bwrdd hir gan ei anwylo rhwng ei ddwylo.

"Mi fûm i'n dyheu ers hir amser am gael defnyddio'r rhain ond mi fydd yn rhaid i mi ymestyn y ffrâm. . . Mi gymer fisoedd lawer i mi ddwad i arfer efo'r grefft newydd."

Gloywodd ei wyneb gyda'r geiriau ac meddai,

"Os llwydda' i, yna mi fedra' i roi help llaw efo'r fenter newydd tua'r Creuddyn ond gwaith araf a blinedig ydy o ar y gorau."

Mentrais ofyn cwestiwn iddo o'r diwedd,

"Dwedwch i mi, y Brawd Barnabas, o ble daeth y 'matrix' newydd yna?"

Mae'n amlwg ei fod wrth ei fodd am i mi ei gyfarch felly ond prin oedd ei ateb.

"Mae yna ddirgel ffyrdd i wasanaethu'r Hen Ffydd o hyd ym Mhen Llŷn a sawl cilfach a glan yn aros i gysgodi'r offeiriaid alltud. Caredicach cymydog na dieithryn pan fo hi'n fater o guddio rhag gwŷr y Gyfraith."

Troes wedyn i draethu'n huawdl ar ddarganfyddiad Johann Gutenberg, y gof aur o Mainz a fu'n gyfrifol am argraffu Beibl Lladin Sierôm, ymhell dros ganrif cyn hyn. Ni chlywswn i erioed sôn am y gŵr hwnnw ac edrychais gyda thosturi ar fy nwylo a fu mor ddygn yn copïo â llaw. Eto, hyd yn oed y bore hwnnw yn seler y Priordy, meddyliais nad ofer fu'r fenter honno.

Arhosai un cwestiwn arall y mynnwn gael ateb iddo cyn ymado â'r lle.

"Y Brawd Barnabas! Pam 'roedd yn rhaid i Wiliam a minnau deithio efo'r sachau blêr yna yn yr hen gert fregus bob cam o Eifionydd? Mi allai Tomos Ifan fod wedi dwad â'r llwyth a'n gadael ninnau i farchogaeth, achos 'roedd un o weision Bodfel yn ein dilyn o bell ac yn ein gwarchod."

Daeth mwynder i lais y Brawd yn union fel ag yr oedd wrth lidiart y bwthyn yn y bore bach.

"Byd creulon ydy hwn, Mari Gwyn. Mi wyddwn i dy hanes di cyn i ti ddwad yma. Mi glywais hefyd am y cryd cymalau ac i ti gopïo llawysgrifau Robert Gwyn i wŷr y plasau. . .Mi fûm innau ar yr un gwaith yn paratoi'r llawysgrifau i deuluoedd y Foelas a'r

147

Creuddyn a gwŷr plasau Dyffryn Clwyd. Mae'n bywydau ni'n llawn o fenter. . . Pe bai rhywun yn darganfod yr hen argraffdy gwael yma wrth droed Eryri, fe allen fy nghymryd i garchar y Marshalsî neu i'r Fflît. Ie, byd creulon ydy o pan mae'n rhaid defnyddio hogan ifanc ddel fel ti rhag bod rhywun yn amau bod offer cudd yn y gert.''

''Ond mae taith hir eto i'r Creuddyn,'' meddwn.

''Oes,'' atebodd y Brawd, ''ac mi fydd angen cludo offer i'r Creuddyn. Fe welsoch yr hen sachau budron yna ar lawr yr hoewal. Mi ddaw rhywun i'w cyrchu.''

''Ond nid Tomos Ifan?''

''Na. Un o gydnabod Robert Puw, Penrhyn Creuddyn, gallwn dybio.''

''Ac mi fydd Wiliam a minnau yn y gert?''

''Nid bob cam o'r daith. Mi fedrwch farchogaeth dalm hir o'r daith oddi yma i Drefriw a chyrraedd hen ffordd y Rhufeiniaid.''

''Ond beth am fy nghoffr pres?'' Ni fynnwn golli hwnnw ar unrhyw gyfrif. Ynddo yr oedd memrwn fy nyddiadur.

''Mi fydd hwnnw o dan y sachau yn y gert ac os nad wyf yn camsynio, mi fyddwch yn ymuno efo'r gert yr ochr draw i Afon Gonwy wedi i chi groesi'r fferi. Sbïwyr Maurice Wynn, Gwydir, yr Uchel Siryf, fydd yn bla yn y fangre honno.''

Er gwaethaf budreddi'r bwthyn, profiad digon trist oedd gadael y llannerch yma yng nghanol Eryri. 'Roedd yno dawelwch a diogelwch rhwng y coed a'r creigiau uchel ac er fod min ar yr awel, fe ddôi iechyd i'r ysgyfaint.

''Fydd hi'n siwrnai bell i'r Creuddyn, y Brawd Barnabas?'' gofynnais.

''Mi fydd hi'n siwrnai ddigon dyrys drwy Fwlch yr Ehedydd a heibio i gefn y castell yn Nolwyddelan. Wedyn mi ddowch at yr hen weithfeydd mwyn. Mi gewch gefn Gwydir wrth unioni i gyfeiriad eglwys Llanrhychwyn ac ar eich pen am Drefriw.''

Soniodd wedyn am ymlyniad pobl y lle hwnnw wrth yr Hen Ffydd. Gwrthodent blygu i'r drefn newydd a hynny oherwydd agosrwydd y lle at hen Abaty Maenan.

Unwaith y daethom i fyny'r ysgol o'r seler, cawsom fod Ithel yn anesmwytho am i Wiliam orffen naddu'r teclyn pren iddo. Mor wahanol oedd y llanc afrosgo hwn i'r gŵr yr honnid ei fod yn dad iddo. O'r diwedd, yr oedd y teclyn yn barod, y coesyn wedi'i lunio wrth y gwpan, ond yn ei fyw y gallai Ithel gael y belen i'r gwpan! Taenodd siom dros ei wyneb a lluchiodd y teclyn yn ei ddicter ar lawr y buarth i ganol tomen dail. Pam, meddyliais, yr oedd y Forwyn yn rhoi cymaint ffafrau i rai? Ymennydd plentyn oedd eiddo Ithel. 'Roeddem ninnau hefyd, ddilynwyr yr Hen Ffydd, yn gorfod cario croesau trymion. Nid oedd un offeiriad gartref i bregethu'r Gair i ni ac ni wyddem am arferion ein tadau. Hwyrach y byddai pethau'n wahanol unwaith y cyrhaeddem Benrhyn y Creuddyn. Eisoes yr oedd hiraeth yn dechrau gwasgu arnaf – hiraeth am Lŷn ac Eifionydd ac am Wiliam, yn anad neb arall.

Tua chanol y bore cyrhaeddodd cerbyd, a oedd yn rhyw hanner cert yn ogystal, i fuarth bwthyn Prys. Yn ôl ei wisg a'i osgo gellid tybio bod y gyrrwr hwn yn was i un o wŷr y plasau. 'Roedd ei leferydd hefyd yn bradychu'i dras oblegid ni allai hwn regi fel yr hen Domos Ifan. Serch hynny, ni fedrwn dynnu fy llygaid oddi arno. Gwthiodd ef a Prys y sachau yn ddiymdroi i waelod y cerbyd.

"Rhed ditha' i nôl dy fantell a'th fwffler, Mari Gwyn," gorchmynnodd Wiliam ac fe droes yntau i siarad yn fân ac yn fuan efo gyrrwr y gert. Gellid tybio ei fod yn ei adnabod. Ar sedd y cerbyd yr oedd carthen o wlanen a gwthiwyd Wiliam a minnau i ddiddosrwydd o dan do'r cerbyd ac yn union wrth fy nhraed gosodwyd y coffr pres. Cofiais am y cwpan Cymun.

"Mae honno'n ddiogel ddigon yng nghrombil y sachau," oedd unig sylw Wiliam.

"Hip! Hip! Tra-hoi!" llefodd y gyrrwr gyda'i chwip ar gefn y ceffyl. Yr oedd hwn yn farch porthiannus yr olwg. Ni ddywedodd y gyrrwr air o'i ben ar ddechrau'r siwrnai ond o bryd i'w gilydd troai'i ben i giledrych arnom. Dyna'r oll. Ond yr oedd rhywbeth ynghylch y gŵr a yrrai'r march yn peri anesmwythyd i mi. Osgo ei ysgwyddau yn bennaf a'r gwallt yn cyrlio'n wyn o dan ei gapan. O edrych arno o un cyfeiriad, gallech daeru mai Robert ei hun oedd yno – Robert Gwyn. Ond nid llais Robert a glywais ar y buarth ym Meddgelert. Bron na chredwn mai fel Dafydd Llwyd y cyfarchodd Prys ef ac nid oedd y gŵr yn ddieithr i Wiliam, ychwaith. Wedi rhyw hanner awr dda o deithio, clywem sŵn carnau ceffyl o'n hôl. Daliodd y marchog i fyny â ni mewn dim o dro a phwy oedd yno ond gwas Bodfel. Fe deimlais yn esmwythach fy myd wedyn. Hwn oedd y gwas a'n cychwynnodd ar ein taith cyn belled â thŷ Tomos Ifan, rai dyddiau ynghynt.

'Roedd y bore yn heulog erbyn hyn, er bod peth o fin Hydref ar yr awel. Y creigiau'n llwydlas a'r coed yn winau-felyn fel patrwm brodwaith. Fe ddaethom i encil ar fin y ffordd o'r diwedd ac estynnodd gwas Bodfel ysgrepan ledr o fwyd i ni a rhoes gostrel o ddiod a ffiolau i Wiliam.

"Mae dy fodryb Gainor yn anfon ei chyfarchion atat, Mari Gwyn. . .mae Bodfal yn wag hebot ti, meddai hi!"

Y foment hon fel yr oedd yn estyn yr ysgrepan i mi, teimlais ias o hiraeth fel cyllell. Hiraeth am fy nghynefin ac am yr hyn oedd wybyddus i mi. Llanwodd fy llygaid â dagrau a throdd y tri gŵr i drafod byd dynion, yn feirch a garwedd y ffordd y teithiem hydddi. Estynnais y bwyd o'r ysgrepan i'w rannu rhyngom a'r eiliad nesaf fe edrychodd gyrrwr y cerbyd i fyw fy llygad. Gwenodd. Y trwyn bwaog a'r talcen uchel, ond yn arwach beth nag wyneb Robert. Eto, mor debyg iddo. Gwyddwn fod Robert yn crwydro gwledydd Cred â'i fryd ar gyrraedd dinas y Pab ac fe ddaethai i ymhel â'r gwŷr o Gymdeithas yr Iesu, a Saeson oedd y rheini. Meddai'r gŵr dieithr o'r diwedd.

"'Dwyt ti ddim yn fy nghofio i, wyt ti?"

Ie, Dafydd Llwyd oedd yr enw. . .yr enw a glywswn mor bell yn ôl.

"'Does bosib' dy fod wedi f'anghofio," meddai wedyn, "rhyw dwmplen o eneth oeddet ti ym Mhenyberth ers talwm. 'Rydw i'n cofio o'r gore fel y daeth fy nhad, Siôn Wyn, â thi mewn siôl o Aberdaron. . .ond 'roeddwn i wedi troi cefn ar y lle ers talwm a pha un bynnag 'roedd cymaint ohonom fel mai prin y medret ti wahaniaethu rhyngom!"

Daeth rhyw frith gof ohono fel cysgod heibio i mi. Peth rhyfedd yw agosrwydd câr wedi'r cwbl. Teimlais gynhesrwydd tuag ato yn y fangre uchel honno, ym mherfeddion Eryri. Gwenais innau o'r diwedd. Ond yr oedd ei acen yn feinach na gwŷr Eifionydd a Phen Llŷn am iddo droi ymysg pobl o acenion gwahanol. Siaradai Gymraeg glân, gloyw. Troes Wiliam y sgwrs drachefn at ofynion byd ffermio a masnach ac unwaith yn rhagor troesom i'n taith flinderus. Cadwodd gwas Bodfel rai llathenni o'n hôl gydol y daith y diwrnod hwnnw ac meddai Wiliam wrthyf,

"Dyn diarth ydy Dafydd Llwyd i was Bodfal. Meindiad pawb ei fusnas ei hun, ddweda' i, achos mae helynt Thomas Owen a'i frodyr o'r Plas Du wedi claearu cefnogaeth at yr Hen Ffydd ym Mhen Llŷn. Gwaith anodd bellach ydy gwahaniaethu rhwng cyfaill a gelyn."

Dysgaswn innau mor hawdd ydy i'r genhedlaeth newydd anghofio arferion yr hen. Ymadawsai Dafydd Llwyd â Phenyberth mewn cyfnod pell a phan ddaethai Robert, ei frawd, i ymddiddori yn yr Hen Ffydd, fe droes yntau i ymhel â chrwydriadau'r Catholigion alltud mewn mannau dieithr. Yn raddol, gwthiodd llu o bethau i ymylon y cof. Hwn oedd y Dafydd Llwyd a fu yng ngwasanaeth teulu'r Herbertiaid ym Morgannwg ac wrth goffáu Taid Penyberth fe gyfeiriodd y bardd at Ddafydd Llwyd fel gŵr a fyddai'n barod ''i feiddio llu''. Clywswn ddweud rywdro, mai gan Robert Gwyn yr oedd y pen gorau a'r dwylo gorau yn eiddo i Ddafydd Llwyd. Ar ba berwyl anturus, tybed, yr oedd y gŵr hwn? Sylwais ei fod yn hen gydnabod i'r Brawd Barnabas ym Meddgelert ac iddo fwndelu'r baich o sachau yn dawel a gofalus i'r cerbyd. Yr unig sylw a wnaeth Wiliam oedd,

''Delfrydwr ydy Robert Gwyn. Dafydd ydy'r brawd a fedr drafod peiriant ac offer. Os rhywbath y mae Dafydd yn fwy mentrus ac fe all ddwad i'w dranc yn gynt na'i frawd Robert.''

Ymhell cyn i ni gyrraedd pen y daith y diwrnod hwnnw, yr oedd fy meddwl yn gymysgedd niwlog. Tybed a oedd a wnelo'r Dafydd hwn â chasglu ynghyd yr offer ar gyfer codi gwasg argraffu?

Gyda blinder yr hwyr, fe'm llethwyd innau gan hiraeth— hiraeth am gymdogaeth fy ieuenctid ac am yr hil a fu dros ganrifoedd lawer yn gwladychu yno. Troes yn gnoad yn f'ymysgaroedd ymhell cyn inni gyrraedd ein llety-noswaith ar gyrion y bryniau uchel. Drannoeth, byddai'n rhaid i ni gerdded rhan o'r ffordd oherwydd garwed y llwybrau, ond addawodd gwas Bodfel y cawn fy nghludo wedi hynny ar farch f'ewyrth Huw Gwyn.

O leiaf yr oedd yno lety glân a chawsom ymborth a chysgod hyd y bore. Ni holodd neb ein hynt, dim ond derbyn yr arian o ddwylo Wiliam. Gloywodd llygaid y wraig a'i thri phlentyn. Meddai,

''Rhywbath i'w wario yn ffair Trefriw ymhen tridiau.''

Cuchiodd ei gŵr.

Bu'r daith y diwrnod hwnnw yn iachusol o braf a Chalan Gaeaf yn argoeli tywydd heulog er fod peth niwl yn crynhoi hwnt ac yma. Rhyfeddod y rhyfeddodau oedd gweld afon yn ymdroelli yng ngwaelodion y dyffryn oddi tanom yn y pellter. Ymddolennai fel neidr. Ni welswn yn fy myw ddim cyffelyb iddi. Disgleiriai ei dŵr fel arian byw a throellai'n ddiddiwedd wrth weithio'i ffordd tua'r môr. Bron nad oedd gwynt y môr ar ein wynebau ac unwaith y cyrhaeddwn ei lannau, gallwn ffoi mewn cwch bysgota yn ôl i'm hen gynefin. Bellach, yr oedd i bob diwrnod ei ryfeddod ei hun ac fe aethai'r afon â'm bryd yn llwyr. Dotiais ati gan na welswn ddim cyffelyb yn fy hen fro. Ni welswn greigiau nac uchder ychwaith i'w cymharu â'r wlad o'm cwmpas. Ar adegau felly, nid oedd dim yn cyfrif namyn y greadigaeth. Dechreuodd gŵr y cerbyd ganu'r rhigwm melys hwnnw –

"Afon Gonwy'n llifo'n felyn,
Mynd â choed y maes i'w chanlyn. . ."

A dyna'r hen rigwm arall y clywswn ef ganwaith –

"Haul yn twnnu ar Ynys Enlli,
Minnau sydd ymhell oddi wrthi. . ."

"I lawr yn y gwaelodion mae holl stad Wynn, Gwydir," meddai Dafydd Llwyd.

Daeth yr holl ofnau yn gysgod trwm a chofiais rybudd y wraig yn y bwthyn ar y ffordd o Eifionydd tua Beddgelert,

"Gochelwch ddynion Wynn, Gwydir! Fo ydy'r Uchal Siryf 'rwan."

Bu Duw a'r Forwyn o'n plaid am y gweddill o'r diwrnod hwnnw, fodd bynnag, a chawsom gyrraedd tŷ'r cyn-offeiriad cyn i'r nos ein dal. 'Roedd hwn yn glamp o dŷ yng nghanol coed trwchus. Gynted ag y daethom at y porth mawr, arweiniwyd Dafydd Llwyd a'i gerbyd i ryw hoewal gudd yn rhywle a chefais innau fy nghoffr pres. O'r diwedd, cawn fodio'r hen femrwn melyn o ddyddiadur a swatiai ym mhlygion y gwisgoedd newydd y bu Modryb Gainor a minnau mor ddyfal yn eu brodio.

Gŵr boliog a bodlon yr olwg arno oedd y cyn-offeiriad.

"Hawdd y gall hwn rodio fel gŵr bonheddig," meddai Wiliam, "ac yntau wedi etifeddu stad ei wraig."

'Roedd yno dyaid o blant, yn ferched bob un, a'r hynaf ohonynt ar fin priodi â mab uchelwr cyfoethog o Uwch Aled gyferbyn. Chwarddent eu chwerthin gwag, diofal yn ddibaid a chaent fawr fwynhad o drin eu gwalltiau a gwisgo yn ôl crandrwydd y dydd. 'Roedd gwraig yr offeiriad yn gogyddes gyda'r gorau fel mai prin y byddai un o'i merched yn analluog i sicrhau gŵr o gyfoeth o'r dyffrynnoedd cyfagos. Wedi'r cwbl, yr oeddynt yn byw yn union yn ffyrdd y porthmyn a chyda'r cyswllt â theulu'r Wynniaid, fe lifai arferion bonedd Llundain i Ddyffryn Conwy a'r ardaloedd o'i ddeutu.

Yn ystod y tridiau y buom yno, paratowyd inni'r gwleddoedd mwyaf amheuthun. Cwynai'r wraig hon yn barhaus nad oeddem yn awchu am ei bwyd. Mewn gwirionedd, nid oeddem erioed wedi blasu'r fath wleddoedd ym Mhen Llŷn. Haws, yn ôl Wiliam, fyddai i ni ddelio â brwes-bara-ceirch a thatws-llaeth! Unwaith y deuthum i'r tŷ mawr hwn, fodd bynnag, fe ailgydiodd gofid yr hen gryd fel saeth yng nghymalau fy nwylo a phrin y medrwn drafod y gyllell a'r fforc i godi'r bwyd at fy ngenau. Anesmwythai Wiliam hefyd rhag i ymosodiad o'r 'apoplexy' ei drawo'n sydyn mewn cwmni dieithr, pe bai'n ymroi i wledda'n ormodol. Gwyddem, serch hynny, fod gwas Bodfel o hyd yn rhywle yn y cefndir yn ein gwarchod. 'Roedd Dafydd Llwyd yno hefyd a'i wep yn gydwedd â'i enw. Treuliasai amser hir yn ymguddio rhag gwŷr y gyfraith ac fe'i digonid yn rhwydd ar fara a chaws a metheglyn.

O dan gronglwyd y wraig garedig hon, fe ddaethom ninnau'n raddol i fagu archwaeth at ddanteithfwyd. Cawsom gywion ieir wedi'u coginio mewn llefrith, mêl a phersli, saets a chnau ac yn dilyn, y crwst melynfrown gyda'r mwyaf brau a flaswyd erioed, yn llawn o gymysgedd o ddatys, rhesin, melynwy a sunsur. Ar ben hynny, byddai'n arferiad ganddi baratoi math ar grempogau gan eu hulio'n dew â siwgr. Treuliodd amser hir yn sôn wrthyf am gyfrinach amheuthunion ei gwledd – cyfrinachau a ddysgodd ei mam iddi, am i honno unwaith gael Ffrances i weini arni. Rhyw daflu golygon dros ysgwydd a wnâi ar fy nwylo a lluchio geiriau caredig yr eiliad wedyn fel pe bai am unioni'r cam. Gwraig felly oedd hi. Meddai,

"Mi glywais fod gynnoch chi ymennydd da, Mari Gwyn, ac efallai fod geiriau yn apelio mwy atoch chi na bwydydd."

"Digon gwir," meddwn a gwenais gan fy mod yn hoff o'r wraig hon, "mae gwledd mewn geiriau hefyd."

"Dyna fydd fy ngŵr yn ei ddweud," meddai gyda thôn o falchder yn ei llais. "Fydd o byth yn caniatáu i'r merched yma fynd i'w lyfrgell, ond 'rwy'n siwr y gwnâi o ganiatáu i chi fynd yno, Mari Gwyn. Fe glywsom eich bod chi'n medru darllen ac ysgrifennu."

Arweiniodd fi'n dawel drwy ddrws y llyfrgell a thybiech ein bod yn camu i ryw gysegr sancteiddiolaf yn rhywle.

"Mi ddweda' i wrth fy ngŵr eich bod chi yma."

Caeodd y drws ar ei hôl yr un mor dawel.

Sefais innau mewn syndod, gan fod y llyfrgell hon yn destun saith rhyfeddod. Beth bynnag oedd syniad Dafydd Llwyd am ddiffyg ffyddlondeb y cyn-offeiriad i'r Hen Ffydd, ni ellid dibrisio'i chwaeth yn ei lyfrau. Tybed a oedd llyfrgell fel hon gan Robert Puw ym Mhenrhyn Creuddyn? Beiddiais fodio rhai o'r llyfrau. Gwelwn ar ffurf y geiriau mai Lladin oedd yr iaith, er na ddeallwn mohoni. Cyhoeddwyd hwy mewn sawl gwlad dros wledydd Cred, yn arbennig mewn mannau yn yr Eidal y clywswn sôn amdanynt. O'r diwedd, cerddodd y gŵr blonegog ei hun i mewn i'w lyfrgell a phrin y medrai symud rhwng y silffoedd oherwydd effaith glythineb a'r gowt ar ei gorpws byr.

"Fedri di ddarllen Cymraeg?" oedd ei gwestiwn cyntaf.

"Medraf, yn burion," meddwn.

Arweiniodd fi at y ford a orweddai o dan lintel y ffenestr.

"Edrych ar hwn!" gorchmynnodd.

Yno ar yr wyneb-ddalen o fy mlaen gwelwn y geiriau printiedig –

Testament
Newydd ein Arglwydd
Iesu Christ.

Troes y cyn-offeiriad y ddalen.

"Fedri di ddarllen hwnna?"

Anodd oedd dilyn y llythrennau print ond ni fynnwn i ddim fy llesteirio yng ngŵydd y gŵr eglwysig. Cychwynnais ddarllen yn eofn ddigon.

"Ac fe ddarfu, gwedy i'r Iesu orphen y gairie hyn oll, ef a ddyvot. . .wrth ei ddiscip. . . Chwi wyddoch, mai o fewn y ddau-ddydd. . ."

Trodd y gŵr y naill dudalen drosodd ar ôl y llall.

"Nid mor hawdd ydy darllen Cymraeg William Salsbri. . . Mae o'n llawn o eiriau Lladin. Mympwy yr ysgolhaig, mae'n siwr gen i, a diffyg traddodiad. Y beirdd oedd popeth gan wŷr y plasau a 'doedd yna fawr o neb yn ymarfer ysgrifennu rhyddiaith yn y Gymraeg cyn amser Salsbri," meddai wrthyf.

'Roedd Salsbri yn parhau, meddai, i gerdded hyd strydoedd Llanrwst ac fe dybiai dyn ei fod ymhell dros ei bedwar ugain oed. Oherwydd straen y blynyddoedd o lafurio a'i waith yn wrthodedig gan yr offeiriaid, gŵr siomedig oedd Salsbri. Soniodd wedyn am gurad o Drefriw o'r enw Thomas Wiliems.

"O leiaf, fel yna y bydd o'n hoffi galw'i hun. Dipyn o Babydd, fel finnau, ar y slei. Hen ben, cofia di, sy'n dipyn o ffisigwr yn ei feddwl ei hun ac yn dechrau gweini ar Wynniaid Gwydir. 'Does gan y dyn ddim hyfforddiant fel ffisigwr. Mi gafodd addysg Rhydychen yn y Clasuron ac yn ôl hwnnw, Salsbri ydy'r gŵr mwyaf dysgedig ymhlith y Cymry. . . Ond mi all dyn fod yn feistr ar ieithoedd y byd a'i Gymraeg o mor wallus â phlentyn di-ddysg.

154

Dyna i ti Richard Owen yn cyfieithu gwaith rhyw addysgwr o Sbaenwr ac yn cwyno nad oedd ei wybodaeth o'r Gymraeg yn ddigonol at y gwaith. Dyna Robert Gwyn wedyn. . .ond fe wyddost am hwnnw.''

Symudodd y cyn-offeiriad yn drwsgl i gornel yn llawn o gloriau lledr yn cynnwys pentyrrau o lawysgrifau melynion, brau eu hymylon ond geiriau Robert a glywn yn atsain yn fy nghlustiau y funud honno –

"heb fedru dangos hanner fy meddwl yn y Gymraeg yn iawn fel y dylwn.''

Ond parablu ymlaen yr oedd fy lletywr,

"Mari Gwyn! Dyma gasgliadau hen o waith y beirdd a fyddai'n mynychu'r tŷ hwn yn amser hynafiaid y wraig. Y cwbl mewn cloriau lledr, ysywaeth, a bu farw'r hen arferiad pan heidiodd plant yr uchelwyr i Lundain i fyw'n fras ar y Tuduriaid.''

Arweiniodd fi wedyn at gyfres o lyfrau moethus a gâi'r lle blaenaf o fewn ei lyfrgell. Llyfrau Lladin oeddynt, yn ddieithriad, yn dwyn enwau rhai awduron y clywswn eu henwau megis Erasmus, More ac Ignatius Loyola.

Ychydig o bleser a gefais yng nghwmni'r genethod, gan nad oeddem yn frethyn o'r un toriad. Ni fedrent ddarllen llawer mewn unrhyw iaith a threulient eu horiau yn brodio ac yn mân chwedleua. Serch hynny, 'roeddynt yn daer am i Wiliam a minnau a gwas Bodfel fynd i'w canlyn i ffair G'lan Gaea', Trefriw. Fe aem yn griw gyda gwasanaethyddion eu tad, rhag iddynt gymysgu â'r werin.

Wedi swper yr ail noson sleifiais yn ddistaw bach i wyddfod y dynion ac ni ddywedodd neb air o nacâd. Y noson honno 'roedd y cyn-offeiriad yn fwy llithrig ei dafod wedi gwledd a gwin. Hwn oedd y tro cyntaf imi ei glywed yn cyfarch Dafydd Llwyd fel Dafydd Johns gan gyfeirio at ei frawd fel Robert Johns alias Robert Gwyn. Gwnaeth hynny gydag awgrym o afiaith yn ei lais a gwên ar ei wyneb. Yn wir, fe chwarddodd Dafydd Llwyd ei hunan.

"Mae'n rhaid i rai ohonon ni guddio o dan enwau eraill neu hyd yn oed enwau ffug,'' ychwanegodd Dafydd a phruddhaodd ei wyneb ar hynny, "ond mae Johns Gwyn yn ddigon dilys yn yr achos hwn!''

Trodd y sgwrs at faterion dwysach.

Helynt Thomas Owen, y Plas Du, oedd flaenaf ar eu tafodau, yn wyneb yr erlid arno gan Niclas Robinson a'i griw ac i'r Prif

Ustus Bromley awdurdodi Maurice Wynn, Gwydir, i'w anfon ymlaen i Gyngor y Mers. Amheuid a fyddai llawer o rym yn nannedd Maurice Wynn, am fod hwnnw yn berthynas o bell i deulu'r Plas Du. 'Roedd y tri gŵr yn hael eu canmoliaeth i ymdrechion Thomas Owen.

"Gwaed y Salsbrïaid, welwch chi," meddai'r clerigwr, "yn llafurio i'r eithaf heb gyfrif y gost a thorri fel brigyn briw yn y diwedd. Dyna hanes William Salsbri ei hunan. . . Waeth beth fyddo'r achos, boed nhw'n ochri efo'r Gwŷr Newydd neu yn parhau yng nghorlan yr Hen Ffydd, maen nhw mor ddisymud â'r graig."

Llifodd y gwin yn hael o hynny ymlaen ac eisteddais innau heb syflyd na llaw na throed yn gwrando ar sgwrsio'r dynion. Dysgais gryn lawer o fewn yr oriau hynny.

Meddai gŵr y tŷ,

"Un fantais o fyw o fewn y dyffryn yma ydy nad oes neb yn pryderu gormod pa un ai Pabydd ynteu Protestant ydan ni yn y bôn, cyhyd ag y byddwn ni'n gwneud osgo o gydymffurfio â'r drefn newydd. Mae'n wir bod ambell i sgweiar fel Cadwaladr Wynn y Foelas yn parhau i arddel yr Hen Ffydd er bod un o'i geraint, y Cochyn o Blas Iolyn, am waed y cenhadon alltud. Dyna i chi Buwiaid y Penrhyn, wedyn, ym mhen pella'r Creuddyn. Mi fyddai'n rhaid wrth annel y Llywodraeth i gael gan Thomas Mostyn, Gloddaeth – gyda llaw dyna i chi glamp o lyfrgell sydd gan hwnnw—a Wynn, Bodysgallen i lorio Robert Puw yn agored ar lawr gwlad. Fynn hen deyrngarwch y Creuddyn ddim sigo ar chwarae bach. . .ond amser a ddengys, achos mae dyddiau'r erledigaeth yn debyg o ddwysáu, yn ôl pob sôn. Bryd hynny, fe fydd glynu wrth Eglwys Rufain yn arwydd o frad yn erbyn y Frenhines Elisabeth. Duw ei hun a ŵyr beth fydd tranc ffyddloniaid yr Hen Ffydd. Hwyrach fod oes y merthyron ar dorri!'

"Wnaiff neb ferthyr ohonot ti, y clerigwr di-asgwrn-cefn, helaethwych beunydd dy fyd," meddyliais a gwelwn wyneb Dafydd Llwyd yn gwelwi a'i drwyn bwaog yn fwy amlwg yn nheneuwch ei wyneb.

"Ychwaneg o win, hogiau!" llefodd y clerigwr, "ni ddaeth awr yr Armagedon hyd yma!"

"Marw ar wely plu o anghysur y gowt fydd dy ran di, yr hen glerigwr!" meddyliais wedyn. Clywswn eisoes am ddulliau creulon y poenydio yn y Fflît a'r Marshalsî. Yn y fan honno, crogid y carcharor ynghlwm wrth gadwyn haearn o nenfwd yr ystafell gan ei adael i hofran gerfydd ei freichiau a'i goesau. Yn y modd hwn dirdynnid ei ymysgaroedd nes bod poen arteithiol yn ymgripio drwy'i stumog a'i ysgyfaint a'r gwaed fel pinnau mân ym mlaenau'i fysedd. Unwaith y rhyddheid ef o afael y gefynnau, llewygai, cyn ei ddadebru i'w gicio a lluchio dŵr berwedig i lawr ei gorn gwddf. Drannoeth ymestynnid ei boen drachefn. Dychwelid ag ef bob tro i'w gell gyfyng i orwedd yng nghanol gwrtaith ei gorff ei hun. O'i gosbi yn y modd hwn drachefn a thrachefn, ildiai ambell un i'w boenydiwr a chyfaddef iddo fradychu'r Frenhines Bess. Artaith y dŵr berwedig yn y gwddf oedd waethaf a'r chwydd yn y dwylo lle bu'r cylchoedd haearn yn eu cynnal wrth y nenfwd. Dioddefai eraill yr artaith olaf nes dôi marwolaeth â'i esmwythâd. . .

Daeth trydydd dydd ein harhosiad yn nhŷ'r clerigwr a'i dylwyth yn llawer rhy gynnar. 'Roedd y merched yn llawn disgwyl am rialtwch gŵyl Calan Gaeaf. Dyma'r genhedlaeth, yn ôl haeriad y tad, nad oedd ganddynt rithyn o ddiddordeb yn helynt na Phabydd na Phrotestant ac ychwanegodd gyda pheth gradd o siomiant yn ei lais,

"Tase un o'r merched yma'n fachgen fe allai pethau fod yn wahanol. . .gwastraff ydy rhoi ymennydd da i ferch, onidê, Mari Gwyn?"

Syrthiodd fy ngwep a throdd yntau'r stori at ffair G'lan Gaea'.

"Choelia' i ddim na fydd yna gynnwrf yn y ffair. Mae yna garfan gref o ddilynwyr yr Hen Ffydd dros yr afon yng nghyffiniau Llansanffraid. Efo dipyn o gwrw yn y pen fe all y chwarae droi'n chwerw, yn enwedig os bydd criw o Uwch Aled yno yn dychanu pobol y Pab. Mi fuo pethau'n waedlyd yno cyn hyn!"

Cynnwrf neu beidio, yr oeddem yn llonaid dau gerbyd yn teithio i lawr y gelltydd tua Threfriw yn gynnar yn y pnawn, gyda gwasanaethyddion y clerigwr yn ein gwarchod. Edrychodd Dafydd Llwyd arnom yn hiraethus fel yr oeddem yn ymadael ac meddai wrth Wiliam a minnau,

"Cof bach iawn sy' gen i am ffeiriau Llŷn ac Eifionydd. . . dyddiau rhydd braf oedd y rheini i mi a Robert fy mrawd. Ond 'taswn i'n dangos fy wyneb yn un o ffeiriau'r Gogledd yma fe allen nhw dybio fod Robert Gwyn yn troi yn eu plith. . .y trwyn yma ydy'r drwg. . .nodweddiadol o hil Siôn Wyn, Penyberth."

Yr oedd Dafydd Llwyd yn llawer mwy hagr ei wedd na Robert ei frawd. Gwyddai yntau hynny o'r gorau. Chwarddodd ac meddai,

"Mi fûm i mewn 'sgarmes waedlyd sawl tro ond lwyddodd neb i wastatáu pont y trwyn yma!"

Daeth y clerigwr i'n galw ynghyd ac meddai,

"Dafydd Johns! Mi fydd angen i ti a minnau roi'n pennau ynghyd cyn i'r criw yma ddychwelyd o'r ffair a chael llwyth dirgel y gert dros y fferi cyn i'r wlad godi yn y bore. Mi fydd Robert Puw wedi gofalu am wylio'r glannau tua Llansanffraid a siawns na fydd swyddogion y castell yng Nghonwy a dynion Wynn, Gwydir, yn cadw'u trwynau o'r helfa yng nghanol miri'r ffair."

Pa ffordd bynnag yr edrychem, yr oedd cysgodion ofn yn llechu yno. Hyd yn oed pan gaem hoe o fwynhad, dros amser byr yn unig y parhâi.

Erbyn i ni gyrraedd canol y Llan y pnawn hwnnw, yr oedd y lle yn ferw o bobl a chreaduriaid a sŵn tabyrddau a phob offer cerdd y gellid meddwl amdano.

"Welsoch chi erioed y fath dyrfa â hon tua Phen Llŷn acw," mentrodd un o weision y clerigwr, "mi fyddan yn heidio yma adag ffair Calan Mai a G'lan Gaea' o dopia' ucha' Nanconwy, o Ddol'ddelan a Phenmachno a'r 'Sbyty. Criwiau ochra Llansannan a Llangernyw ydy'r perycla' am fod yr hen William Salsbri yn byw yn eu mysg nhw. Ia, tyrfa afreolus fydd tyrfa ffair Trefriw yn wastad a phrin y bydd rhai ohonyn nhw'n abal i gyrraedd adra cyn nos drennydd. Gwagio'r barila' a rhoi mwy na llond llaw o waith i Gwnstabl Castall Conwy a dynion y Llywodraeth. Eitha' gwaith i'r rheini rhag eu bod nhw'n byw ar eu blonag, ddweda' i."

Gwthiodd rhyw fotymau o fodau dynol eu ffordd heibio i ni, gŵr a gwraig nad oeddynt uwch na chanol y lleiaf ohonom. Rhoddai'r rhai hyn fawr fwynhad i'r dyrfa a chododd un o gewri'r ffair y ddau ar ei ysgwyddau. Fe sylwais mai mwclis o lygaid oedd gan y ddeuddyn. Nid oeddynt yn llawn llathen. Gwelais rai yn tynnu'u capiau a gwneud cyrtsi i ferched y clerigwr a'r merched yn chwerthin i lawr eu trwynau wrth eu gweld. Gwelodd Wiliam a minnau bob math ar drueiniaid afiach ymysg tyrfa'r ffair. Rhai yn dwyn arwyddion amlwg y Pla Du a'r Clwy Gwenerol yn bothellau clwyfus ar eu hwynebau; rhai heb synnwyr a rhai'n ymlwybro'n hanner dall hyd y strydoedd; pytiau o goesau gan eraill, wedi iddynt eu colli mewn ysgarmesoedd gwaedlyd neu mewn rhyfeloedd. Ta waeth, diwrnod i'w lwyr fwynhau oedd hwn, hyd yn oed i'r rhai oedd â hanner eu cyrff mewn bedd ers blynyddoedd. Clywid chwerthin uchel y plant, y bechgyn yn chwibanu a'r genethod yn ystumio'u cyrff ar eu galwad – nwydau a thrachwant yn gymysg â difyrrwch y foment, gyda gobeithion am ryw felyster yn peri bod dyn yn medru blasu bywyd. Cerddai'r porthmyn yn drwm ar waelodion y ffair. Dyma'r gwŷr a ddaethai â llu o ganeuon heintus ffeiriau mawr Lloegr i'w canlyn i Ddyffryn Conwy. Cydiodd y caneuon yn eu tro yn nychymyg beirdd y fro a throesant hwythau i ganu baledi ysgafn.

"Canu talcan slip ydy hwnna," meddai Wiliam wrth wrando ar ryw ganwr pen ffair yn ei morio hi, "mae crefft yr hen feirdd wedi mynd i'w golli efo'r Tuduriaid yma."

Clywid chwip y swyddogion yn erlid y drwgweithredwyr.

"Mi fuo rhywun â'i glust ar y ddaear yn trefnu'r daith yma i ni," sibrydodd Wiliam. "Digon prin y bydd y swyddogion yma ar ddi-hun pan fydd Dafydd Llwyd yn croesi'r fferi."

"Mi fydd hi'n ddiogelach i ninnau, felly," meddwn.

"Hwyrach hynny. . .ac mi fydd yna gynffon o hogiau'r ffair yn trio croesi efo ni am Lansanffraid."

O'r diwedd, yr oedd awr fawr y ffair ar gychwyn a chasglodd cnewyllyn trwchus o dyrfa swnllyd o gylch llwyfan helaeth o goed i wylio perfformiad yr actorion. Torrodd 'Hwre' orfoleddus y dyrfa afrywiog nes byddaru'n clustiau. Ychydig a wyddem beth oedd yn ein disgwyl yr eiliadau nesaf.

"Hogia' Llansannan ac Uwch Aled yn barod i ddechra'," llefodd y dorf.

Camodd gŵr tal i ganol y llwyfan o bren. Amdano yr oedd mantell laes gŵr eglwysig a het Periglor.

"Y Traethydd!" llefodd y dorf drachefn. 'Roedd yr actorion yn wybyddus iddynt.

Safodd y Traethydd ar ganol y llwyfan a chyhoeddi'r geiriau –

"Rhowch glust o wrandᵉwiad i gennad â'i gynnen
Roes felltith y bleiddiaid ar ffair yr Offeren. . ."

"Mae hwn â'i lach ar wŷr yr Hen Ffydd," sibrydodd Wiliam yn bryderus yn fy nghlust, "a 'does dim modd inni ddianc."

Anesmwythais a cheisio troi clust fyddar i druth o ffwlbri maleisus, ond oherwydd ysgafnder fy nghorff ac ymyrraeth y dyrfa wancus, fe'm gwthiwyd at flaen y llwyfan. Nid oedd arwydd o Wiliam yn unman. Gwthiai dieithriaid o bob llun a gradd o'm cylch a chwys eu cyrff a'u hanadl yn boeth ar fy wyneb. Ond yn union wrth f'ochr safai dau ŵr ifanc graenus yr olwg.

159

"''Dydech chi ddim o'r ffordd hyn,'' meddai un ohonynt wrthyf.

"Na. . .''

"''Dydech chi ddim yn hoffi'r sioe yma?''

"Na. . .''

Edrychodd y gŵr ifanc ar fy nwylo fel pe bai'r rhai hynny yn dweud rhywbeth wrtho.

"O ble daethoch chi?'' gofynnodd wedyn.

"O Lŷn ac Eifionydd.''

"Siwrnai bell.''

"Ia. Symud i fyw yr ydw i.''

"Mi wela' i. . . Hwyrach eich bod chi yn mynd tua'r Creuddyn?''

Parhaodd y gŵr ifanc i sefyll wrth f'ochr fel un yn benderfynol o'm gwarchod, deued a ddêl. Dilynwyd cyflwyniad y Traethydd gan bob math ar gampau ffolach na'i gilydd ac meddai'r gŵr ifanc,

"Mae gwaeth i ddod!''

Unwaith y tawelodd y dorf ryw ychydig, ymddangosodd y Traethydd drachefn gyda mawr orchest a'r tro hwn cyhoeddodd ostegion priodas –

"Cyhoeddaf ichwi'n ddiymdroi
Na ellir 'sgoi camwedde;
Ac fel y bu i 'ffeiriad gwan
Ar leian fwrw'i chwante.''

I'r llwyfan fe gamodd y creadur rhyfeddaf a welwyd erioed mewn gwisg laes offeiriadol ond gyda mwgwd o benglog ci yn amgylchu corun mynach. Llopanau gyda blaenau hirion main am ei draed. Am ei ganol yr oedd llathenni ar lathenni o raff ac ar flaen honno ddarn o haearn ar ffurf croes. Gyda phob cam o'i eiddo clywid sŵn byddarol y groes haearn ar y llwyfan pren a'r cwbl fel trawiad gordd ar gnawd. Cadwai'r creadur hwn ei law chwith o'r tu cefn iddo o fewn yr urddwisg ac yr oedd yn amlwg yn cuddio rhywbeth. Anesmwythodd y ddau ŵr ifanc wrth f'ochr a theimlais atgasedd dieflig at yr anffurfiad a welwn o fy mlaen. Yr eiliad nesaf camodd clamp o ŵr boliog mewn urddwisg lleian o gefn y llwyfan a dynesu at y priodfab. Yng nghwt y lleian fe sleifiodd corrach main o fachgen yn cario anferth o fodrwy yn ei freichiau, cyffelyb i fodrwy a roid yn nhrwyn anifail. Swatiodd y corrach yng nghysgod y priodfab. Symudodd y Traethydd o

Beriglor yn araf i flaen y llwyfan gan sefyll yn wynebu'r pâr priodasol. Aeth ymlaen i ddynwared y Gwasanaeth Eglwysig yn ôl arfer Eglwys Rufain. Ar ystum gweddi, llefarodd y geiriau Lladin hynny a fyddai'n gwarantu ffyddlondeb y briodasferch i'w gŵr ac y byddai iddynt fyw mewn cyd-gariad yn wastadol –

"atque in mutua caritate vivat."

Fel yr oedd y corrach yn estyn y fodrwy enfawr i'r priodfab, fe roes y lleian o briodasferch y fath hergwd i'r olaf nes y syrthiodd yn bendramwnwgl heibio i ni i ganol y dorf. Torrodd banllefau o gymeradwyaeth a chwerthin gwallgof drwy'r lle.

Diflannodd y corrach a'r lleian o briodasferch i gefn y llwyfan gydag ysgrech annaearol. Adfeddiannodd y priodfab ei haerllugrwydd blaenorol a chyda chymorth y Traethydd, amgylchynodd ei hun â'r gynffon hir o raff gan adael i'r groes o haearn ar ei blaen gloncian fel gordd ar ei ôl. Erbyn hyn yr oedd y cwbl fel clindarddach drain dan bentan yn fy nghlustiau ac ni allwn syflyd cam o'r fan.

"Fe ddaw gwaeth cyn y diwedd," sibrydodd y gŵr ifanc a barhâi i sefyll wrth f'ochr.

Safodd y priodfab a wisgai'r mwgwd o benglog ci ar ganol y llwyfan yn galarnadu gyda'r synau mwyaf erchyll a glywswn erioed, a hynny am i'w wraig ei adael, gallwn dybio. Hyd yma, nid oedd wedi tynnu'i law chwith o gefn ei urddwisg. Parhâi i gydio yn i raff o gynffon gyda'i law dde ac yna dechreuodd ddawns fel gwallgofddyn a'r groes haearn yn cloncian ar y llwyfan gyda phob symudiad. Yna o'i enau fe ddaeth y geiriau mwyaf erchyll a allai dorri ar glyw unrhyw Babydd,

"Iap! Iap! Iap!
Welwch chi fi?
Cynffon blaidd a phenglog ci.
Am herio Bess fe'm lluchiwyd i,
I garchar y Fflît a'r Marshalsî."

Peidiodd y twrw yn sydyn a chododd anniddigrwydd o'r dorf ond nid oedd ffwlbri'r actor hwn wedi gorffen hyd yma. Yn y tawelwch disyfyd hwnnw, fe dynnodd yntau ei law chwith o gefn yr urddwisg. Yn ei law yr oedd torth o faint sylweddol. Daliodd y dorth i fyny o flaen y dyrfa a llefarodd fel pe bai'r Diafol ei hun yn llefaru'r geiriau –

"Gochelwch yr Offeren
Rhag llyncu'r hen Hostïen. . ."

161

Ni allwn ond dal f'anadl mewn syfrdandod llwyr.

Torrodd ddarn enfawr o'r dorth fel y gwnâi offeiriad o fewn yr Eglwys. Ceisiodd wthio'r bara i'w safn ond fe'i llesteiriwyd gan y mwgwd. Poerodd wedyn a chan agosed oeddwn iddo fe deimlais ei boer ar fy wyneb. Darniodd y dorth gan luchio'r darnau hwnt ac yma i'r cŵn yn y dorf. O gefn y llwyfan, clywid cytgan o leisiau yn llafarganu'r geiriau –

"O Salutaris Hostia. . ."

Ond ni allai'r dorf honno, er mor anwar ydoedd, oddef ychwaneg. Llamodd y ddau ŵr ifanc a safai gerllaw imi i'r llwyfan ac wrth eu cefnau garfan gref o lanciau ysgwyddog, yn cario offer o bob math. Gwelais rywun yn ceisio crogi'r actor haerllug â'i raff ei hun. Daeth Wiliam o rywle a'm tywys allan o'r rhuthr gwallgof. Eiliad arall ac fe safem yn edrych ar yr llwyfan yn wenfflam. Ni wn beth a fu tranc y blaidd-offeiriad na'i gyd-actorion na sut y bu iddynt ddianc o hafflau'r protestwyr. Ymhen dim, fe welwn swyddogion Cwnstabl Conwy gyda phastynau yn eu dwylo yn gwasgaru'r dorf. . .

Y cwbl a ddywedodd y clerigwr wrthym oedd,

"Lle fel yna ydy Trefriw. Mae'r tanwydd lleiaf yn gallu gwreichioni'n wenfflam pan fydd y protestwyr yn dod dros yr afon o'r Creuddyn. . . Yma y mae hen dir y Sistersiaid."

Erbyn i ni gyrraedd yn ôl i'r llety, yr oedd Dafydd Llwyd wedi diflannu a llwyth yr argraffwasg i'w ganlyn. Meddai'r clerigwr,

"Mi fydd Dafydd Johns wedi cyrraedd Penrhyn y Creuddyn o'ch blaen a dyn a ŵyr i ble y bydd yn teithio wedyn. Dyn dewr ydy Dafydd Johns. Mi all ddod i'w ddiwedd yn y Fflît!"

Drachefn a thrachefn datgenid uwch ein pennau yr ofn am y farn a ddeuai. Sylweddolais gyda braw fod Dafydd Llwyd wedi ymadael heb fy nghoffr pres a gynhwysai fy nyddiadur. Pe bai hwnnw yn syrthio i hafflau un o wylwyr y fferi byddwn yn euog o fradychu dilynwyr yr Hen Ffydd. Beth pe collem y frwydr bron ar ei diwedd? O ran hynny, gallwn ddarnio'r dyddiadur neu ofyn i wraig y clerigwr ei losgi. Ac eto, mynnwn lynu wrtho, doed a ddêl. 'Roedd hwn megis f'anadl ynghlwm wrthyf. Iddo y bwriais fy mhoen ac ynddo yr angorais fy mreuddwydion.

Mawr fu'r ffarwelio â'r teulu croesawgar, drannoeth. Mynnodd y clerigwr ei hun yrru'r cerbyd urddasol a'n cludai at y fferi. Paciwyd fy nghoffr pres yn dynn wrth fy nhraed. Arferai Taid Penyberth ddweud fy mod yn dwmplen o hogan ac felly y teimlwn y bore hwnnw wrth ymadael â thŷ'r clerigwr, gan i mi dreulio oriau'r nos yn gwnïo memrynau'r dyddiadur ym mhlygion fy ngwisg. Pe ceisiai gwyliwr y fferi chwilio fy nghorff fe daflwn fy hun i ddŵr yr afon!

'Roedd y siwrnai ar y goriwaered tua llawr y dyffryn nes cyrraedd o'r diwedd y lôn gul a arweiniai at ben y fferi ger Cymryd. Yn ddisymwth, camodd clamp o swyddog ar ein llwybr. Cyfarchodd ein lletywr yn Saesneg a phwyntiodd at y coffr pres. Gwelais wyneb Wiliam yn gwelwi gan na wyddai ef fod fy nyddiadur ynghlwm wrth fy nghorff. Sibrydodd Wiliam rywbeth yng nghlust y clerigwr, oblegid prin oedd ei Saesneg yntau. Nodiodd y swyddog ei ben yn drist a chyfeiriodd ni at y cwch. Pan droes y clerigwr ei gefn, gofynnais i Wiliam beth a ddywedodd a pham yr oedd wyneb y swyddog mor drist. Petrusodd Wiliam cyn ateb.

'''Roedd yn rhaid i mi ddeud y gwaetha' rhag i'r swyddog yna ein bradychu. . .dipyn o hwyl oedd y cwbwl ddwedais i, Mari Gwyn.''

''Beth ddwedaist ti?''

''Deud dy fod ti'n wael iawn. . .''

''Ac na fyddwn i ddim byw yn hir. Fe welais i'r swyddog yn edrych ar fy nwylo.''

Ni ddywedodd Wiliam air.

''Waeth i ti orffen y sgwrs ddim, Wiliam. . . Fe ddeudaist ti fy mod i'n mynd i'r wlad newydd i farw!''

''Ofn am y memrwn oedd gen i,'' meddai yntau o'r diwedd. Cydiodd yn dynn yn fy llaw a sylwais ei fod yn grynedig. Ofnais drosto.

Yn union wedi i ni gyrraedd yr ochr draw gerllaw y Cerrig Croesion, yn ardal Llansanffraid, fe gafodd Wiliam gwrs o'r 'apoplexy'. Buasai'n dda gennyf pe bai Modryb Gainor ar gael, ond yno yn ein cyfarfod yr oedd y ddau ŵr ifanc a welswn yn y ffair yn Nhrefriw. Dau o ddilynwyr yr Hen Ffydd oeddynt, o ardal y Creuddyn.

Wrth roi fy nhroed ar dir fy mabwysiad daeth ton o dristwch drosof ac eto fe wyddwn nad fy eiddo i oedd Amser, ond eiddo Duw.

TEMPUS FUGIT

XVIII.

"Y mae'r Amser o dan glo. . ." oedd hi ers talwm ym Mhen Llŷn ac yn nyddiau'r llofft-garreg ym Mhenyberth. Mae'r dyddiau rheini mor bell yn ôl erbyn hyn. Diflannodd y blynyddoedd mewn chwys a phoen a llafurwaith er pan roes Wiliam Bodfel a minnau ein traed ar ddaear Llansanffraid, wedi i ni groesi dros Afon Gonwy o Dyddyn Cynnal. Teithio wedyn yng ngherbyd Robert Puw tua phlas y Penrhyn, heibio i eglwys Llangwstennin heb ddim ond morfa a chors yn y pellter. Gwynt y môr unwaith eto yn ein wynebau a chyrn hir y plas o'r diwedd yng nghysgod y Gogarth Bach, yn frawychus yn eu dieithrwch. Drannoeth fe ymadawodd Wiliam yn y cwch gydag Elgan a ddaeth i'w gyrchu ar y ffordd yn ôl i Enlli. Fe ddychwelodd gwas Bodfel ar ei farch yr un mor ddisymwth.

Yma, yr oeddwn wrthyf fy hun, yn ddieithr i bawb, heb gyfaill a heb dras yn y parthau hyn. 'Dydw i ddim yn cofio imi erioed hiraethu mwy am neb nag a wneuthum wedi ymadawiad Wiliam. 'Roedd o'n ffrind mor dda ac yn wastadol o fewn cyrraedd. Wna i byth anghofio'r diwrnod hwnnw pan gafodd o ymosodiad o'r 'apoplexy' fel yr oeddem ni'n cyrraedd y Cerrig Croesion yn ardal Llansanffraid. Ond mi wn y bydd Modryb Gainor, Bodfel, yn dda wrth Wiliam.

Ie, "Tempus Fugit" a fu hi ers tro, fel na fu hi'n bosibl cadw trefn ar rediad amser rhwng yr offeiriaid a'r addolwyr yn mynd a dod yn ddirgel i'r Penrhyn a'r argraffwyr yn chwarae efo'r 'tegan' newydd yn seler y plas. Fe ddaw'r addolwyr o blwyfi Llandrillo-yn-Rhos a Llansanffraid gan ymgynnull yng nghapel y plas. O leiaf, felly yr oedd hi hyd yn ddiweddar pan ddaliwyd yr offeiriad John Bennett druan yn ceisio croesi drwy'r ŷd ar dir preifat Thomas Mostyn, Gloddaeth. Ceisio unioni'i ffordd yn ddirgel tua'r Penrhyn yr oedd John Bennett a'r wlad yn anghyfarwydd iddo, pan ddaliwyd ef gan un o weision Thomas Mostyn, yr Ustus. Trosglwyddodd yr olaf ef yn garcharor i ddwylo'r llipryn dienaid o esgob sydd yn Llanelwy. Erbyn hyn, mae John Bennett yng ngharchar Castell y Fflint ac fe all gwaeth ddigwydd iddo. . .

Heddiw, mae tân braf yn f'ystafell. Ar y silff uwchben fy ngwely mae hen gwpan Cymun Thomas Ifan y Tyddyn yn

Penyberth.

(Llun: W. H. Owen)

disgleirio fel arian am i'm cyfeilles, Mari Puw, merch y sgweiar, ei gloywi hi i mi. Bron nad ydy gwres y tân yn fy llethu wedi'r misoedd meithion o lafurio yn lleithder seler y plas yn cyfosod llythrennau ar gyfer y Wasg Gudd ac yn copïo o lawysgrifau, yng ngoleuni egwan canhwyllau brwyn. Dysgais Saesneg yn weddol, o hir ymarfer â cheisio cyfieithu i'r iaith Gymraeg ddarnau o weithiau y ddau ŵr o Gymdeithas yr Iesu, sef Edmund Campion a Robert Persons. Yn Rhufain y gwelodd Robert Gwyn y ddau ŵr hyn gyntaf, meddai o, pan oedd o'n holi ynglŷn â'r Wasg Argraffu. Mae'n agos i flwyddyn er pan ferthyrwyd Edmund Campion a bydd y cof am y digwyddiad hwnnw yn gyrru iasau drwy fy nghnawd briwus. . .

Pytiog iawn yr ysgrifennaf, bellach. Mewn byd o wacter ac o iselder ysbryd fe geisiais lusgo hen femrwn melyn brau fy nydd-iadur o waelodion y coffr pres a throi at y cwilsyn a'r inc fel y caf dywallt fy meddyliau ar y memrwn. Ond Ow! y fath siom! Mor araf y dasg ac mae ceisio dal y cwilsyn rhwng bys a bawd fel cydio mewn trosol. Byddaf ddyddiau wrth y gwaith o gydio llythyren wrth lythyren rhwng diffyg ymarfer a'r cryd cymalau yn cloi fwyfwy. Dysgais gyda diflaniad y blynyddoedd mai byd diarbed a didostur ydy trigo ymhlith dynion yr aeth eu delfrydiaeth yn drech na phob goddefgarwch corfforol. 'Does ryfedd eu bod yn gallu dygymod ag oerni a chreulonderau'r Gwŷr Newydd yng ngharcharau Llundain. Merthyrdod Edmund Campion a ailgynheuodd y fflam ynddynt. Oes y merthyron ydy hi, meddai Robert, ac fe fydd o'n galw'n aml, aml yn y Penrhyn. Mae hon yn fflam eirias, yn dân yn yr ymennydd, yn dân yn y bol ac yn dân mewn geiriau. Hyn sy'n gyrru pob Pabydd ffyddlon i'r frwydr, hyd yn oed i'w farwolaeth, o bydd raid. Ni chred Robert fod y tân yn Llŷn wedi diffodd ychwaith. Ni lwyddodd yr Esgob Niclas Robinson na'r Doctor Coch i wneud hynny, meddai, ac am hynny, rhaid casglu'r cynnud mewn mannau dieithr fel y gellir aildanio'r tân. Cofiaf fel y byddai Robert pan oedd yn fyfyriwr yn Rhydychen, yn mynnu iddo weld fflam eirias o dân yn teithio tua'r môr ac yn sefyll yn oleuni llachar uwchben Penyberth. Yn sgîl tafod aur y fflam, fe glywodd yntau lais fel llais y Forwyn yn cyhoeddi na ddiffoddid y fflam honno byth. Gwyddai mai'r Ysbryd Glân oedd ynddi. Dysgais innau yng nghwmni'r brodyr yn seler y plas, yn wyneb oerni a lleithder y lle, mai pererindod ydy bywyd ac nad ein heiddo ni ydy Amser. Yn llechwraidd ddigon, fe dreiddiodd lleithder y lloriau drwy wadnau fy nhraed

nes cyffio fy fferau. Heddiw mae fy holl gorff bron dan glo a'r
llygaid hefyd yn gwanhau o fynych ymdrechu â mân ysgrifen y
memrynau. . .
Diffygiais a rhaid rhoi'r cwilsyn i'w gadw, dros dro o leiaf.

Diwedd Hydref, 1582.

Mae drws seler y plas yn dynn o dan glo wedi helynt John
Bennett rhag i wŷr Bodysgallen a'r Gloddaeth ddarganfod y
Wasg Gudd. Rhegi John Bennett druan o dan ei anadl a wnaeth
Dafydd Llwyd.
"Y gŵr byrbwyll ag o!" meddai, ond o ran hynny un gwyllt a
byr ei dymer ydy Dafydd Llwyd. Bu o a'r Sais Thackwell yn
dechrau blasu'r ddyfais newydd o argraffu yn seler y Penrhyn ond
fe ffodd y ddau at ryw Wiliam Griffith i Lancarfan ym Mor-
gannwg. Mae hwnnw hefyd â'i fryd ar godi Gwasg Gudd, yn ôl
Robert. Dyn a ŵyr pryd y dychwelant i'r Penrhyn a phrin y bydd
hi'n ddiogel i argraffu'n ddirgel yn seler y plas yma eto wedi
helynt yr offeiriad John Bennett. Fe ffodd y sgweiar Robert Puw
hefyd a Jane ei wraig i Swydd Lancastr yn ôl arfer y blynyddoedd.
Rhyw ail Thomas Owen, y Plas Du ydy Robert Puw, goelia' i, yn
amlach i ffwrdd nag o dan gronglwyd y Penrhyn. Phylip, ei fab,
sy'n gwarchod y stad ac y mae ei ferch, Mari Puw, yn fy
ngwarchod innau. Rhwng popeth, mae hi fel y bedd yma.

Rhagfyr, 1582.

Aeth yr hydref blin yn aeaf ac mae'r seler o hyd o dan glo.
Cadwodd yr offeiriaid a'r sgweiar ymhell o'r Creuddyn nes bod y
bleiddiaid rheibus yn cael cyfle i golli trywydd eu prae dros dro.
Bydd rhai o'r addolwyr yn galw o bryd i'w gilydd gyda'r esgus i
anifail fynd i grwydro neu fe ddônt i bwrcasu llaeth enwyn a
chardod. Serch hynny, mae newyddion drwg ar gerdded. Fe
ddônt o gyfeiriad Owrtyn a Wrecsam lle mae'r bobl yn erlid yr
athro a'r bardd Rhisiart Gwyn, y Pabydd. Fe'i lluchiwyd i gell y
Siambar Ddu o dan neuadd tref Wrecsam wedi i ryw bedleriaid a
thinceriaid a Phiwritaniaid tanbaid gwyno wrth Esgob Caerlleon

Fawr nad oedd yr erlid ar y Catholigion yn ddigon dwys. Ymosod ar y Gwŷr Newydd mewn penillion y bydd Rhisiart Gwyn am iddynt wadu aberth Crist, y seintiau a'r gwyliau eglwysig. Clywais un o'r llanciau o'r Creuddyn yn adrodd y geiriau –

> "Gwadu aberth Crist yn llwyr
> a gwrthod cŵyr yn olau;
> llosgi'r delwau, cablu'r saint
> a gostwng braint y gwyliau."

Ond fel y mae un seren yn cwympo fe gwyd un arall yn ei lle. Seren felly ydy Wiliam Davies o Groes yn Eirias a aeth i'w hyfforddi i goleg y Doctor Wiliam Allen yn Rheims. O dan erledigaeth y Piwritaniaid, bu raid symud myfyrwyr Allen o Douai i Rheims.

Cedwais i'm hystafell ers wythnosau bellach a llaciodd y gwres beth ar y clo yn y cymalau. Mae'n gefn gaeaf a haenen o eira ar y ddaear er mai prin y mae'n aros. Byddaf yn hiraethu am hafau Llŷn. Hyd yn oed yn yr haf, ni welais y machlud oddi yma. Ni welais ef yn goch fel gwaed. Nid hon ydy fy ardal i ac wrth droed y Gogarth Bach mae gwyntoedd y gogledd a'r dwyrain yn amlach na pheidio. Eto, fe ddaw rhyw hyfrydwch o gerdded y llwybrau yma a syllu draw i'r môr mawr uwchben Rhiwledyn. Bûm yn cerdded hyd yr ochrau gyda Mari Puw. Mae rhyw arwyddocâd rhyfedd i'r enw Mari, dybia' i! Er na fedrem weld y machlud, bryd hynny, yr oedd y lliwiau yn llachar hyd entrychion yr awyr. Lliwiau yn y pellter oeddynt ac y mae rhin i'r rheini. Clywais fod ogofâu uwchben y môr ar y Gogarth Bach ymhell o glyw dynion. Bu Robert a'i frawd Dafydd yn archwilio'r ogofâu yng nghwmni'r sgweiar Robert Puw o bryd i'w gilydd. 'Roedd hynny'n fuan wedi Cynhadledd Uxbridge, pan benderfynodd offeiriaid yr Hen Ffydd sefydlu Gweisg Argraffu dirgel.

Mae hi mor dawel hyd y lle yma ac eto, fe wn mai peth peryglus fyddai arbrofi chwaneg yn seler y plas. Mae anesmwythyd mewn tawelwch, weithiau, a thybiaf fod amser y morthwylio gerllaw. Aros ein hamser yr ydym i gyflawni'r fenter fawr cyn yr elo'n rhy hwyr. Fe aeth heibio'r hen bethau. Boddwyd yr hen Ddoctor Morys Clynnog ar fordaith i Sbaen. Mae'n amlwg i'r hen bererin dorri'i galon wedi i Saeson Cymdeithas yr Iesu gymryd ei goleg drosodd yn Rhufain. Fe arfaethodd yr hen Esgob Goldwell groesi'n ôl i Brydain ar waith cenhadu ond gorfu iddo droi cefn ar y gweddill o'r cenhadon yn Rheims. Sut yn y byd y gellid disgwyl i ŵr pedwar ugain oed ymgymryd â'r fath genhadaeth? Efallai fod hiraeth ar yr hen wron, o ran hynny. Mor wir y geiriau mai amser dyn yw ei gynhysgaeth. . .

Drwy'r misoedd hir yma, fe'm poenydiwyd yn feunyddiol gan y cof am ferthyrdod Edmund Campion. Ar y bore cyntaf o Ragfyr y llynedd y digwyddodd hynny, am i ryw ŵr a elwid yn Iwdas Eliot ei fradychu. Bu'r bradwr yn gwrando arno yn gweinyddu'r Offeren yn nhŷ un o noddwyr yr Hen Ffydd a phan oedd marchnad Siêb ar ei phrysuraf, y bore Sadwrn hwnnw, fe orymdeithiodd gwŷr gan lusgo Campion a'i gyd-offeiriaid drwy strydoedd Llundain fawr. Cadwynwyd hwy wrth y meirch, benelin a garddwrn a fferau ynghlwm o dan gorff yr anifail. Ar benwisg Campion ysgrifennwyd y geiriau – CAMPION—BRADWR O GYMDEITHAS YR IESU. Y fath ddirmyg ar enaid merthyr mor fawr! Eisoes 'roedd y Gwŷr Newydd wedi difwyno gwaelodion hen groes Siêb ond ni allent ddifwyno'r pegwn gan faint ei uchder. Chwarddodd rhai yn faleisus. Gwnaeth eraill arwydd y Groes yn ddirgel yng ngwyddfod gŵr Duw yng nghanol torf y farchnad. Yng nghysgod Siêb, plygodd Campion ei ben yn ostyngedig a bendithiodd y milwyr fel yr arweinid ef i mewn drwy byrth Tŵr Llundain. Yng nghwsg, yn effro, ni allaf ffoi rhag Campion! Hyd yma, ni ddychwelodd neb o'r ffoaduriaid i'r Creuddyn. Mae'r Nadolig yn nesáu a bydd yn dda ei gael heibio.

Chwefror, 1583.

Dychwelodd y pererinion yn dyrfa gyda'i gilydd a rywsut fe gyrhaeddodd y newydd hwnnw glustiau'r Brawd Barnabas o Feddgelert bell. Fe ddysgodd ysgol galed bywyd lawer o addfwynder i'r gŵr hwn a daeth yma ar berwyl rhyw dasg neu'i gilydd o law Robert Gwyn. Ni ddychwelodd Dafydd Llwyd na'r Sais Thackwell ac ni ddychwelant y rhawg am eu bod o dan ofal eu noddwr, Wiliam Griffith, Llancarfan. Oherwydd llid yr amseroedd, dyn a ŵyr pryd y gwelir Gwasg Argraffu eto yn y Creuddyn. 'Does gen i ddim rhyw lawer o ffydd yn y Sais Thackwell yna, am y tybiaf fod crefft yr argraffu yn bwysicach iddo na'r Hen Ffydd. Amser a ddengys.

Ni chawsom ddathlu o unrhyw fath yma dros Ŵyl y Nadolig ac oherwydd trymder y dyddiau poenydiwyd fi'n barhaus gan y cof am ferthyrdod Edmund Campion. Fe ddywedir mai peth da yw i ni fyfyrio ar ddioddefaint y saint. Oherwydd dirywiad yr Hen Ffydd nid yw fy nghenhedlaeth i yn llawn ddeall athrawiaeth na defodau Eglwys Rufain. 'Does ond briwsion yn unig yn syrthio dros yr ymylon ac ni chaf byth brofi o'r dorth yn ei chyflawnder. Eithr fe gedwais fy Ffydd a gwn fod arwriaeth yn costio'n ddrud. Felly, o leiaf, y digwyddodd i Edmund Campion yn y gell dan-ddaearol yn Nhŵr Llundain, cell oedd yn rhy gul i'w gorff allu gorwedd ynddi. Fe'i llusgwyd ef unwaith o flaen Bess y frenhines gan Gyngor y Gwŷr Newydd pan oedd ei gorff yn drwm gan arogleuon budreddi ei gnawd ei hun. Llusgo'r hwn a fu unwaith yn ffefryn ysgolheigion. Addawyd y dychwelid ei uchel swyddi iddo pe cytunai i ymostwng i drefn y Protestaniaid. Gwrthododd a phan droes ei gefn ar wên wannaidd a gwallt gosod cringoch Bess, yr oedd eisoes ar lwybr ei ferthyrdod. Y bore olaf hwnnw, llusgwyd ef a dau offeiriad arall wrth gefnau meirch i Tyburn a'i gorff egwan yn lleidiog gan y mwd a'r glaw. Gorchmynnwyd iddo ddringo i'r gert yn union o dan y grocbren. Rhoed y rhaff yn ddolen am ei wddf ac ar yr eiliad honno fe geisiodd yntau lefaru uwch lleisiau croch y dyrfa anwar y geiriau—

"Spectaculum facti sumus Deo, angelis et hominibus."

Tystio yr oedd fod ei ferthyrdod megis drych i Dduw, i'r angylion ac i ddynion. Dewiswyd ef gan Dduw i fod yn esiampl i eraill. Fe dynnwyd y gert oddi tano ac yn hongian yn ddiymad-ferth gerfydd ei wddf o'r grocbren, bu farw cyn iddynt ei haneru a'i chwarteru a bwrw'i ymysgaroedd i'r ddaear. Dywedir bod llanc ifanc yn sefyll gerllaw wrth i'r cigydd o laddwr luchio darnau o'r corff i grochan o ddŵr berwedig! Syrthiodd defnyn o waed Campion ar fantell y llanc ac yn ôl Robert mae'r bachgen hwnnw eisoes yn un o seminarau'r Cyfandir yn dysgu bod yn offeiriad.

Cystal i mi beidio â hel meddyliau gan fod gor-drymder yn pwyso ar yr ymennydd, yn ôl Robert. Fe gyrhaeddodd ef yn ôl i'r Penrhyn fel lleidr yn y nos. Yn wahanol i'r offeiriad John Bennett, mae wedi hen gyfarwyddo â llwybrau'r Creuddyn. Drannoeth y cyrhaeddodd, pan oedd y gweision allan yn y maes a chyffro'r gwasanaethyddion hyd y tŷ, galwodd f'enw yn groyw o waelod y grisiau mawr. Yna brasgamodd i fyny'r grisiau â'i anadl yn ei ddwrn. Camodd i mewn i'm hystafell gyda'r fath loywder yn ei lygaid â phe bai wedi darganfod trysor cudd yn rhywle. 'Roedd memrwn trwm o dan ei fraich. Rhoes y memrwn ar y bwrdd a chododd fi oddi ar f'eistedd fel codi plentyn.

"Mari Gwyn!" meddai. "'Rwyt ti fel pluen, wyt ar fy llw!"

Ond nid oedd dim atal ar ei frwdfrydedd. Cydiodd drachefn yn y memrwn trwm.

"Gwaith. . .gwaith. . .gwaith i ti, Mari Gwyn! Llond gwlad o waith ac mae'r amser yn brin!"

Pwyntiodd at y memrwn a llefodd,

"Y Drych. . .dyna'i enw fo. Y Drych."

Rhyfedd, meddyliais, fel yr oedd olwyn bywyd yn troi fel bod un meddylfryd yn cydio wrth y llall. Ymyrraeth y meddwl o bell, efallai? Clywsom sôn am bethau felly. Drwy fisoedd llwm y gaeaf bûm yn myfyrio ar eiriau olaf Campion ar awr ei ferthyrdod pan gyfeiriodd ato'i hun fel drych yn adlewyrchu mawredd Duw. Dewiswyd ni i fod yn ddrych i eraill. . . Ond na, fedrwn i ddim . . .fedrwn i ddim!

O'r diwedd estynnais fy nwylo at y memrwn. Cyffyrddais ef â phen fy mysedd. Gwyddwn mai prin y medrwn ddal y cwilsyn yn fy llaw, erbyn hyn. Plygais fy mhen i geisio darllen yr ysgrifen fân ar y memrwn. Bu ysbaid o ddistawrwydd rhyngof a Robert a daeth llonyddwch yn ei sgîl. Gwyddwn i wedd ei wyneb newid o weld breuder fy nghorff cnotiog, gwelw. Llifodd y dagrau i lawr fy wyneb fel dŵr llosg o fflodiart. Rhoes ei law ar fy nhalcen a sychodd fy llygaid gyda ffunen wen. Teimlais asbri newydd yn gafael ynof. Mentrais siarad o'r diwedd.

"Hwyrach y medra' i gopïo rhywfaint ohono, wedi'r cwbwl, efo cymorth y Brawd Barnabas ac eraill."

Oedodd yn hir cyn f'ateb ac meddai o'r diwedd,

"Oes, y mae digon o gopïwyr ar gael. . .ond 'does ond un Mari Gwyn."

Aeth yr ystafell yn fud drachefn nes iddo dorri ar y tawelwch eilwaith.

"O leia', mi fedri di gael cychwyn ar y gwaith o gopïo'r Drych. Mi gymer amser i ni baratoi'r ogof. . ."

Ymataliodd. Codais innau fy mhen.

Gwenais, oblegid yr oeddwn yn deall yn burion drywydd ei feddyliau.

Cawsom Basg i'w ryfeddu yn y Penrhyn. Dychwelodd yr addolwyr i gapel y plas o blwyfi Llansanffraid a Llandrillo-yn-Rhos. Buom yn gwrando'r Offeren a dysgasom fod merthyrdod yn rhywbeth i ymfalchïo ynddo os nad i'w chwennych. Dechreuais ar y gwaith llafurus o gopïo'r 'Drych' fel y galwodd Robert y memrwn. Ni wn o ble y daeth ac ni ddywedodd yntau ddim oll am yr awdur. Pa ots am hynny? Rhaid i mi grynhoi pob cynneddf yn fy nghorff, pa mor araf bynnag y bydd y llafurwaith. . .Fe'th roddaf di, hen femrwn melyn fy nyddiadur, i gadw yng ngwaelod y coffr pres. . .

Ffarwel i ti, fy hen ddyddiadur. Fe wn na fyddaf byth eto yn cofnodi fy meddyliau ynot. Gyda'r blynyddoedd fe fyddi di'n breuo, yn breuo gormod i unrhyw un allu dy ddarllen ond fe fydd y 'Drych' byw. . .

Buost yn ffrind i mi mewn amser ac allan o amser.

DIWEDDGLO

Yng ngwanwyn 1584, fe ddaeth yr anwydon mawr, na wyddai neb yn iawn eu tarddiad. Yr adeg honno, bu farw Mari Gwyn, cyn i'r cryd lwyr gloi ei chorff ac i ddallineb luddias ei llygaid. Rhoed iddi'r Cymun Sanctaidd o hen gwpan Cymun Tomos Ifan, y Tyddyn, ac yna Sagrafen yr Olew Olaf. Yn fuan wedyn gwelwyd cwch bychan, megis llestr eiddil, yn gwthio'i ffordd allan i'r môr mawr heibio i drwyn y Gogarth Bach a'r Gogarth Mawr. Ynddo yr oedd Offeiriad a Chychwr a chorff Mari Gwyn. Gwelodd Robert yr Offeiriad y Cychwr fel rhyw Garon enfawr yn croesi afon y Groegiaid i dir y meirwon. Am un eiliad fer cenfigennodd wrtho am y gwyddai i hwnnw hefyd osod ei serch ar Mari Gwyn. Ond dyn y môr oedd Elgan, nid dyn memrwn. Eto, yr oedd yn fwy na physgotwr cyffredin, yn cario cenhadon yr Hen Ffydd i fannau diarffordd. Ef yn y man a fyddai'n cario offer y Wasg Argraffu i ogof Rhiwledyn. Na, meddyliodd mai trosedd fyddai iddo genfigennu wrth y gŵr talgryf, ysgwyddog hwn. Aethai Robert yn wargrwm gan bwysau'r blynyddoedd. Gwanodd y cwch drwy'r dyfroedd, gan siglo'n ôl ac ymlaen. Bron na ddiflannai'n llwyr o bryd i'w gilydd yng ngrym y tonnau. Cydiodd Robert Gwyn yn dynn yn ochr y cwch rhag i'w droed ymyrryd â'r coffr pren a daeth i'w gof eiriau Dante yn y gerdd fawr honno a ddarllenodd yn nyddiau pell Rhydychen. Rhyw frith atgof o'r geiriau a arhosai yn ei gof o'r modd y lluchiwyd y bardd i uffern yr angenfilod. Yno collodd ei ffordd wrth iddo chwilio am fynydd Purdan nes clywodd lais, o'r diwedd yn edliw iddo ei wangalondid –

> "Tydi – paham dychwelyd lle mae ofnau'n gwasgar
> y tangnefedd? Paham na ddringi di y gwynfydedig fynydd draw,
> ffynhonnell a dechreuad pob gorfoledd gwiw?"

Llais Fyrsil ydoedd hwnnw yn cyfarch Dante.

Fe wybu Robert Gwyn golli câr a chyfaill, ond fel Dante, fe'i hyrddiwyd yntau bellach i ddiffeithwch trallod. O'i gyferbynnu â hyn, annifyrrwch corfforol oedd yr ychydig wythnosau a dreuliodd yng ngharchar y Gwŷr Newydd a gellid yn hawdd ei gipio i garcharau'r Fflît a'r Marshalsî. Ond yma yn y cwch a gariai gorff Mari Gwyn i Enlli, 'roedd yntau bellach ym môr ei hiraeth. Ni throediodd ef y ffordd hon o'r blaen. 'Roedd hon yn ffordd ddieithr hyd yn oed i'r gŵr a allodd swyno Catholigion Pen Llŷn yng nghenhadaeth fawr 1576. Dyna'r daith i Gymanfa fawr Enlli yn y cwch gyda'r Brawd Andreas a Mari Gwyn o gyfeiriad Penyberth. Ai ofer oedd y cwbl? Eto, fe ddôi cerdd Dante i ymyrryd â'i feddyliau pŵl. Yn y gerdd honno, addawodd Fyrsil anfon negesydd o ferch, yr ysbryd hawddgaraf, i achub Dante o dir Limbo a'i arwain hyd at borth Pedr Sant lle câi ei enaid dario ar fynydd Purdan. . .

Beatris oedd enw'r ferch yn y gerdd. Arni hi y rhoesai'r bardd ei serch a'r Forwyn Fair a'i hanfonodd hi yno i'w achub. Rhagorai gloywder ei llygaid, meddid, ar harddwch y ffurfafen ac yr oedd goslef tyner ac isel ei llais yn decach na llefaru angylion. Mynnu gadael y gwynfyd a mentro i diriogaeth uffern gan herio holl bwerau'r Fall a wnaeth Beatris. Ceisiodd gymorth y Santes Lucia, santes y rhai gwan eu golwg. . .

Oedd, meddyliodd Robert Gwyn, yr oedd y patrwm bellach yn dechrau ymffurfio. Onid dagrau Beatris a fu'n sbardun i achub Dante o afaelion anobaith ei enaid? Ffrydiodd dagrau o orfoledd o lygaid Mari Gwyn hefyd, y bore hwnnw y gosododd ef femrwn melyn 'Y Drych' ar fwrdd ei hystafell ym mhlas y Penrhyn. Y bore hwnnw y sychodd ef ei dagrau â'i ffunen.

Crynhôdd geiriau yn ei gof. Geiriau Dante oeddynt.

"A gwynfydedig hi fu'n erfyn drosof fi. . ."

Hynny a roes ysbryd Dante ar dân, gan ei symbylu ymlaen drwy uffern hyd yn oed, yn y sicrwydd y câi ddringo mynydd Purdan yn y man.

'Roedd Robert Gwyn hefyd yn dechrau plygu i'r Drefn. Onid oedd ei Eglwys wedi dysgu iddo na all yr Enaid farw? Fel yn hanes Dante, byddai ei siwrnai yntau drwy Burdan yn esmwythach oherwydd marwolaeth Mari Gwyn. Fel Beatris gynt, hi a'i tywysai drwy Burdan.

Cyn iddi nosi, fe ddaeth y cwch i'r lan yn y Cafn yn Enlli. Yn aros amdanynt ym mynwent yr hen fynachlog yr oedd y ddwy wraig, Magdalen, a oedd bellach yn ddall, a Siani Cadogan a fethodd yn lân ag ymadael â'r Ynys, er iddi fygwth gwneud hynny droeon. Yno hefyd yr oedd dau lanc ifanc, sef brodyr Trystan a oedd yn rhyw fân bysgota o gylch y glannau. Aethai'r Mudan i'r Cafn i gyfarfod y cwch. Nid oedd yno neb o'r tir mawr, rhag peryglu'r offeiriad.

Byr fu'r gwasanaeth a rhoed Mari Gwyn i orwedd gerllaw Andreas. Ym mhen dwyreiniol y fynwent yr oedd bedd Lisa Ddu ond ni wyddai neb ymhle y claddwyd Diafol Enlli. Wylai'r gwragedd yn ddistaw ac edrychai'r llanciau ifanc mewn syndod am na chladdwyd neb o'r tir mawr ar Enlli o fewn eu cof hwy.

Dechreuodd y nos hel. Llanwodd y Mudan y bedd newydd. Arweiniodd Elgan y bechgyn a Magdalen i'w ffordd a throdd Siani Cadogan yn llesg tua'r Tŷ Mawr. Parhaodd y Mudan i sefyll yno fel pe bai wedi'i wreiddio wrth y bedd. Ni syflodd gam. Daeth cysgodion y nos yn drymach a chlywid sŵn y tonnau'n curo ar y creigiau. Prin bellach y gellid gweld llwybr llwyd y ffordd a arweiniai at y Fynachlog. Oedodd Robert Gwyn a phenliniodd gerllaw y bedd. Plygodd ei ben a chusanodd y pridd. Sibrydodd yn dawel y geiriau.

"Fy Mari Gwyn."

Beichiodd wylo a gwyliodd y Mudan ef gyda thosturi. Peth rhyfedd oedd gweld gŵr yr oedd ynddo anian merthyr yn wylo. Gwnaeth yr offeiriad arwydd y Groes a symudodd ei wefusau i'r geiriau Lladin rheini,

"Requiescat in pace."

Cododd wedyn a cherdded yn wargam tua'r Tŷ Mawr lle câi lety noson gyda Siani Cadogan. Arhosodd y Mudan yn ei unfan yn gwylio rhag i'r Gwŷr Newydd ddod a difwyno'r bedd.

Y noson honno, 'roedd tir yr ynys yn aflonydd am fod ysbryd y meirw ar gerdded.

Drannoeth, gyda'r wawr, gwthiwyd y cwch bychan allan i'r môr mawr unwaith yn rhagor. Nid oedd y niwl wedi llawn godi ar y tir mawr.

Troes Robert Gwyn, gan roi un gipolwg ar lannau Llŷn ac Eifionydd, cyn troi i ymfwrw eilwaith i anturiaeth y tonnau.

Ni ddaethai ei Amser ef eto.

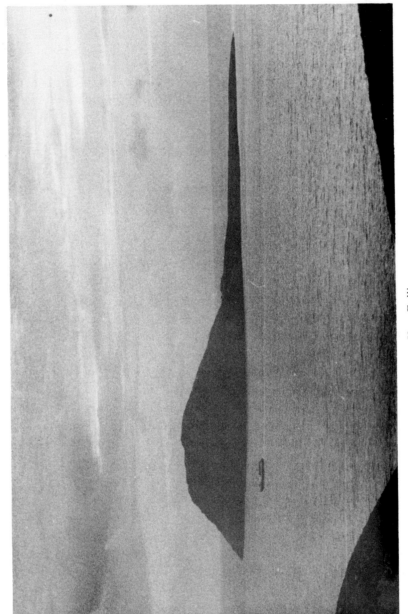

Ynys Enlli.